Robert-Louis Stevenson

L'île au trésor

roman

ISBN : 978-1511661713

10 9 8 7 6 5 4 3 2 1

Robert-Louis Stevenson

L'île
au trésor

roman

Table de Matières

I
Le vieux loup de mer.

On me demande de raconter tout ce qui se rapporte à mes aventures dans l'île au Trésor, – tout, depuis le commencement jusqu'à la fin, – en ne réservant que la vraie position géographique de l'île, et cela par la raison qu'il s'y trouve encore des richesses enfouies. Je prends donc la plume, en l'an de grâce 1782, et je me reporte au temps où mon père tenait sur la route de Bristol, à deux ou trois cents pas de la côte, l'auberge de l'*Amiral-Benbow*.

C'est alors qu'un vieux marin, à la face rôtie par le soleil et balafrée d'une immense estafilade, vint pour la première fois loger sous notre toit. Je le vois encore, arrivant d'un pas lourd à la porte de chez nous, suivi de son coffre de matelot qu'un homme traînait dans une brouette. Il était grand, d'apparence athlétique, avec une face au teint couleur de brique, une queue goudronnée qui battait le col graisseux de son vieil habit bleu, des mains énormes, calleuses, toutes couturées de cicatrices, et ce coup de sabre qui avait laissé sur sa face, du front au bas de la joue gauche, un sillon blanchâtre et livide... Je me le rappelle comme si c'était d'hier, s'arrêtant pour regarder tout autour de la baie en sifflotant entre ses dents ; puis, fredonnant cette vieille chanson de mer qu'il devait si souvent nous faire entendre, hélas !

Ils étaient quinze matelots,
Sur le coffre du mort ;
Quinze loups, quinze matelots,
Yo-ho-ho !... Yo-ho-ho !...
Qui voulaient la bouteille...

Il chantait d'une voix aigre et cassée qui semblait s'être usée à l'accompagnement du cabestan, et frappait comme un sourd à la porte, avec un gros bâton de houx qu'il avait au poing. À peine entré :

« Un verre de rhum ! » dit-il rudement à mon père.

Il le but lentement, en connaisseur, fit claquer sa langue, puis revint à la porte et se mit à examiner d'abord les falaises qui s'élevaient sur la

Robert-Louis Stevenson

droite, puis notre enseigne et l'intérieur de la salle basse.

« Cette baie fera l'affaire, dit-il enfin, et la baraque me semble assez bien située... Beaucoup de monde ici, camarade ?...

– Pas trop, malheureusement ! répliqua mon père.

– Eh bien, c'est précisément ce qu'il faut !... Holà, hé, l'ami ! reprit-il en s'adressant à l'homme chargé de son coffre, débarque-moi ça en douceur, et l'amarre dans la maison... Je vais rester quelque temps ici... Oh ! je suis un homme tout simple et facile à contenter... Un peu de rhum, des œufs et du jambon, voilà tout ce qu'il me faut, avec une falaise comme celle-là, pour voir passer les navires. Comment je m'appelle ?... Appelez-moi Capitaine, si cela peut vous faire plaisir... Ah ! ah ! je vois ce qui vous chiffonne !... Allons, soyez tranquille, on a de la monnaie. En voilà, tenez... »

Il jeta trois ou quatre pièces d'or à terre.

« Quand ce sera fini et que j'aurai bu et mangé pour ce qu'il y a là, vous me le direz ! »

Un commandant n'aurait pas parlé plus fièrement. À vrai dire, malgré la grossièreté de ses habits et de son langage, il n'avait pas l'air d'un simple matelot, mais plutôt d'un second ou d'un maître d'équipage de la marine marchande, habitué à parler haut et à taper dur.

L'homme à la brouette nous dit que notre nouvel hôte était arrivé le matin même par le coche au village voisin, qu'il avait demandé s'il y avait une bonne auberge pas trop loin de la côte, et qu'entendant dire du bien de la nôtre, apprenant qu'elle était isolée, il l'avait choisie comme résidence. C'est tout ce qu'il fut possible de savoir sur son compte.

C'était un homme extraordinairement silencieux. Il passait toutes ses journées à flâner autour de la baie ou sur la falaise, armé d'un vieux télescope de cuivre. Le soir, il restait assis au coin du feu dans le parloir, buvant du grog très fort. En général, il ne répondait même pas quand on lui adressait la parole, ou, pour toute réponse, il se contentait de relever la tête d'un air furibond en soufflant par le nez comme un cachalot. Aussi prîmes-nous bientôt l'habitude de le laisser tranquille.

Chaque soir, en revenant de sa promenade, il demandait s'il n'était pas passé des marins sur la route. Nous pensions d'abord que cette question lui était dictée par le désir de voir des gens de sa profession ; mais nous ne tardâmes pas à reconnaître que son véritable but était au contraire de

Le vieux loup de mer.

les éviter. Quand un matelot s'arrêtait à l'*Amiral-Benbow*, comme cela arrivait parfois à ceux qui prenaient, pour se rendre à Bristol, la route de terre, notre hôte ne manquait jamais de le regarder par la porte vitrée avant d'entrer dans le parloir. Et tant que l'autre était dans la maison, il avait soin de ne pas souffler mot.

Personnellement, je savais fort bien à quoi m'en tenir sur cette inquiétude toute spéciale que lui causait l'arrivée d'un homme de mer, et je puis même dire que je la partageais, car, fort peu de temps après son arrivée, il m'avait pris à part et m'avait promis de me donner, tous les premiers du mois, une pièce de quatre pence si je voulais « avoir l'œil ouvert et veiller au grain » ; l'arrivée possible de certain *marin à une seule jambe* m'était particulièrement signalée ; je devais, dans ce cas, courir, sans perdre une minute, avertir le Capitaine de cet événement. La plupart du temps, il est vrai, quand le premier du mois arrivait, j'étais obligé de réclamer mes gages, et je n'obtenais en réponse qu'un bruit nasal accompagné d'un regard qui me faisait baisser les yeux. Mais, avant la fin de la semaine, j'étais sûr que le Capitaine m'apporterait ma pièce de quatre pence, en me réitérant l'ordre « d'ouvrir l'œil et de signaler au plus vite l'arrivée du *marin à une seule jambe* ».

Je n'ai pas besoin de dire à quel point ce personnage mystérieux hantait ma cervelle enfantine. Par les nuits orageuses, quand le vent secouait les quatre coins de la maison et que les vagues venaient se briser sur la falaise avec un bruit de tonnerre, je le voyais sous mille aspects variés et plus diaboliques les uns que les autres. Tantôt la jambe était coupée au genou, tantôt à la hanche. D'autre fois, l'homme devenait une sorte de monstre qui n'avait jamais eu qu'une seule jambe au milieu du corps. Mais le pire cauchemar était de le voir courir et me poursuivre à travers champs en sautant par-dessus les haies. Au total, je payais assez cher ma pièce mensuelle de quatre pence, avec ces rêves abominables.

Mais en dépit de cette terreur que me causait l'idée seule de l'homme à la jambe unique, j'étais beaucoup moins effrayé du Capitaine lui-même que toutes les autres personnes de mon entourage. Parfois, le soir, il buvait plus de rhum que sa tête ne pouvait en porter, et se mettait à beugler ses vieux chants bachiques ou nautiques, sans faire attention à rien de ce qui se passait dans le parloir. Mais, d'autre fois, il faisait donner des verres à tout le monde et forçait les pauvres gens tremblants à écouter des histoires sans queue ni tête ou à l'accompagner en chœur.

Robert-Louis Stevenson

Bien souvent j'ai entendu vibrer tous les planchers de la maison au chant des « Yo-ho-ho, Yo-ho-ho, – qui voulaient la bouteille ! » Tous les voisins s'y mettaient à tue-tête, car la peur les talonnait ; et c'était à qui crierait le plus fort pour éviter les observations.

C'est que, dans ces accès, notre locataire était terrible. Il faisait trembler la terre sous ses coups de poing pour réclamer le silence ; ou bien il se mettait dans une colère effroyable parce qu'on lui adressait une question, – ou parce qu'on ne lui en adressait pas, – et qu'il en concluait que la compagnie n'écoutait pas son histoire... Il n'aurait pas fallu non plus s'aviser de quitter l'auberge avant qu'il fût allé se coucher en titubant ! Notez que presque toujours ses récits étaient faits pour donner la chair de poule. Ce n'étaient que pendaisons à la grande vergue, coups de couteau, combats corps à corps, tempêtes effroyables, aventures ténébreuses sur les océans des deux mondes. D'après ses propres dires, il avait certainement vécu parmi les plus atroces gredins que la mer ait jamais portés ; et le langage dont il se servait pour décrire toutes ces horreurs était fait pour épouvanter de simples campagnards, comme nos habitués, plus encore peut-être que les crimes mêmes dont ils écoutaient le récit. Cet homme nous glaçait littéralement le sang dans les veines.

Mon père répétait du matin au soir que sa présence finirait par ruiner l'auberge, et que nos plus fidèles clients finiraient par se lasser d'être ainsi brutalisés ; sans compter qu'ils rentraient habituellement chez eux les cheveux hérissés de terreur. Mais je croirais volontiers, au contraire, que ces étranges veillées nous attiraient du monde. On avait peur, et pourtant on prenait goût à ces émotions poignantes. Après tout, le Capitaine mettait un peu d'intérêt dans la vie monotone de la campagne. Certains jeunes gens affectaient même de l'admirer, disant que c'était un « vrai loup », « un vieux marsouin », un de ces hommes qui ont fait l'Angleterre si terrible sur les mers.

Il avait un autre défaut plus dangereux pour nos intérêts : c'est qu'il ne payait pas ses dépenses. Hors les trois ou quatre pièces d'or qu'il avait jetées à terre en arrivant, on ne vit jamais un sou de lui. Les semaines et les mois s'écoulaient ; la note s'allongeait démesurément, et mon père ne pouvait se décider à demander son dû. S'il arrivait qu'il fit en tremblant une allusion lointaine à cette note, le Capitaine se mettait alors à renifler si bruyamment, que mon père se hâtait de battre en

Le vieux loup de mer.

retraite. Je l'ai vu se tordre les mains de désespoir après une rebuffade semblable, et je ne doute pas que la peur et l'inquiétude où il vivait plongé n'aient contribué à abréger sa vie.

Pendant tout le temps qu'il resta chez nous, le Capitaine ne fit aucun changement dans sa toilette. À peine acheta-t-il quelques paires de bas à un colporteur. Une des agrafes de son chapeau à trois cornes étant tombée, il laissa pendre le rebord qu'elle relevait, quoique cela fût très incommode quand il faisait du vent. Rien de misérable comme son vieil habit, qu'il rapetassait lui-même dans sa chambre, et qui avait fini par ressembler à une mosaïque.

Jamais il n'écrivait et jamais il ne recevait de lettres. Il ne parlait qu'aux habitués de l'auberge ; encore était-ce uniquement quand il était ivre. Pas une âme vivante ne pouvait se vanter d'avoir vu son coffre ouvert.

Il ne trouva son maître qu'une seule fois. Ce fut vers la fin de son séjour, alors que mon pauvre père était déjà bien avancé dans la maladie qui l'emporta. Notre médecin, le docteur Livesey, venu assez tard dans l'après-midi pour faire sa visite quotidienne, accepta le dîner que lui offrait ma mère ; puis il se rendit au parloir pour y fumer une pipe, en attendant que son cheval arrivât du village, car nous n'avions pas d'écurie. J'y entrai après lui, et je me rappelle combien je fus frappé du contraste que présentait le docteur, propre et soigné dans sa toilette, poudré à frimas, rasé de frais, avec les rustauds qui l'entouraient et surtout avec ce dégoûtant, cet affreux épouvantail de pirate, aux yeux rouges, au teint plombé et aux vêtements sordides, ivre de rhum comme à son ordinaire, et lourdement affalé sur la table.

Tout à coup le Capitaine, relevant la tête, entonna son éternel refrain :

Ils étaient quinze matelots,
Sur le coffre du mort ;
Quinze loups, quinze matelots,
Yo-ho-ho !... Yo-ho-ho !...

Au commencement, je pensais que le « coffre du mort » devait être celui-là même qu'il avait dans sa chambre, et cette idée s'était longtemps associée à tous mes cauchemars sur le « marin à la jambe unique ». Mais il y avait beau temps que ni moi ni personne ne faisions plus

Robert-Louis Stevenson

attention aux paroles de cette chanson. Le docteur seul ne la connaissait pas encore. Je remarquai qu'elle était loin de lui faire plaisir, car il leva la tête d'un air assez dégoûté et fut une minute ou deux avant de se remettre à causer avec le vieux Taylor, un maraîcher du voisinage, qui lui parlait de ses rhumatismes.

Cependant le Capitaine sortait par degrés de sa torpeur, sous l'influence de sa propre musique, et enfin il donna un grand coup de poing à la table. Nous connaissions tous ce signal, qui voulait dire : Silence ! Tout le monde se tut, excepté le docteur Livesey, qui continua à parler, de sa voix claire et douce, en tirant de temps à autre une bouffée de sa pipe.

Le Capitaine le regarda d'abord d'un œil flamboyant. Puis il donna un second coup à la table, et, voyant que cet avertissement restait inutile, il cria avec un juron épouvantable :

« Silence, donc, là-bas, à l'entrepont !...

– C'est à moi que vous parlez, monsieur », demanda le docteur.

Et le sacripant lui ayant répondu affirmativement :

« En ce cas, monsieur, reprit tranquillement le docteur Livesey, je n'ai qu'une chose à vous dire : c'est que si vous continuez à boire du rhum comme vous le faites, le monde sera bientôt débarrassé d'un triste chenapan !... »

La fureur du vieux fut terrible. Il sauta sur pieds, tira et ouvrit un coutelas de matelot, et, le balançant dans la paume de sa main, il annonça qu'il allait, sans plus tarder, clouer le docteur à la muraille.

Le docteur Livesey ne sourcilla pas. Il continua à lui parler du même ton, en le regardant par-dessus son épaule, assez haut pour que tout le monde pût entendre, mais avec un calme parfait :

« Si vous ne remettez pas à l'instant ce couteau dans votre poche, je vous donne ma parole d'honneur que vous serez pendu aux prochaines assises... »

Là-dessus, un échange de regards entre eux ; puis le Capitaine, s'avouant battu, refermant son arme et reprenant sa place en grognant comme un chien fouaillé.

« Et maintenant, monsieur, reprit le docteur, que je sais qu'il y a dans mon district un individu de votre sorte, vous pouvez être certain que j'aurai l'œil sur vous. Je ne suis pas seulement médecin, je suis aussi juge

Le vieux loup de mer.

de paix ; qu'il m'arrive sur votre compte une seule plainte, fût-ce au sujet d'une grossièreté comme celle de ce soir, et je vous réponds que vous ne ferez pas de vieux os chez nous !... À bon entendeur, salut !... »

Le cheval du docteur arriva bientôt. Il se mit en selle et repartit. Ce soir-là, et pour huit jours au moins, le Capitaine se tint coi et ne souffla plus mot.

Robert-Louis Stevenson

II

Chien-noir se montre et disparait.

Peu de temps après cet incident, survint le mystérieux événement qui devait nous débarrasser du Capitaine, mais non pas, comme on le verra, des conséquences de son séjour. L'hiver était des plus rudes ; les fortes gelées succédaient aux tempêtes, et je sentais bien que mon pauvre père ne verrait pas le printemps ; il baissait de plus en plus ; ma mère et moi, nous avions sur les bras tout le travail de l'auberge et trop de soucis pour penser beaucoup à notre hôte incommode.

Un matin de janvier, il gelait à pierre fendre, et le soleil éclairait à peine le sommet des collines voisines, tandis que dans la baie des petites vagues grises déferlaient sans bruit sur les galets. Le Capitaine s'était levé plus tôt qu'à l'ordinaire et se dirigeait vers la falaise, son coutelas pendu sous les basques de son vieil habit bleu, son télescope sous le bras et son chapeau planté en arrière sur la tête. Je me souviens que je distinguais la vapeur de son haleine et qu'en tournant un rocher il renifla bruyamment comme s'il pensait encore à la leçon que lui avait donnée le docteur Livesey.

Ma mère était occupée auprès de mon père et j'étais en train de mettre le couvert pour le déjeuner du Capitaine, quand la porte du parloir s'ouvrit tout à coup et un inconnu entra.

Ce qui frappait d'abord chez cet inconnu, c'était une pâleur singulière. Je remarquai aussi qu'il lui manquait deux doigts de la main gauche. Il tenait dans la droite un grand coutelas et n'avait pourtant rien de belliqueux dans toute sa personne. Ma première pensée, quand je voyais un étranger, se rapportait toujours au marin à la jambe unique. C'est peut-être pourquoi je notai que celui-ci, sans avoir précisément la mine d'un matelot, avait en lui quelque chose qui sentait l'homme de mer.

Je lui demandai ce qu'il y avait pour son service. Il demanda du rhum. Comme je sortais pour en aller chercher, il s'assit sur le bord d'une table et me fit signe d'approcher ; je m'arrêtai, ma serviette à la main.

« Plus près, petit », me dit-il.

Je fis un pas vers lui.

« Ce couvert est sans doute pour l'ami Bill ? » demanda-il avec un regard où je crus voir de l'inquiétude.

Je répondis que je ne connaissais pas l'ami Bill, et que ce couvert était destiné à un locataire de la maison, que nous appelions le Capitaine.

« Parbleu ! dit-il, l'ami Bill peut se faire appeler le Capitaine, si cela lui convient !... Il a une balafre sur la joue gauche et il ne boude pas sur la bouteille, hein, mon petit ?... C'est bien cela, n'est-ce pas, une balafre sur la joue gauche ?.... Quand je le disais !... Ah !... ah !... Et donc, l'ami Bill est-il dans la maison ? »

J'expliquai qu'il était sorti.

« Ah ! Et de quel côté est-il allé, mon garçon ?... de quel côté ?... »

J'indiquai la falaise ; j'ajoutai que le Capitaine ne tarderait pas à rentrer ; je répondis à quelques autres questions.

« Ah ! dit l'étranger, c'est lui qui va être content de me voir !... »

L'expression de sa physionomie n'était rien moins qu'affectueuse, tandis qu'il parlait ainsi. Il me parut qu'il n'avait pas l'air de dire précisément ce qu'il pensait. Mais ce n'était pas mon affaire. Et, du reste, qu'est-ce que j'y pouvais ?...

L'inconnu restait là, flânant dans la salle, et de temps à autre allant vers la porte, mais sans la franchir, et guettant comme un chat qui attend une souris. À un moment, je sortis, et je fis quelques pas sur la route. Aussitôt, je m'entendis appeler, et comme je n'obéissais pas assez vite à cet appel, je vis un horrible changement se produire sur la face couleur de chandelle du nouveau venu. Il m'ordonna de rentrer immédiatement, en jurant de telle sorte que je ne fis qu'un bond. Je ne fus pas plus tôt revenu auprès de lui, qu'il reprit ses manières à la fois doucereuses et ironiques ; il eut même l'obligeance de mettre sa main sur mon épaule en déclarant que j'étais un bon petit garçon et qu'il se sentait pris pour moi d'une véritable tendresse.

« J'ai moi-même un fils de ton âge, ajouta-t-il, et je suis fier de lui. Vous vous ressemblez, ma foi, comme deux frères. Mais la grande affaire pour les garçons, vois-tu, fillot, c'est l'obéissance !... Ah ! l'obéissance !... Si tu avais seulement navigué avec l'ami Bill, je n'aurais pas eu besoin de te répéter un ordre !... Non, sur ma foi !... il n'y avait pas à rire avec lui... Eh ! ma parole, je ne me trompe pas !... le voici justement, l'ami Bill !... avec son télescope sous le bras, que Dieu bénisse !... Mon petit, nous allons entrer là et nous cacher derrière la porte, pour faire une surprise

Robert-Louis Stevenson

à l'ami Bill !...

Tout en parlant, l'étranger m'avait poussé dans le parloir et s'était mis avec moi derrière la porte d'entrée. Je me sentais assez mal à l'aise et même quelque peu effrayé ; ce qui augmenta mon inquiétude fut de constater que l'étranger avait peur, lui aussi. Il maniait son coutelas, le faisait jouer dans sa gaine, et je l'entendais soupirer en avalant sa salive, comme s'il avait eu une boule dans le gosier.

Enfin, le Capitaine entra, poussant la porte devant lui sans regarder de notre côté ni remarquer notre présence, et il se dirigea vers la table où l'attendait son déjeuner..

« Bill ! » dit alors l'étranger d'une voix qu'il essayait manifestement de faire aussi grosse que possible.

Le Capitaine pivota sur ses talons et nous aperçut. Son visage était devenu subitement livide sous le hâle ; le nez seul restait bleu. On eût dit un homme qui se serait trouvé face à face avec le diable, ou pis encore si c'est possible. C'était une chose sinistre, et qui me fit peine, de le voir ainsi vieillir de vingt ans, et sur le point de défaillir.

« Allons, Bill, tu me reconnais bien, tu n'as pas oublié ton vieux camarade ? s'écria l'étranger.

– Chien-Noir ! murmura le Capitaine avec épouvante.

– Et certainement ! fit l'autre en reprenant son aplomb à proportion du trouble où il voyait notre locataire. Chien-Noir en personne, qui est venu faire visite à son vieux camarade ! Mon pauvre Bill, en avons-nous vu et fait ensemble, depuis le jour où j'ai perdu ces deux doigts-là !... ajouta-t-il en levant sa main mutilée.

– Eh bien... puisque tu m'as déniché, dit enfin le Capitaine d'une voix altérée, me voilà ! Parle, au moins, que me veux-tu ?

– Ah ! je reconnais mon Bill !... toujours droit au but. C'est aussi mon habitude... Je prendrai donc un verre de rhum, si ce cher enfant que j'aime déjà tant veut me l'apporter, et nous causerons de nos petites affaires, en vieux camarades que nous sommes. »

Quand je revins avec le rhum, ils étaient assis tous les deux à la table dressée pour le Capitaine. Chien-Noir avait eu soin de prendre le côté de la porte et se tenait de biais, de manière à surveiller son vieux camarade et à pouvoir battre en retraite, si c'était nécessaire.

Il m'ordonna de sortir en ajoutant :

Chien-noir se montre et disparait.

« Tu sais, fiston, ce n'est pas moi qu'on pince par les trous de serrure ! »

Sur quoi je me retirai dans le comptoir, non sans prêter l'oreille de mon mieux pour essayer de saisir quelque chose de leur conversation. Mais pendant assez longtemps j'entendis seulement un chuchotement. Enfin, les voix montèrent à un diapason plus élevé et je distinguai quelques mots. C'étaient principalement des jurons articulés par le Capitaine.

« Non, non, non, et non !... c'est dit, n'est-ce pas ? cria-t-il tout à coup. Allez tous vous faire pendre. »

Il y eut alors un vacarme effroyable de jurons, de vaisselle cassée, de tables et de chaises renversées, puis un froissement d'acier, un cri de douleur, et Chien-Noir passa devant moi, l'épaule en sang, le coutelas à la main, fuyant devant le Capitaine qui courait après lui, et qui lança son arme sur le blessé au moment où il venait de franchir la porte. Heureusement le coup fut paré par notre grande enseigne, l'*Amiral-Benbow*, où l'on en voit encore la trace, car, si Chien-Noir l'avait reçu, il était fait pour le couper en deux.

Ce fut la fin du combat. Le fugitif, arrivé sur la route, déploya une agilité merveilleuse et, en moins d'une demi-minute, ses talons avaient disparu au tournant du pont. Quant au Capitaine, il contemplait l'enseigne d'un air stupéfait et sans mot dire. Enfin, il passa deux ou trois fois la main sur ses yeux et rentra dans la maison.

« Jim, me dit-il, un peu de rhum.... »

Et comme il parlait, je le vis chanceler, puis se retenir au mur pour ne pas tomber.

« Êtes-vous blessé, Capitaine ? m'écriai-je.

– Du rhum ! répéta-t-il. Il faut que je quitte cette auberge à l'instant !... Du rhum !... du rhum !... »

Je courus en chercher. Mais j'étais tout tremblant et je cassai un verre. Je n'avais pas fini d'en remplir un autre, quand j'entendis le bruit d'une chute dans le parloir. Remontant au plus vite, je trouvai le Capitaine étendu tout de son long sur le plancher.

Presque au même instant, ma mère, attirée par les cris et le vacarme de la lutte, descendait l'escalier. Elle m'aida à soulever le Capitaine. Nous nous aperçûmes alors qu'il respirait péniblement et avec une sorte de râle ; ses yeux étaient clos et sa figure livide.

Robert-Louis Stevenson

« Mon Dieu !.., mon Dieu !... criait ma mère. Quelle honte pour notre maison !... Et le père malade, avec cela !... »

Nous pensions naturellement que le Capitaine avait été blessé, et nous étions assez embarrassés pour le secourir. J'essayai de lui faire avaler un peu de rhum, mais ce fut en vain ; ses dents étaient serrées entre ses mâchoires comme par un étau. Ce fut un grand soulagement de voir arriver, sur ces entrefaites, le docteur Livesey, qui venait faire sa visite quotidienne à mon père.

« Docteur, que faire ?... Où est-il blessé ?... disait ma mère.

– Blessé !... quelle plaisanterie !... Pas plus blessé que moi, je vous assure ! répondit le docteur. C'est tout simplement la bonne attaque d'apoplexie que je lui ai promise.... Remontez auprès de votre mari, mistress Hawkins, et ne lui dites rien de tout ceci s'il est possible. Quant à moi, je vais faire de mon mieux pour rappeler cet intéressant personnage à la vie... Jim, va me chercher une cuvette... »

Quand je revins, le docteur avait déjà déchiré la manche du Capitaine et mis à nu son grand bras musculeux ; de nombreux tatouages en décoraient l'épiderme : « Bonne chance ! » – « Bon vent ! » – « Le caprice de Billy Bones ! » sur l'avant-bras ; près de l'épaule, une potence avec son pendu, fort joliment dessinés, à mon estime.

« L'horoscope du sujet ! dit le docteur en désignant la potence du bout de sa lancette. Et maintenant, monsieur Billy Bones, – puisque ainsi l'on vous nomme, – nous allons voir la couleur de votre sang... Jim, reprit-il, en s'adressant à moi, as-tu peur de voir une saignée ?

– Non, monsieur, répondis-je.

– Eh bien, tiens-moi la cuvette, mon garçon, pendant que je lui fends la veine. »

Il fallut ôter beaucoup de sang au Capitaine avant qu'il ouvrit les yeux. Il parut mécontent en reconnaissant le docteur, mais sa figure se radoucit quand il me vit auprès de lui. Puis, soudain, il pâlit et tenta de se soulever en criant :

« Où est Chien-Noir ?

– Il n'y a pas de Chien-Noir ici, si ce n'est celui qui repose sur votre dos, dit rudement le docteur. Vous avez bu trop de rhum et cela vous a valu l'attaque que je vous avais prédite. Je viens à mon grand regret de vous tirer d'affaire, parce que c'est mon métier. Et maintenant,

Chien-noir se montre et disparaît.

monsieur Bones...

– Je ne m'appelle pas ainsi ! interrompit le Capitaine.

– C'est le cadet de mes soucis, je vous prie de le croire ! reprit tranquillement le docteur. Bones est, en tout cas, le nom d'un écumeur qui ne vaut pas mieux que vous, et je ne crois faire injure ni à l'un ni à l'autre en vous appelant ainsi, pour abréger... Ce que j'ai à vous dire, le voici : un verre de rhum ne vous tuera pas ; mais si vous en prenez un, vous en prendrez deux, vous en prendrez trois, puis quatre... Et alors vous êtes un homme mort. Mort, entendez-vous ?... Et vous irez où vous savez, comme celui de la Bible... Allons, essayez de vous mettre sur pied : je vous aiderai à monter au lit. »

Soutenu par le docteur et moi, le Capitaine parvint à faire l'ascension de l'escalier et s'étendre sur son lit. À peine sa tête avait-elle touché l'oreiller, qu'elle se renversa comme s'il perdait connaissance.

« Faites bien attention, répéta le docteur. Je m'en lave les mains, désormais. Si vous touchez encore du rhum, c'est la mort ! »

Et il le quitta pour se rendre auprès de mon père, en me prenant par le bras.

« Ça ne sera rien, me dit-il, quand la porte se fut refermée sur nous. Je lui ai tiré assez de sang pour qu'il se tienne tranquille pendant quelques jours. Et s'il peut rester au lit une semaine ou deux, c'est encore ce qu'il y a de mieux à faire pour vous et pour lui. Mais une autre attaque réglerait son compte. »

Robert-Louis Stevenson

III

La marque noire.

Vers midi, je remontai chez le Capitaine avec des boissons rafraîchissantes et les médicaments prescrits par le docteur. Le malade était couché à peu près comme nous l'avions laissé, un peu plus haut peut-être sur son oreiller, et il semblait à la fois affaibli et excité.

« Jim, me dit-il, tu es le seul ici qui vaille quelque chose et j'ai toujours été bon pour toi, tu le sais... Chaque mois, je t'ai donné une belle pièce de quatre pence... Maintenant que me voilà au bassin du carénage, abandonné de tout le monde, tu ne me refuseras pas un verre de rhum, n'est-ce pas, camarade ?

– Vous savez bien que le docteur... » commençai-je...

Mais il me coupa la parole en envoyant le docteur à tous les diables, avec ce qui lui restait de voix dans la gorge.

« Les médecins sont de vieux fauberts[1], criait-il. Et celui-ci, est-ce qu'il peut rien comprendre aux gens de mer ? je te le demande... Moi qui te parle, je me suis vu dans des endroits où il faisait plus chaud qu'au fond d'un four, où tout le monde crevait de la fièvre jaune, où la terre elle-même se soulevait en forme de vagues par l'effet des tremblements de terre ; est-ce que ton docteur a jamais rien vu de pareil ? Et je me tirais d'affaire grâce au rhum, au rhum tout seul. Le rhum était mon pain, mon vin, mon pays, mon ami, mon tout. Et maintenant que me voilà sur le flanc, comme une pauvre vieille carcasse de navire, on voudrait me priver de rhum... ! Si tu prêtais la main à une chose pareille, Jim, ce serait m'assassiner, ni plus ni moins. Mon sang retomberait sur ta tête, tu peux en être certain, et sur celle de ce veau marin de docteur... »

Ici, tout un chapelet de jurons assortis.

Puis, sur un ton dolent :

« Vois, mon petit Jim, comme mes doigts tremblent. Je ne puis même pas les tenir en place... non, je ne puis pas... Dire que je n'ai pas encore eu une goutte, de toute la journée !... Ce docteur est un idiot, crois-moi. Si tu ne me donnes pas un coup de rhum, je deviendrai fou, voilà tout. Je sens déjà que ça commence. J'ai des hallucinations. J'ai vu le vieux Flint, dans ce coin, derrière toi... Je l'ai vu comme je te vois... Si cela me

---

1 Balais de corde à laver le pont des navires.

prend, dame, je ne réponds plus de rien. – On fera de moi un vrai Caïn, là... D'ailleurs, votre satané docteur a dit lui-même qu'un verre ne me ferait pas de mal... Je te donnerai une guinée d'or pour ce verre, Jim... »

Il se montait de plus en plus, et cela m'effrayait pour mon père, qui était bien bas ce jour-là et avait besoin de repos. D'autre part, le docteur avait bien dit qu'un seul verre de rhum ne ferait pas de mal au Capitaine. J'étais seulement offensé qu'il essayât de me corrompre à prix d'or.

« Je ne vous demande pas votre argent, lui dis-je, hors celui que vous devez à mon père. Quant à du rhum, je vous en donnerai un verre, mais pas plus, entendez-le bien... »

Quant je l'apportai, il le saisit avidement et le vida d'un trait.

« Ah !... fit-il, cela va déjà mieux, je t'assure. Et maintenant, camarade, dis-moi un peu combien de temps le docteur prétend que je reste couché sur ce vieux cadre ?...

– Une semaine au moins, lui dis-je.

– Tonnerre !... une semaine !... c'est impossible ! cria-t-il. D'ici là *ils* m'auront envoyé la *marque noire*... Les voilà déjà qui rôdent autour de moi, les marsouins ! Tas d'imbéciles, qui n'ont pas su garder ce qu'ils avaient ! Il leur faudrait la part des autres, maintenant. Est-ce ainsi que se comportent de vrais lurons ? je le demande. Que ne faisaient-ils comme moi ? Que ne gardaient-ils leur argent, au lieu de le jeter par les fenêtres ?... Mais je leur jouerai un tour de ma façon, ils peuvent y compter. Croient-ils me faire peur ? J'en ai dépisté de plus malins... »

Tout en parlant, il s'était soulevé sur son lit, et prenant mon épaule pour point d'appui, avec une force qui me fit presque crier de douleur, il essaya de faire quelques pas dans la chambre. Mais ses jambes semblaient être de plomb, et sa voix de plus en plus faible était peu en harmonie avec le sens menaçant de ses paroles. Il s'arrêta et s'assit au bord du lit.

« Ce docteur m'a tué, dit-il. Voilà que j'ai des bourdonnements dans la tête. Aide-moi à me recoucher... »

Avant que j'eusse eu le temps de faire ce qu'il désirait, il était retombé sur son oreiller. Assez longtemps il resta silencieux.

« Jim, reprit-il enfin, tu as bien vu ce marin, aujourd'hui ?

– Chien-Noir ?

Robert-Louis Stevenson

– Chien-Noir... C'est un mauvais gredin, vois-tu ; mais ceux qui l'envoient valent encore moins que lui... Écoute-moi un peu, mon petit Jim. Si, pour une raison ou une autre, il m'est impossible de partir, s'ils me prennent au gîte et me remettent *la marque noire*, rappelle-toi que c'est à mon vieux coffre qu'ils en veulent. Eh bien, alors, ne perds pas une minute. Enfourche un cheval – tu sais te tenir à cheval, n'est-ce pas ? – enfourche le premier cheval venu et va-t'en à bride abattue chez... oui ! chez lui !... chez ce maudit docteur !... Tu lui diras de rassembler le plus de monde qu'il pourra, – les magistrats, la police, tout le tremblement, s'il veut pincer ici, à bord de l'*Amiral-Benbow*, la bande entière du vieux Flint, ce qui en reste, au moins, mousses et matelots !... Tel que tu me vois, petit, j'étais son second, au vieux Flint, – et *seul je connais la cachette*... Il m'en a confié le secret à Savannah, à son lit de mort, – comme qui dirait dans l'état où je suis maintenant, comprends-tu ?... Mais pas un mot de tout ceci, à moins qu'ils ne m'envoient la *marque noire*, ou que tu ne voies rôder par ici soit Chien-Noir, soit le marin à la jambe de bois, lui surtout, Jim !...

– Mais que voulez-vous dire par la *marque noire*, Capitaine ? demandai-je.

– C'est une sommation de la bande, mon petit. Je t'avertirai s'ils me l'envoient. Mais, en attendant, veille au grain, Jim, et je partagerai tout avec toi, sur mon honneur !... »

Il divagua encore quelques instants. Sa voix devenait de plus en plus faible. Je lui donnai sa potion, qu'il prit comme un enfant, en disant :

« Si jamais un marin a eu besoin de remèdes, c'est bien moi ! »

Puis il tomba dans un sommeil lourd, et semblable à un évanouissement ; après quelques minutes je me décidai à redescendre.

Ce que j'aurais fait si les choses avaient suivi le cours ordinaire, je l'ignore. Très probablement, j'aurais tout conté au docteur, car je mourais de peur que le Capitaine ne vînt à regretter sa confidence et ne me fît disparaître. Mais il advint que mon pauvre père mourut ce même soir d'une manière tout à fait soudaine, et ce malheur nous fit naturellement oublier tout le reste. Le chagrin qui nous accablait, les visites des voisins, les arrangements à prendre pour les funérailles, sans compter l'auberge qui allait son train accoutumé, tout cela me surmena si bien, que c'est à peine si j'avais le temps de penser au Capitaine, et encore moins celui d'avoir peur de lui.

La marque noire.

Il descendit le lendemain matin, prit ses repas comme à l'ordinaire, quoiqu'il eût peu d'appétit, et but, je crois, encore plus de rhum que d'habitude, par la raison qu'il se servit lui-même au comptoir, tout le long du jour, en grommelant et reniflant comme un phoque. Aussi était-il plus ivre que jamais le soir avant l'enterrement. Et ce fut une chose horrible, dans cette maison en deuil, de l'entendre chanter à tue-tête sa vilaine chanson de matelot. Mais tout faible qu'il était, il nous inspirait encore trop de terreur pour qu'on osât lui imposer silence. Seul le docteur, l'aurait pu. Malheureusement, il venait d'être appelé à plusieurs milles de distance, pour un cas urgent, et n'avait pas mis les pieds chez nous depuis la mort de mon père.

J'ai dit que le Capitaine était faible. Le fait est qu'il semblait plutôt perdre ses forces que les regagner. Il se traînait dans l'escalier, allait et venait du parloir à la salle commune, mettait le nez dehors pour flairer l'odeur de mer, puis rentrait en s'appuyant aux murs pour ne pas tomber et s'arrêtant à chaque pas pour reprendre haleine. Il ne me parlait pas plus qu'aux autres, et j'ai toujours pensé qu'il avait perdu le souvenir de sa confidence. Mais son caractère était plus bizarre et plus violent que jamais. Il avait pris l'habitude alarmante de tirer son coutelas, quand il était ivre, et de le placer sur la table à côté de lui. Cependant il s'occupait beaucoup moins des allants et venants que par le passé, s'absorbait dans des rêveries sans fin, et au total ne paraissait pas avoir toute sa tête.

C'est ainsi qu'un soir nous l'entendîmes, à notre grande surprise, fredonner un air qu'il n'avait jamais chanté, une sorte de ritournelle pastorale, datant peut-être des jours de sa jeunesse et de l'époque où il ne connaissait pas encore la mer.

Les choses allèrent ainsi jusqu'au lendemain des funérailles de mon père. Ce jour-là, vers trois heures, par un temps de brouillard et de gelée, je me trouvais sur le seuil de l'auberge, plein de tristes pensées sur cette perte cruelle, quand j'aperçus un homme qui s'avançait assez lentement sur la route. C'était évidemment un aveugle, car, à chaque pas, il tapait devant lui avec son bâton, sans compter qu'il avait sur les yeux une gigantesque visière verte. Il allait tout courbé par l'âge ou la maladie, sous un grand manteau à capuchon, très vieux et déchiré qui le faisait encore plus difforme. Je n'ai jamais vu de physionomie aussi effrayante que cette face sans regard. Il s'arrêta à quelques pas de l'auberge et, élevant la voix sur une sorte de psalmodie monotone, s'adressa à l'espace devant lui :

« N'y a-t-il pas ici quelque bonne âme pour dire à un pauvre aveugle, – qui a perdu la lumière du jour en défendant son gracieux pays, – Dieu bénisse le roi George ! – où, dans quelle partie de ce pays il se trouve en ce moment ?

– Vous êtes devant l'auberge de l'*Amiral-Benbow*, à la baie de Black-Hill, mon brave homme, répondis-je aussitôt.

– J'entends une voix, une voix jeune, reprit-il sur le même ton. Voulez-vous être assez charitable, mon bon, mon cher petit ami, pour me donner la main et me faire entrer ? »

Je tendis innocemment la main qu'on me demandait d'une manière si insinuante, et je la sentis soudain prise comme dans un étau par cette horrible créature sans yeux. Ma surprise et ma terreur furent si grandes, que je commençai par me débattre pour essayer de me dégager. Mais d'un seul bras l'aveugle me contint et m'attira tout près de lui.

« Maintenant, garçon, conduis-moi au Capitaine, dit-il.

– Monsieur, je n'ose pas, sur ma parole, je n'ose pas, répondis-je.

– Oh !... oh !... ricana l'aveugle, on veut résister ?... Conduis-moi à l'instant ou je te casse le bras... »

Tout en parlant, il me le tordait de telle sorte, que je poussai un cri.

« Monsieur, repris-je, ce que j'en disais n'était que pour vous ! Le Capitaine est tout changé depuis quelques jours... il ne se sépare plus de son coutelas, qu'il tient tout ouvert... Un autre gentleman...

– Assez causé ! Marchons !... » interrompit l'aveugle.

Et jamais voix si dure, si impitoyable, n'avait frappé mon oreille. Je crois bien qu'elle m'effraya encore plus que la torsion de mon bras. Je me sentis dompté. Sans plus de résistance, j'obéis donc et me dirigeai droit vers le parloir, où notre vieux pirate était assis au coin du feu, cuvant son rhum. L'aveugle me suivait de près, serrant toujours mon bras d'une main de fer, et s'appuyant si lourdement sur mon épaule qu'à peine pouvais-je marcher.

« Tu vas me mener tout droit à lui, et, aussitôt qu'il pourra me voir, crie : "Bill ! voici un de vos amis !" Sinon, gare à ton poignet », ajouta-t-il en me donnant un avant-goût de ce qu'il me réservait.

La douleur et l'épouvante me firent oublier la terreur que m'inspirait

La marque noire.

habituellement le Capitaine. J'ouvris brusquement la porte du parloir et je répétai les paroles que me dictait l'aveugle.

Le pauvre capitaine tressaillit et d'un seul regard se trouva dégrisé, en possession de toute sa raison. L'expression de sa physionomie me parut en ce moment moins encore celle de la frayeur que celle d'un dégoût mortel. Il fit un mouvement pour se lever, mais n'en eut pas la force.

« Bill, restez où vous êtes ! dit le mendiant. Je n'y vois pas, mais j'ai l'ouïe fine et j'entends si l'on remue le bout du doigt... Les affaires sont les affaires... Tendez votre main gauche... Garçon, prends cette main gauche par le poignet et mets-la près de ma main droite... »

Nous obéîmes tous deux passivement. Je vis alors l'aveugle passer quelque chose, du creux de la main qui tenait son bâton, dans la paume du Capitaine, qui se referma dessus, instantanément.

« Voilà qui est fait ! » reprit l'aveugle.

Et, me lâchant aussitôt, il se glissa hors du parloir avec une sûreté de mouvements et une rapidité presque incroyables, sauta sur la route et disparut. J'étais encore immobile de surprise quand j'entendis le tap-tap-tap de son bâton se perdre dans l'éloignement.

Le Capitaine était resté aussi stupéfait que moi. Mais enfin, et presque au même moment, je lâchai son poignet, que je tenais toujours, et il regarda vivement dans la paume de sa main :

« À dix heures ! s'écria-t-il. Nous avons six heures à nous !... nous pouvons encore les rouler !... »

Et il sauta sur ses pieds. Au même instant, il chancela, porta la main à sa gorge, puis s'abattit tout de son long sur le sol avec un bruit sourd. Je courus à lui, appelant ma mère à grands cris. Mais il n'y avait plus besoin de se presser... Le Capitaine venait de tomber mort, foudroyé par l'apoplexie. Chose étrange : je ne l'avais jamais aimé, quoiqu'il eût fini par m'inspirer une certaine pitié ; et pourtant, quand je le vis parti pour toujours, je ne pus retenir mes larmes. C'était la seconde fois que je voyais la mort, et la première faisait encore saigner mon cœur.

Robert-Louis Stevenson

IV
Le coffre du capitaine.

J'informai ma mère, sans plus tarder, de tout ce que j'aurais assurément mieux fait de lui dire plus tôt. Nous nous trouvions placés dans une position difficile et périlleuse, – il ne pouvait y avoir de doute à cet égard. Une partie de l'argent de cet homme – si tant y a qu'il eût de l'argent – nous était incontestablement due. Mais il était peu probable que les camarades du Capitaine, à les juger par Chien-Noir et l'aveugle, seuls spécimens que je connusse du genre, fussent d'avis d'abandonner leur proie pour payer les dettes du mort. L'ordre que m'avait donné le Capitaine d'enfourcher un cheval et de courir chez le docteur Livesey me revenait bien à la pensée. Mais pour l'exécuter, il aurait fallu laisser ma mère sans protection dans un pareil moment : il n'y avait pas à y songer.

La vérité d'ailleurs, c'est que l'idée seule de rester une minute de plus dans la maison nous terrifiait tous les deux : la chute d'un charbon dans l'âtre, le tic-tac de la pendule nous remplissaient d'épouvante. La route noire et solitaire nous semblait à chaque instant pleine de piétinements lointains. L'image du Capitaine étendu mort dans le parloir, l'idée que ce détestable aveugle était peut-être embusqué dans le voisinage et sur le point de reparaître, me glaçaient, comme on dit, dans ma peau. Il fallait prendre un parti immédiat : nous nous arrêtâmes à celui de partir ensemble pour demander de l'aide au village voisin. Aussitôt fait que dit : nous voilà partis nu-tête, courant sur la route dans le crépuscule qui tombait, par le brouillard et la gelée.

Le village n'était heureusement pas fort éloigné, quoique caché par les falaises ; il s'élevait à l'extrémité de la baie voisine de la nôtre, et – circonstance qui me rassurait le plus – dans la direction opposée à celle d'où le mendiant était venu et où, sans doute, il était retourné. À peine fûmes-nous vingt minutes en route, quoiqu'il fallût nous arrêter de temps en temps pour reprendre haleine, en prêtant l'oreille, serrés l'un contre l'autre. Mais on n'entendait aucun bruit inusité, rien que la cadence du flot qui lavait la plage, et le croassement des corbeaux dans le bois.

Des lumières brillaient déjà dans les maisons du village et je n'oublierai jamais le plaisir que me causa la vue de ces portes et fenêtres éclairées. À ce réconfort devait d'ailleurs se limiter tout le secours que nous devions y trouver. Personne ne voulut consentir à venir avec nous à l'*Amiral-Benbow*. Les hommes, au moins, auraient pu rougir de se montrer si pusillanimes. Plus nous insistions sur nos craintes, plus ils s'accrochaient tous, hommes, femmes et enfants, à l'abri tutélaire de leurs maisons. Le nom du capitaine Flint, qui m'était inconnu quand je l'avais entendu prononcer par notre défunt locataire, n'était que trop familier par là et portait la terreur avec lui. Quelques paysans, qui avaient travaillé aux champs de l'autre côté de l'auberge, déclaraient avoir remarqué sur la route des étrangers qu'ils avaient pris pour des contrebandiers, et s'être hâtés de décamper, dans le but de n'être pas impliqués dans l'affaire. L'un d'eux assurait avoir vu un petit cotre à l'ancre dans une crique que nous appelions le Trou-de-Kitt. Du reste, n'importe qui s'intitulait le camarade du feu Capitaine devenait par cela même suspect. Bref, les volontaires s'offraient en foule pour s'en aller à cheval prévenir le docteur Livesey, dans la direction opposée à l'*Amiral-Benbow*, mais pas un ne consentait à venir avec nous défendre l'auberge.

On dit que la lâcheté est contagieuse. Mais, d'autre part, la discussion relève souvent les courages. C'est précisément ce qui arriva à ma mère. Quand chacun eut donné son avis, elle prit la parole. Rien ne pouvait l'empêcher, disait-elle, de tenter un effort pour sauver l'argent qui appartenait à son fils orphelin.

« Si nul de vous n'ose venir à notre aide, dit-elle, Jim et moi nous irons tout seuls. Oui, nous retournerons chez nous, comme nous sommes venus, et nous nous passerons de vous, poules mouillées que vous êtes !... Nous ouvrirons le coffre, dussions-nous payer ce devoir de notre vie. Tout ce que je vous demande, mistress Crowley, c'est de nous prêter le sac que je vois là, pour emporter l'argent qui nous appartient légitimement. »

Je déclarai, bien entendu, que j'étais prêt à escorter ma mère et, bien entendu aussi, on poussa les hauts cris sur notre témérité. Mais n'empêche que pas un seul homme n'eut le courage de partir avec nous. On consentit seulement à me prêter un pistolet chargé, en cas d'attaque, et l'on promit de nous tenir des chevaux tout sellés, pour notre retour, en cas de poursuite. En outre, il fût convenu qu'un gars serait immédiatement envoyé au docteur Livesey pour demander l'appui de la force armée.

Robert-Louis Stevenson

Je puis dire que le cœur me battait de belle manière quand nous partîmes tous les deux dans la nuit noire, maman et moi, en cette périlleuse aventure. La lune, qui se trouvait dans son plein, se levait à peine et commençait à montrer un bord rougeâtre au-dessus du brouillard. Raison de plus de nous hâter, car il était évident qu'il ferait clair comme en plein jour avant que nous eussions fini, et dès lors notre départ serait signalé, s'il y avait des espions en campagne. Nous nous glissions donc rapidement le long des haies, en faisant le moins de bruit possible. Nous arrivâmes ainsi chez nous sans avoir rien vu ou entendu de suspect, et c'est avec un véritable soulagement, que nous refermâmes sur nous la porte de l'*Amiral-Benbow*.

Mon premier soin fut de pousser le verrou. Un instant nous reprîmes haleine dans les ténèbres, seuls dans la maison avec le cadavre du Capitaine. Puis ma mère alluma une chandelle, et, nous tenant par la main, nous entrâmes dans le parloir. Le mort était comme nous l'avions laissé, sur le dos, les yeux grands ouverts et un bras étendu.

« Tire le store, Jim, me dit tout bas ma mère ; on pourrait nous voir du dehors... Et maintenant, reprit-elle quand je lui eus obéi, il s'agit de lui prendre la clef du coffre, ce qui est impossible sans le toucher », ajouta-t-elle avec un frémissement d'horreur.

À l'instant je m'agenouillai auprès du cadavre. Par terre, à côté de sa main ouverte, se trouvait un petit morceau de papier coupé en rond, noirci d'un côté. C'était évidemment la *marque noire*. Je ramassai le papier et je vis qu'au revers, resté blanc, il portait ce message laconique, d'une grosse écriture très lisible : À CE SOIR, DIX HEURES. »

« Mère, il avait jusqu'à dix heures ! » m'écriai-je.

Et comme je parlais encore, l'horloge se prépara à sonner. Ce bruit inattendu nous fit grand-peur. Mais, après tout, la nouvelle était bonne, car il n'était que six heures.

« Allons, Jim, dit maman, cette clef !... »

Je tâtai les poches l'une après l'autre : quelque petite monnaie, du fil et des aiguilles, un clé à coudre, un couteau, un bout de tabac à chiquer, une boîte à amadou, un briquet, une boussole de poche, voilà tout ce que je trouvai. Je commençais à désespérer de découvrir la clef.

« Peut-être est-elle suspendue à son cou », suggéra ma mère.

Surmontant ma répugnance, j'ouvris vivement son col de chemise, et

Le coffre du capitaine.

là en effet, suspendue à un cordon goudronné, que je coupai avec son propre couteau, je trouvai la clef.

Cette victoire nous remplit d'espoir. Nous nous hâtâmes de monter chez lui, dans la petite chambre qu'il avait occupée si longtemps et d'où le fameux coffre n'avait pas bougé depuis le jour de son arrivée.

Ce coffre était semblable à toutes les malles de matelot, fait en bois dur, usé aux coins comme s'il avait longtemps servi, et marqué sur le couvercle, au fer rouge, d'un grand B.

« Donne-moi la clef », me dit ma mère.

Et, malgré la dureté de la serrure, elle eut en un clin d'œil fait tourner le pêne et rejeté le lourd couvercle en arrière.

Une forte odeur de tabac et de goudron s'exhala aussitôt. Nous ne vîmes rien sur le dessus qu'un costume complet en fort bon état, proprement plié et brossé. Comme le fit remarquer ma mère, ces vêtements ne devaient même pas avoir été portés. Ils recouvraient un assemblage assez hétéroclite de menus objets : quarts de cercle, gamelle d'étain, rouleaux de tabac, deux paires de beaux pistolets, une barre d'argent fin, une vieille montre espagnole, divers autres bijoux de peu de valeur et d'apparence exotique, un compas monté en cuivre, cinq ou six coquilles d'Amérique. Depuis combien de temps traînait-il ces coquilles avec lui, dans sa carrière errante, périlleuse et coupable ?... Tout cela n'avait pas grand intérêt pour nous, sauf les bijoux et la barre d'argent. Et encore, comment en tirer parti ?... Aussi poursuivions-nous activement nos recherches. Le fond du coffre était occupé par un vieux caban de matelot, blanchi par le sel de plus d'une plage lointaine. Ma mère le tira avec impatience, et nous découvrîmes alors les derniers objets que recelait la caisse, un paquet enveloppé de toile cirée et qui nous parut rempli de papiers, puis un sac de toile d'où sortit, quand je le touchai, un tintement d'or.

« Nous allons montrer à ces coquins que nous sommes d'honnêtes gens ! dit ma mère. Je prendrai mon dû, et pas un liard de plus... Tiens-moi le sac de mistress Crowley !...

Et elle se mit à compter des pièces d'or, qu'elle jetait au fur et à mesure dans le sac que je tenais ouvert. Son projet était d'arriver au total exact de la note du Capitaine. Mais ce n'était pas une opération aussi simple qu'on pourrait le croire : car les pièces étaient de tout modèle et de tous pays, des doublons, des louis, des guinées, des onces, que sais-je

Robert-Louis Stevenson

encore ? Le tout pêle-mêle. Encore les guinées étaient-elles les plus rares, et les seules que ma mère sût compter.

Nous n'étions pas à moitié de ce travail, quand je l'arrêtai soudain en posant ma main sur son bras. Dans le silence de la nuit, je venais de percevoir un son qui me glaçait le sang dans les veines, le *tap-tap-tap* du bâton de l'aveugle sur le sol durci par la gelée... Le son se rapprochait... Nous écoutions, retenant notre haleine... Le bâton frappa le seuil de la porte, et nous entendîmes le loquet qu'on tournait, puis le verrou secoué par le misérable... Il y eut un long silence... Enfin le *tap-tap-tap* recommença, s'éloigna lentement, à notre joie inexprimable, et finit par se perdre au loin. Mère, m'écriai-je, prenons tout et partons ! »

J'étais sûr que cette porte verrouillée devait avoir paru suspecte et que toute la bande n'allait pas manquer de nous tomber sur le dos. Et pourtant, que j'étais aise d'avoir pensé à pousser ce verrou ? Pour s'en faire une idée, il faut avoir vu ce terrible aveugle.

Si effrayée que fût ma mère, elle ne voulut à aucun prix entendre parler de prendre un sou de plus que son dû. Quand à prendre un sou de moins, elle s'y refusait obstinément.

« Il est à peine sept heures, disait-elle. Je veux tout ce qui m'appartient. »

Elle parlait encore, quand un coup de sifflet très prolongé se fit entendre à une assez grande distance sur la hauteur. Cette fois, il ne fut plus question de rester.

« J'emporterai ce que j'ai là ! dit ma mère en se relevant précipitamment.

– Et moi, je prends ceci pour faire un compte rond ! m'écriai-je, en ramassant le paquet de toile cirée. »

L'instant d'après, nous dévalions l'escalier dans les ténèbres, laissant notre chandelle auprès du coffre vide ; nous prenions la porte et nous gagnions au pied. Le brouillard commençait à se dissiper et la lune éclairait déjà en plein les hauteurs qui nous entouraient ; heureusement pour nous, le chemin creux et les environs de l'auberge se trouvaient encore plongés dans la brume et une obscurité relative favorisait notre fuite, au moins au début. Mais nous avions à franchir un espace éclairé, à peu près à mi-chemin du village. Et le pis, c'est qu'un bruit de pas nombreux se faisait déjà entendre derrière nous. Bientôt, nous eûmes la certitude que ces pas étaient ceux d'une troupe d'hommes se dirigeant vers l'auberge et dont l'un portait une lanterne.

Le coffre du capitaine.

« Mon enfant, dit tout à coup ma mère, prends l'argent et sauve-toi !...
Je crois que je vais défaillir. »

C'était fini : nous allions être pris !... Ah ! que j'en voulais à nos voisins
de leur indigne lâcheté !... Par bonheur, nous touchions presque au petit
pont. Tant bien que mal, j'aidai ma mère à marcher jusqu'au bord du
fossé. En y arrivant, elle poussa un soupir, et tomba évanouie sur mon
épaule. Je ne sais où je trouvai la force nécessaire pour la pousser ou
plutôt la traîner jusqu'au fond du fossé, tout contre l'arche du pont. Je
ne pouvais faire plus : le pont était trop bas pour me permettre autre
chose que de me cacher dessous, mince comme j'étais, en rampant
sur les genoux et les mains. Il fallut donc rester là, ma mère presque
absolument en vue de la route, et tous deux à portée de voix de l'auberge.

Robert-Louis Stevenson

V
La fin de l'aveugle.

Chose étrange en pareille situation : la curiosité fut bientôt chez moi plus forte que la frayeur. Au bout de quelques instants, il me devint impossible de rester en place, et, rampant doucement au bord du fossé, j'allai m'abriter derrière un buisson de genêt, d'où je voyais la route et la porte de l'auberge. J'étais à peine installé dans ce poste d'observation, quand l'avant-garde de l'ennemi se montra : c'étaient sept ou huit hommes qui couraient en désordre, précédés par l'homme à la lanterne. Trois de ces individus allaient ensemble, en se tenant par la main, et bientôt, en dépit du brouillard, je reconnus que, dans ce trio, l'homme du milieu n'était autre que l'aveugle !... Presque aussitôt j'entendis sa voix et m'assurai ainsi que je ne m'étais pas trompé.

« Enfoncez la porte ! criait-il.

– À l'instant !... » répondirent deux ou trois voix.

Il y eut une poussée au seuil de l'*Amiral-Benbow*. Puis, les assaillants s'arrêtèrent court, et je les entendis se parler en chuchotant, comme s'ils étaient surpris de trouver le passage libre. Mais ce ne fut pas long, car l'aveugle se remit à donner des ordres. Sa voix s'élevait de plus en plus ; il semblait pris d'un accès de rage.

« Entrez donc ! criait-il. Voulez-vous prendre racine ici ?... Qu'attendez-vous maintenant ?... »

Quatre ou cinq des premiers arrivés obéirent à cette injonction ; deux autres restèrent sur la route avec le terrible aveugle. Il y eut un silence, puis une exclamation de surprise, et une voix cria dans la maison :

« Bill est mort !... »

Mais l'aveugle ne fit que les accabler d'injures pour leur lenteur.

« Fouillez-le, tas de lourdauds !... Que les autres montent dans sa cabine et enlèvent le coffre ! Il faut donc tout vous dire ?... »

Je les entendis monter notre vieil escalier avec un tel bruit de gros souliers que la maison devait en être ébranlée. Peu après, nouveaux cris de surprise. La fenêtre de la chambre du Capitaine sauta en pièces avec un vacarme de vitres cassées, et un homme s'y montra, éclairé en plein par la lune. Il s'adressait à l'aveugle, qui attendait sous la fenêtre.

La fin de l'aveugle.

« Pew, criait-il, nous sommes refaits, on a fouillé le coffre avant nous !...

– La chose est-elle encore là ? rugit l'aveugle.

– L'argent y est.

– Au diable l'argent ! Je te parle de la griffe de Flint !..

– Nous ne la trouvons pas...

– Et vous autres, en bas, la trouvez-vous sur Bill ? » cria l'aveugle.

À ce moment, un de ceux qui étaient demeurés au rez-de-chaussée, sans doute pour fouiller le cadavre du Capitaine, reparut sur le seuil de la porte.

« Bill a sûrement été déjà fouillé, dit-il, il n'y a plus rien sur lui.

– Ce sont les gens de l'auberge !... C'est le petit garçon, pour sûr !... hurla l'aveugle... Que ne lui ai-je arraché les yeux !... Mais peut-être est-il temps encore !... Les gens étaient là tout à l'heure, puisque la porte se trouvait verrouillée quand je suis venu... Dispersez-vous, garçons, et cherchez !...

– Ce qu'il y a de sûr, c'est qu'ils ont laissé ici leur chandelle allumée ! dit l'homme à la fenêtre.

– Cherchez !... Fouillez partout ! Démolissez plutôt la maison pierre à pierre !... » reprit Pew en frappant le sol de son bâton.

Ce fut alors un vacarme infernal dans notre vieille auberge : des pas lourds courant dans les chambres, des meubles défoncés, des portes battant de tous côtés, des fenêtres volant en éclats. Puis, l'un après l'autre, les hommes sortirent en déclarant qu'il était impossible de nous trouver.

En ce moment, le même sifflet qui avait tant alarmé ma mère résonna de nouveau dans la nuit, à deux reprises. J'avais supposé que c'était le signal de l'aveugle pour appeler sa bande à l'assaut. Mais je m'aperçus, par la direction d'où venaient les coups de sifflet et par l'effet produit sur les brigands, qu'il s'agissait plutôt de les avertir d'un danger.

« C'est Dirk ! dit l'un des hommes. Et deux coups !... Il va falloir décamper, camarades.

– Qui parle de décamper ? cria Pew. Parce que cet imbécile et ce poltron de Dirk a pris peur ?... Ne le connaissez-vous pas ?... Ne vous occupez pas de son sifflet, cela n'en vaut pas la peine... Il s'agit de trouver ces gens, qui ne peuvent être loin... Je gage que vous avez le nez dessus, tas de chiens !... Damnation ! Si j'avais seulement mes yeux !... »

Cet appel produisit un certain effet. Deux hommes se mirent à battre les buissons autour de l'auberge. Mais il me parut que c'était sans entrain et qu'ils n'oubliaient pas le danger possible annoncé par le sifflet. Quant aux autres, ils semblaient indécis et ne bougeaient pas.

« Tas d'idiots, qui n'avez qu'à tendre la main pour ressaisir des millions et qui les laissez échapper ! disait l'aveugle. Vous savez qu'un chiffon de papier vous ferait aussi riche que des rois, qu'il est là, près de vous, et vous ne grouillez pas ?... Pas un de vous n'a osé seulement affronter Bill !... Il a fallu que ce fût moi, un aveugle !... Et il faut maintenant que je perde une fortune par votre faute !... que je continue à mendier ma misérable vie, au lieu de rouler carrosse, comme ce serait si facile !... Il ne s'agit pourtant que de trouver ces gens, et c'est une entreprise qui demande tout juste autant de courage qu'il y en a dans un ver de biscuit... Eh bien !... ce courage, vous ne l'avez pas !

– Que veux-tu, Pew ? nous avons toujours les doublons ! argua l'un des hommes.

– Qui nous dit d'ailleurs que ce bienheureux papier n'est pas déjà enterré quelque part ? reprit un autre. Prends les guinées, Pew, et ne reste pas là à brailler de la sorte... »

Brailler était le mot. Ces objections exaspérèrent l'aveugle à tel point qu'il ne se posséda plus et se mit à donner de grands coups de bâton à ceux qui se trouvaient à sa portée. À leur tour, ils ripostèrent avec des jurons et des menaces effroyables, en essayant mais en vain de lui arracher son bâton.

Cette querelle nous sauva, ma mère et moi. Car soudain j'entendis sur la hauteur, du côté du village, le galop d'une troupe de chevaux, et presque aussitôt un coup de pistolet brilla et retentit sur la falaise. Ce fut le signal de la débandade. Les brigands se mirent à courir de tous côtés, les uns vers la baie, les autres à travers champs. En moins d'une demi-minute, Pew était resté seul. L'avaient-ils abandonné ainsi par un simple effet de leur panique ou pour se venger de ses menaces et de ses brutalités, c'est ce que je ne saurais dire ; mais le fait est qu'il se trouvait en arrière, tapant frénétiquement la route de son bâton, fuyant à tâtons et appelant vainement ses camarades. Bref, après plusieurs tours et détours, il se trompa de chemin, et se mit à courir vers le village, passant à deux pas de moi, et criant :

La fin de l'aveugle.

« Johnny, Chien-Noir, Dirk et les autres, vous n'allez pas abandonner ainsi votre pauvre vieux Pew !... Ce n'est pas possible !... »

Au même instant, le bruit des chevaux se rapprochait, quatre ou cinq cavaliers arrivaient en pleine lumière au haut de la côte, et la descendaient vers nous au grand galop. Pew, comprenant son erreur, fit volte-face et courut droit au fossé dans lequel il roula. Il se releva aussitôt, mais ce fut pour aller, dans son trouble, se jeter sous les pieds mêmes du cheval qui tenait la tête.

Le cavalier essaya de retenir sa monture, mais il était trop tard. Pew s'abattit en poussant un cri terrible ; les durs sabots lui passèrent sur le corps. Il resta un instant penché sur le côté, comme il était tombé, puis s'inclina lentement sur la face et ne bougea plus.

J'avais déjà quitté mon abri, appelant les cavaliers, qui s'arrêtaient un à un, frappés d'horreur par l'accident. C'étaient des douaniers montés, que notre messager venait de rencontrer en se rendant chez le docteur Livesey, et qu'il avait eu l'esprit d'avertir du danger que nous courions. Leur chef, l'inspecteur Dance, avait déjà eu quelque nouvelle du cotre mouillé au Trou-de-Kitts, et, à tout hasard, il avait ce soir-là dirigé sa ronde vers ces parages. C'est sûrement à cette circonstance que nous devions la vie, ma mère et moi.

Quant à Pew, il était mort et bien mort.

Un peu d'eau fraîche suffit à ranimer ma mère ; elle ne fut pas plus tôt remise de son épouvante et rentrée au village, qu'elle se mit à déplorer la perte des quelques guinées qui manquaient à son compte.

Pendant ce temps, l'inspecteur Dance poursuivait sa route à toute bride vers le Trou-de-Kitts ; mais, avec ses hommes, il dut bientôt mettre pied à terre pour trouver le sentier qui descendait au fond du vallon et se garder contre une embuscade possible ; il fut donc un peu surpris en arrivant à la crique de constater que le cotre avait déjà levé l'ancre, quoiqu'il fût encore à portée de la voix. L'inspecteur le héla. On lui répondit de ne pas rester au clair de la lune, s'il ne tenait pas à avoir du plomb dans l'aile, et au même instant une balle siffla à son oreille.

Bientôt le cotre dépassa la pointe de la baie et disparut, tandis que M. Dance, selon sa propre expression, restait à la côte comme un poisson laissé par la marée. Tout ce qu'il put faire fut d'envoyer un de ses hommes à Bristol pour signaler le cotre.

Robert-Louis Stevenson

« Et à quoi bon ? je vous le demande, ajoutait-il. Les voilà hors d'affaire et il n'y a plus à en parler... C'est égal, je suis tout de même content d'avoir écrasé les cors de maître Pew... »

Car il savait maintenant toute l'histoire. J'étais revenu avec lui à l'*Amiral-Benbow*, et l'on ne saurait imaginer une maison dans un plus triste état. Dans leur fureur de ne pas nous trouver, les brigands avaient brisé et jeté à terre jusqu'à l'horloge. Quoiqu'ils n'eussent rien pris que le sac d'or du capitaine et ce qui se trouvait de monnaie dans le comptoir, un pareil désastre équivalait pour nous à la ruine. M. Dance ne comprenait rien à la rage qui avait évidemment animé les misérables.

« Vous dites qu'ils ont pris l'argent ? me disait-il. Mais alors, que cherchaient-ils de plus ? d'autre argent ?...

– Non, monsieur ; je ne le crois pas... M'est avis qu'ils cherchaient autre chose, et que cette chose je l'ai ici, dans la poche de ma veste... même je ne serais pas fâché de la mettre en sûreté.

– Bonne idée, mon garçon, excellente idée ! Voulez-vous me la remettre ?

– J'avais pensé que peut-être le docteur Livesey...

– Parfaitement, reprit l'inspecteur sans manifester la plus légère contrariété. Un gentleman, un juge de paix, est précisément la personne à qui vous pouvez confier ce dépôt. Et maintenant que j'y pense, je ne ferai pas mal d'aller lui déclarer la mort de ce Pew. On a si vite inventé des histoires contre nous autres officiers de la douane... Si vous voulez, Hawkins, je vous emmène avec moi. »

Je le remerciai de grand cœur de son offre et nous revînmes au village, où les chevaux attendaient. Tandis que je faisais part à ma mère de ces arrangements, les douaniers se mettaient en selle. M. Dance me fit placer en croupe derrière celui de ses hommes qui était le mieux monté ; puis il donna le signal du départ, et nous nous mîmes en route au grand trot pour la maison du docteur.

La fin de l'aveugle.

VI

Les papiers du capitaine.

Quand nous arrivâmes chez le docteur, pas une fenêtre de la façade n'était éclairée. Sur l'ordre de M. Dance, je sautai à terre et je heurtai à la porte. Une servante ne tarda pas à paraître et nous informa que le docteur ne se trouvait pas chez lui. Il dinait ce soir-là au château avec le squire Trelawney[1].

M. Dance décida que nous nous y rendrions sur l'heure. Le château était d'ailleurs peu éloigné : aussi, sans remonter à cheval ne fis-je que prendre en main un étrier et trotter à côté des cavaliers jusqu'à la porte du parc et le long de l'avenue. En mettant pied à terre, M. Dance donna son nom et, me prenant avec lui, fut immédiatement admis. Au bout d'une galerie, le domestique nous introduisit dans une vaste salle, dont les quatre murs étaient couverts de rayons chargés de livres et d'une douzaine de bustes en marbre. Nous y trouvâmes le squire et le docteur installés au coin d'un bon feu et fumant paisiblement leur pipe.

Je n'avais jamais vu d'aussi près le squire Trelawney. C'était un homme de haute taille, plus de six pieds (anglais), fort et large à proportion, avec une bonne figure ouverte et franche, bronzée par de longs voyages. Ses sourcils étaient très noirs et se fronçaient facilement. Cela lui donnait l'air dur, quoiqu'il n'eût pas au fond mauvais caractère et fût seulement très vif et quelque peu hautain.

« Entrez, monsieur Dance, dit-il majestueux et affable.

– Bonsoir, Dance, dit le docteur avec un signe de tête. Et bonsoir aussi, ami Jim. Quel bon vent vous amène ? »

L'inspecteur, droit et raide, conta son histoire comme une leçon. Il fallait voir les deux gentlemen se pencher pour l'écouter, se regarder avec surprise et en oublier de fumer. Quand ils surent avec quel courage ma mère était revenue à l'auberge, le docteur Livesey se donna un grand coup sur la cuisse, en manière d'approbation, tandis que le squire criait : « Bravo ! » et, ce faisant, cassait net sa longue pipe sur la cheminée... Le récit n'était pas encore terminé que M. Trelawney avait déjà quitté son

---

1 Le mot *squire* (qu'il ne faut pas confondre avec celui d'esquire) désigne en Angleterre le propriétaire d'un manoir seigneurial. Esquire ou « écuyer » est la désignation qui s'ajoute par courtoisie, sur les adresses de lettres, au nom des gens non titrés.

Robert-Louis Stevenson

fauteuil et marchait à grands pas dans la salle. Quant au docteur, comme pour mieux entendre, il avait ôté sa perruque poudrée et il écoutait de toutes ses oreilles, sans s'occuper de la drôle de mine qu'il avait avec sa tête noire et tondue.

Enfin M. Dance arriva au bout de son rapport.

« Monsieur Dance, tous mes compliments pour votre conduite ! s'écria le squire. Et mes compliments aussi au petit Hawkins !... Veux-tu sonner, mon garçon ?... M. Dance prendra bien un verre de bière...

– Et tu crois, Jim, reprit le docteur, avoir réellement en poche ce que cherchaient si passionnément ces brigands ?

– Le voici, monsieur », répondis-je, en lui passant le paquet de toile cirée.

Le docteur le retourna de tous côtés, comme si les doigts lui démangeaient de l'ouvrir. Mais, au lieu d'en passer son envie, il finit par le mettre tranquillement dans sa poche.

« Squire, dit-il, quand Dance se sera rafraîchi, il va naturellement être obligé de nous quitter pour son service de nuit. Mais j'ai l'intention de garder Jim Hawkins chez moi, pour qu'il se repose jusqu'à demain, et, si vous l'avez pour agréable, je vous demanderai de faire apporter le pâté froid et de lui donner à souper.

– Très volontiers, mon cher Livesey, répliqua le squire. Hawkins a mérité mieux que du pâté froid. »

On apporta une grande tourte aux pigeons et l'on me dressa un couvert sur une petite table. Je fis un souper de prince, car j'avais une faim de loup, tandis que M. Dance, après de nouveaux compliments, prenait congé et se retirait.

« Et maintenant, squire ? dit aussitôt le docteur.

– Et maintenant, mon cher Livesey ? répéta le squire.

– Procédons par ordre, reprit le docteur en riant. Vous avez, je suppose, déjà entendu parler de ce Flint, dont feu Billy Bones se disait l'ex-lieutenant ?

– Si j'ai entendu parler de Flint ? s'écria le squire. Je vous crois, docteur. Le plus atroce brigand qui ait jamais existé ? Le plus redoutable des pirates qui ont jamais écumé les mers. Barbe-Bleue n'était qu'un enfant auprès de lui !... Les Espagnols avaient si grand-peur de lui, qu'il m'est arrivé, sur ma parole, d'être presque fier qu'il fût Anglais !... J'ai vu ses voiles de cacatois de mes propres yeux, moi qui vous parle, au large de la Trinité : et le fils de chien qui menait notre navire ne les eut pas plus tôt aperçues, qu'il donna l'ordre de virer de bord pour rentrer droit à Port-d'Espagne...

– Ces choses-là se sont vues même en Angleterre, répliqua le docteur. Mais la question est celle-ci : Flint avait-il de l'argent ?

– De l'argent !... Vous en doutez ?... Que veulent les misérables comme lui, sinon de l'argent ? Qu'aiment-ils, sinon l'argent ?... Pourquoi risqueraient-ils leur sale peau, sinon pour de l'argent ?...

– C'est ce que nous saurons bientôt, reprit le docteur. Mais vous vous emportez si vite et vous avez tant d'exclamations à votre service, qu'il n'y a pas moyen de s'expliquer. Voici ce que je vous demande : Supposé que j'aie là dans ma poche quelque indice sur l'endroit où Flint cachait son trésor, ce trésor, à votre avis, peut-il être considérable ?

– Considérable, monsieur ?... Je ne vous répondrai que ceci : Si vous avez l'indice que vous dites, je m'engage à fréter un navire à Bristol, pour m'embarquer avec vous et le jeune Hawkins ici présent, et aller à la recherche de ce trésor, dussions-nous y passer un an !...

– Parfait, dit le docteur. Eh bien, maintenant, si Jim est de cet avis, nous allons ouvrir ce paquet. »

Et il le déposa sur la table.

Le paquet était cousu sur les côtés. Le docteur tira sa trousse et coupa les points avec ses ciseaux de chirurgien. La toile ciré enveloppait deux objets, un carnet de poche et un papier fermé par des cachets de cire.

« Voyons d'abord le carnet », reprit le docteur.

Le squire et moi, nous regardions par-dessus son épaule pendant qu'il l'ouvrait, car le docteur Livesey, voyant que j'avais fini mon souper, m'avait dit avec bonté de m'approcher, pour participer à l'enquête.

Sur la première page, il n'y avait que des griffonnages, comme peut en faire le premier venu, une plume à la main, par désœuvrement ou pour s'exercer. Une autre page portait la même indication que j'avais vue tatouée sur le bras du capitaine : « Le caprice de Billy Bones. » Une troisième portait comme titre : « M. William Bones, second du navire. » Une autre, cette résolution : « Plus de rhum ! » Puis : « C'est au large de la Clef de Palmas qu'il l'a attrapé. » Et encore des griffonnages,

Robert-Louis Stevenson

pour la plupart inintelligibles. Je me demandais qui « l'avait attrapé », et ce que c'était qu'il « avait attrapé ». Un coup de couteau dans le dos, probablement.

« Tout cela ne nous apprend pas grand-chose », dit le docteur, en continuant à feuilleter le cahier.

Les dix ou douze pages suivantes étaient remplies d'une étrange série de notes. Il y avait deux colonnes : à un bout de chaque ligne, une date ; à l'autre bout, une somme d'argent, comme dans un livre de comptes ordinaire. Mais, au lieu de renseignements sur chaque article, seulement un nombre de croix plus ou moins grand, entre les deux chiffres. Par exemple, à la date du 12 juin 1745 figurait une somme de soixante-dix livres sterling (environ dix-sept cent cinquante francs) ; mais la nature de cette recette n'était indiquée que par six croix. Parfois, pourtant, il y avait un nom de lieu, tel que : « au large de Caracas », ou même une mention de latitude et de longitude, telle que : « 62° 17' 20'' – 19° 2' 40'' ».

Ces comptes s'étendaient sur une période de près de vingt ans, les totaux inscrits au bas de chaque page allant toujours en augmentant. Après la dernière, il y avait un total général, – résultat de cinq ou six additions erronées d'ailleurs, – et cette signature : « Bones. Son magot ».

« Je n'y comprends rien, dit le docteur en terminant cet inventaire.

– C'est pourtant clair comme le jour ! s'écria le squire. Vous ne voyez donc pas que nous avons en main le livre de comptes de ce scélérat ?... Les croix représentent les noms de villes pillées par la bande, ou de navires coulés par elle. Les sommes d'argent représentent les parts de prise du gredin. Quand il craignait de ne pas s'y reconnaître, il ajoutait un détail comme : « au large de Caracas ». Sans doute, quelque malheureux navire attaqué dans ces parages. – Dieu ait pitié des pauvres gens qui se trouvaient à bord !

– Vous avez raison, répondit le docteur. Ce que c'est, pourtant, d'avoir voyagé !... Et les recettes augmentent, voyez-vous, à mesure qu'il montait en grade. »

Les papiers du capitaine.

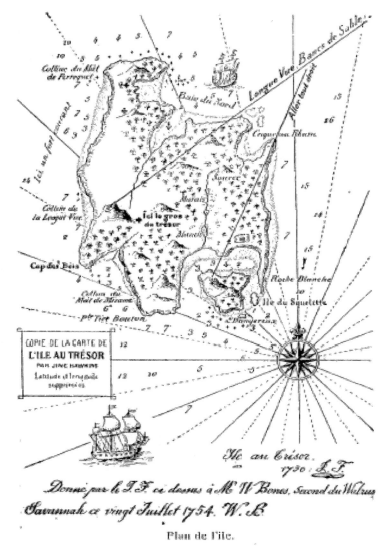

Plan de l'île.

Il n'y avait plus dans le cahier que quelques relèvements nautiques portés sur les pages blanches de la fin, et une table pour réduire les monnaies françaises, anglaises ou espagnoles à une valeur commune.

« Le gaillard entendait ses intérêts ! s'écria le docteur. Il tenait à ne pas être dupé au change !...

Robert-Louis Stevenson

– Et maintenant, dit le squire, voyons le reste. »

Le reste, c'était le papier, scellé de plusieurs cachets de cire, avec un dé à coudre en guise d'empreinte, le même dé peut-être que j'avais trouvé dans la poche du Capitaine. Le docteur ouvrit cette espèce d'enveloppe avec le plus grand soin : il en tomba la carte manuscrite d'une île, avec latitude et longitude, sondages, point d'atterrissage, hauteurs indicatrices, passes et baies, en un mot tous les détails nécessaires pour venir en toute sûreté y mouiller un navire. L'île pouvait avoir neuf milles de long sur cinq de large ; sa forme était à peu près celle d'un gros dragon sur ses pattes de derrière ; on y remarquait d'abord deux ports naturels, presque entièrement fermés par les terres voisines, et au centre une colline désignée comme « la Longue-Vue ». La carte paraissait assez ancienne, mais portait des indications de date plus moderne ; notamment trois croix à l'encre rouge, deux vers le nord de l'île, une au sud-ouest ; et tout à côté de celle-ci, de la même encre et d'une écriture fine, bien différente de la calligraphie enfantine du Capitaine ces mots : « Ici le gros du trésor ».

Au dos de la carte, la même main avait tracé ces indications supplémentaires :

« Grand arbre, sur la croupe de la Longue-Vue ; un point au N. de N.-N.-E.

« Île du Squelette E.-S.-E. par E.

« Dix pieds.

« L'argent en barres dans la cachette du Nord.

« Pour y arriver, suivre la vallée de l'Est, à dix brasses au sud du rocher noir qui porte une figure.

« Les armes et munitions faciles à trouver dans le sable, pointe N du cap qui ferme le mouillage nord, un point à l'E. quart N. »

C'était tout. Si brèves que fussent ces indications, pour moi parfaitement inintelligibles, elles remplirent le squire et le docteur de la joie la plus vive.

« Livesey, s'écria M. Trelawney, vous allez abandonner dès demain votre misérable médecine. Je pars sans délai pour Bristol. En trois semaines ou même moins, en deux semaines, en dix jours je frète le plus fin voilier d'Angleterre, avec un équipage de choix... Nous prenons Hawkins comme mousse, et un fameux mousse ça sera qu'Hawkins !...

Les papiers du capitaine.

Vous, Livesey, chirurgien du bord... Et moi grand amiral !... J'emmène Redruth, Joyce et Hunter... Nous tombons sur les vents favorables ; après la traversée la plus heureuse, nous trouvons l'île sans la moindre difficulté, et, dans l'île, de l'or en veux-tu en voilà, de l'or à rouler dessus, à en faire des choux et des raves !... »

Tandis que le squire s'abandonnait à ce mirage, la face pensive du docteur s'était subitement rembrunie.

« Vous n'oubliez qu'un point, Trelawney, dit-il tout à coup : c'est que cet or n'est pas notre propriété, et qu'il est d'ailleurs le produit du vol et du meurtre...

— C'est ma foi vrai ! Je n'y songeais pas, s'écria le squire avec sa franchise ordinaire. Mais quoi ! voulez-vous pour cela le laisser inutile et improductif dans cette île ? »

Le docteur semblait réfléchir profondément et poser en lui-même toutes les données du problème.

« Non, je crois que nous n'en avons pas le droit, dit-il enfin. On peut faire trop de bien avec un trésor comme celui qu'il y a peut-être là, réparer trop de crimes et d'injustices ; il y a dans le monde trop de misères à soulager ! Savez-vous ce que je vous propose, Trelawney ? le voici : convenons avant tout que nous regarderons ce trésor comme une trouvaille ordinaire de monnaies anciennes, dont la moitié, aux termes de la loi, appartient à celui qui l'a faite et l'autre moitié à l'État, c'est-à-dire au roi George.

— Cela me paraît assez sage, dit M. Trelawney, non sans un soupir.

— Quant à cette moitié que la loi nous attribue, poursuivit le docteur, convenons, avant de la répartir entre nous, d'en prélever une importante fraction, le tiers, par exemple, au profit d'une fondation charitable, d'un hôpital, d'un asile pour les vieux marins... Ce sera la part des pauvres !...

— Va pour la part des pauvres ! s'écria le squire avec plus d'enthousiasme qu'il n'en avait éprouvé pour le roi George. Ce n'est pas moi qui la leur marchanderai !

— Eh bien, dans ces termes, je m'embarque avec vous, reprit le docteur dont le front s'était rasséréné. Et j'emmène Jim, et je compte que nous ferons tous deux honneur à l'expédition... Mais s'il faut tout vous dire, il y a un homme dont j'ai peur...

— Et qui est-ce ? demanda le squire. Nommez-le, monsieur, s'il vous

Robert-Louis Stevenson

plaît !

– C'est vous, répliqua le docteur. Car vous ne savez malheureusement pas tenir votre langue, et la discrétion est de toute nécessité pour conduire à bien une entreprise comme celle-ci. Songez donc, mon cher Trelawney, que nous sommes déjà trop de gens à connaître l'existence de cette carte. Ces individus qui ont attaqué l'auberge ce soir, des coquins hardis et prêts à tout, vous pouvez y compter, et le reste de l'équipage du cotre, et d'autres encore peut-être, sont sûrement déterminés à s'emparer de ce trésor, coûte que coûte. Il faut donc à tout prix les dépister... Si vous m'en croyez, pas un de nous ne restera seul jusqu'au moment où nous prendrons la mer. Jim et moi nous attendrons ici. Vous, prenez Joyce et Hunter pour aller à Bristol.

– Et jusqu'à la dernière minute, pas un mot sur le but de notre voyage, pas l'ombre d'une indiscrétion !...

– Livesey, dit gravement le squire, vous avez toujours raison. Je vous donne ma parole d'être silencieux comme la tombe. »

Les papiers du capitaine.

VII

Le cuisinier du navire[1].

Les préparatifs du départ prirent plus de temps que ne l'avait supposé le squire, et même le projet du docteur Livesey de me garder tout ce temps auprès de lui ne put être mis à exécution. Le docteur dut aller à Londres pour trouver un jeune médecin qui se chargeât de sa clientèle ; le squire était à Bristol, s'occupant avec activité de l'armement du navire. Je restai au château avec le vieux Redruth, le garde-chasse, à peu près prisonnier, mais ne rêvant que voyages et aventures, déserts étranges et charmants. Presque toutes mes journées se passaient à étudier la carte de l'île, dont les moindres détails étaient gravés dans ma mémoire. Assis près du feu chez la femme de charge, j'accostais en imagination notre île par toutes les directions possibles ; j'explorais chaque arpent de sa surface ; j'escaladais vingt fois par jour la haute colline désignée comme la *Longue-Vue*, et du sommet je me délectais à contempler le panorama le plus riche, le plus varié. Tantôt l'île était pleine de sauvages que nous combattions et mettions en fuite ; tantôt elle était remplie d'animaux dangereux qui nous donnaient la chasse. Mais dans aucun de mes rêves il ne m'arriva jamais rien d'aussi bizarre et d'aussi tragique que devaient l'être nos véritables aventures.

Les semaines passèrent. Un jour, une lettre arriva, à l'adresse du docteur Livesey, avec cette apostille :

« Pour être ouverte, en cas d'absence, par Tom Redruth ou par le jeune Hawkins ».

Nous, l'ouvrîmes donc, et nous trouvâmes, ou plutôt je trouvai (car le garde-chasse ne savait guère lire que les caractères imprimés) les importantes nouvelles que voici :

« Hôtel de la *Vieille-Ancre*, Bristol,

1ᵉʳ mars 1761.

« Mon cher Livesey,

« Ignorant si vous êtes chez vous ou à Londres, j'envoie ceci en double

---

[1] On dit en général le « coq » d'un navire. Mais on a systématiquement écarté ici tous les mots d'argot nautique, quand sous prétexte de couleur locale ils ne font que rendre le récit obscur pour le lecteur peu familiarisé avec les choses maritimes.

Robert-Louis Stevenson

et aux deux adresses.

« Le bâtiment est armé et équipé, prêt à prendre la mer. C'est le plus joli schooner qu'on puisse voir, l'*Hispaniola*, de deux cents tonneaux ; si léger et si bien construit qu'un enfant se chargerait de le diriger. J'ai fait cette trouvaille grâce à mon ami Blandly, qui se montre serviable au possible. Le brave garçon s'est mis corps et âme à ma disposition. Tout le monde à Bristol, du reste, est absolument charmant pour moi, surtout depuis qu'on sait quel est le but de notre voyage, j'entends le Trésor.... »

« Oh ! oh ! m'écriai-je en interrompant ma lecture, le docteur Livesey ne sera pas content ! Le squire a bavardé, malgré sa promesse.

– N'en avait-il pas le droit ? grommela le garde-chasse. Il ferait beau voir que le squire se privât de parler pour complaire au docteur Livesey. »

Je suspendis tout commentaire et repris ma lecture :

« C'est Blandly en personne qui a découvert l'*Hispaniola* et qui s'est arrangé de manière à l'avoir pour presque rien. Ce qui n'empêche pas les gens de jaser, bien entendu. Le pauvre Blandly a beaucoup d'ennemis, certains vont jusqu'à dire que l'*Hispaniola* lui appartenait en propre, qu'il me l'a vendue beaucoup trop cher, et autres sottises. Dans tous les cas, ils ne peuvent pas alléguer que ce ne soit pas un excellent schooner c'est ce qui me console.

« Jusqu'ici tout a marché comme sur des roulettes. Les ouvriers chargés du gréement et des radoubs mettent un temps de tous les diables à faire leur ouvrage ; mais enfin nous en sommes venus à bout. Ce qui m'a donné le plus de mal, c'est la formation de l'équipage. Il me fallait au moins une vingtaine d'hommes, pour le cas où nous trouverions des sauvages dans l'île, ou en mer quelqu'un de ces maudits Français ; mais j'avais eu d'abord tout le mal du monde à en recruter une demi-douzaine, quand un coup du ciel m'a fait précisément tomber sur l'homme de la situation. C'est un vieux marin avec qui, par le plus grand des hasards, je suis entré en conversation dans le bassin même du radoub. Il tient à Bristol une auberge de matelots, ce qui fait qu'il les connaît à peu près tous. J'ai appris qu'il voulait se remettre à naviguer, sa santé se trouvant mal de l'air de terre, et qu'il cherchait un emploi

Le cuisinier du navire.

de cuisinier sur un bâtiment quelconque. Il se promenait par là pour humer la brise du large, au moment où j'ai fait sa connaissance, et ces détails m'ont beaucoup touché. Vous l'auriez été comme moi ; aussi l'ai-je immédiatement engagé en qualité de cuisinier de l'*Hispaniola*. Il se nomme John Silver, et il a perdu une jambe. Mais cela même lui sert de recommandation à mes yeux, car cette jambe, il l'a perdue au service du pays sous le commandement de l'immortel Hawke. Et dire que ce pauvre homme n'a même pas de pension, Livesey ! Dans quel temps vivons-nous, mon Dieu !...

« Écoutez la fin. Je croyais avoir seulement trouvé un cuisinier. Il se trouve que j'ai en même temps mis la main sur un équipage. Aidé de Silver, j'ai enfin trouvé ce qu'il nous faut. C'est le plus étrange assemblage de loups de mer que vous puissiez imaginer. Pas beaux à voir, c'est certain ; mais tous rudes marins, avec des figures tannées dont l'énergie fait plaisir à contempler. Je vous assure que des gaillards pareils n'auraient pas peur d'une frégate.

« John Silver a renvoyé deux des matelots déjà engagés par moi. Il m'a démontré clairement que ce n'étaient que des marins d'eau douce, plus encombrants qu'utiles dans une expédition comme la nôtre.

« Vous allez me trouver de la meilleure humeur du monde. Je dors comme une marmotte ; je mange comme une ogre ; et pourtant je ne rêve que du moment où j'entendrai mes vieux loups marquant le pas autour du cabestan. En mer ! quelle ivresse !... Au diable le trésor !... C'est la joie d'être en mer qui me tourne la tête. Ainsi, Livesey, arrivez bien vite, ne perdez pas une minute, si vous avez la moindre amitié pour moi !...

« Que le jeune Hawkins aille tout de suite faire ses adieux à sa mère, accompagné de Redruth, et puis, qu'ils nous rejoignent au plus vite à Bristol.

« JOHN TRELAWNEY. »

« *P.-S.* J'oubliais de vous dire que Blandly enverra un navire à notre recherche si nous ne sommes pas revenus à la fin d'août. C'est une affaire entendue. Il m'a aussi procuré un maître voilier qui est une vraie perle. John Silver a déniché, de son côté, un officier plein d'expérience pour nous servir de lieutenant. Il se nomme M. Arrow. Pour maître d'équipage, nous avons un gaillard qui joue du fifre !... Vous voyez, mon cher, qu'à bord de l'*Hispaniola* tout va marcher comme sur un vaisseau de guerre.

« J'oubliais encore de vous dire que John Silver est un homme très sérieux. Je sais de source certaine qu'il a un compte courant chez un banquier. Sa femme doit rester ici pour diriger sa taverne en son absence. C'est une femme de couleur, et une paire de vieux célibataires comme vous et moi peut aisément deviner que la femme, plus encore que la raison de santé, le décide à reprendre la mer.

J. T.

« *P.-S.* Hawkins peut aller passer une nuit chez sa mère. »

On imagine aisément dans quelle excitation me plongea la lecture de cette lettre. Je ne me possédais plus de joie. Quant au vieux Redruth, il ne faisait que grommeler et se lamenter. Je suis bien sûr que tous les autres gardes auraient été ravis de partir à sa place ; mais le squire en avait décidé autrement, et le bon plaisir du squire était la loi. Personne, excepté le vieux Redruth, n'eût seulement osé protester.

Le lendemain dans la matinée, nous partions pour l'*Amiral-Benbow*, et j'y retrouvais ma mère en bonne santé et belle humeur. Le Capitaine, qui l'avait tant tourmentée, était parti pour le pays où les méchants sont impuissants à mal faire. Le squire avait fait réparer notre maison et repeindre à neuf notre enseigne. Il avait aussi fait apporter quelques meubles, entre autres un beau et bon fauteuil où ma mère trônait dans le comptoir. Il n'est pas jusqu'à un jeune garçon qu'il n'eût trouvé pour me suppléer en qualité d'apprenti. Tout était donc arrangé pour que les choses marchassent à merveille pendant mon absence.

Ce n'est qu'en voyant ce garçon à ma place que je compris véritablement ce que j'allais quitter. J'avais tant rêvé à mes aventures futures que j'avais complètement oublié le cher foyer, qu'il fallait maintenant laisser derrière moi. Mais, ce jour-là, la vue de ce garçon inconnu et maladroit qui tenait ma place auprès de ma mère me fit venir les larmes aux yeux. Je dus mettre ce pauvre enfant au supplice, pendant le temps que je passai chez nous. Comme il n'avait guère l'habitude du service, j'avais cent prétextes pour le réprimander, et je ne me privais pas assez de les saisir.

La nuit se passa, et le lendemain, après dîner, Redruth et moi nous

Le cuisinier du navire.

48

partîmes à pied. Je dis adieu à ma mère, à la baie, au cher vieux *Amiral-Benbow*, – moins cher peut-être depuis qu'il avait été repeint. Ma dernière pensée fut, je crois, pour le Capitaine. Je l'avais vu si souvent se promener à grandes enjambées sur la plage, avec son tricorne, sa balafre, sa longue-vue sous le bras....

L'instant d'après, nous tournions le coin du chemin et la baie disparaissait à mes yeux.

Dans la soirée nous prîmes sur la route la diligence de Bristol. On me casa sur l'impériale, entre Redruth et un gros monsieur, et, en dépit de l'air frais de la nuit, bercé par le balancement du véhicule, je ne tardai pas à m'assoupir. Je ne me réveillai même pas aux relais, et il fallut, pour me rappeler à la réalité, que Redruth m'allongeât un coup de poing dans les côtes.

En ouvrant les yeux, je m'aperçus alors que nous passions dans une large rue, devant des maisons plus hautes que celles dont j'avais l'habitude, et qu'il faisait grand jour.

« Où sommes-nous ? demandai-je.

– À Bristol », me répondit-on.

Presque au même instant la diligence s'arrêta et nous mîmes pied à terre.

L'hôtel choisi par M. Trelawney se trouvait sur les quais mêmes. Il pouvait ainsi surveiller de près l'armement du schooner. Nous nous y rendîmes sans perdre de temps. On peut imaginer ma joie en voyant des vaisseaux de tous tonnages et de tous pays. Ici, les matelots procédaient en chantant à la toilette du pont. Là, ils étaient suspendus dans les airs à des cordages qui ne me semblaient pas plus gros que des fils d'araignée. Quoique j'eusse vécu toute ma vie au bord de la mer, il me semblait la voir pour la première fois. L'odeur du goudron et de la marée même me paraissait nouvelle. Je vis de merveilleuses figures de proue toutes dorées, qui avaient sillonné les mers des deux mondes. J'aperçus de vieux marins avec des boucles d'oreilles et des favoris en tire-bouchons, des queues goudronnées et leur démarche maladroite. Je crois bien que la vue d'un roi ou d'un archevêque ne m'aurait pas fait écarquiller de plus grands yeux.

Et moi aussi j'allais partir ! j'allais m'embarquer sur un vrai schooner avec un maître d'équipage qui jouait du fifre, et des matelots à queue

Robert-Louis Stevenson

goudronnée ! en mer à la recherche d'une île inconnue qui recélait d'immenses trésors !

Tout en rêvant, nous étions arrivés à l'hôtel. Sur la porte nous trouvâmes le squire Trelawney, revêtu d'un habit en beau drap bleu, galonné comme celui d'un officier de marine. Il vint à nous avec un sourire, et je remarquai qu'il avait déjà pris l'allure balancée des gens de mer.

« Enfin, vous voilà ! s'écria-t-il. Le docteur est arrivé hier de Londres. Nous sommes au complet !

– Oh ! monsieur, quand partirons-nous, demandai-je.

– Demain », me répondit le squire.

Le cuisinier du navire.

VIII

À l'enseigne de la Longue-Vue.

Quand nous eûmes déjeuné, M. Trelawney me chargea de porter un mot à John Silver, à l'enseigne de la *Longue-Vue*, ajoutant que je la trouverais aisément en suivant la ligne des quais.

Je partis enchanté de la commission, ravi de pouvoir examiner tout à mon aise les navires et les matelots, et c'est avec délices que je me glissai dans la foule qui encombrait à ce moment les docks, parmi les charrettes et les ballots, car c'était l'heure la plus animée de la journée.

Bientôt, l'enseigne que je cherchais apparut à mes yeux. Elle était nouvellement peinte au-dessus de la baie vitrée d'une petite taverne à rideaux rouges. Je trouvai en entrant un plancher proprement sablé, une salle assez gaie et claire, en dépit de la fumée de tabac, grâce aux larges portes ouvertes sur deux rues latérales.

Les clients étaient nombreux : des matelots pour la plupart. Ils parlaient si haut et faisaient tant de tapage que je m'arrêtai sur le seuil, hésitant à entrer. Comme j'attendais ainsi, je vis s'avancer vers moi un homme qui sortait d'une pièce voisine et dans lequel je reconnus à l'instant John Silver. Sa jambe gauche avait été coupée au niveau de la hanche. Il y suppléait par une béquille dont il se servait avec une habileté surprenante, sautant de côté et d'autre comme un oiseau. C'était un homme de haute taille et très solidement bâti, avec une figure aussi large qu'un jambon d'York, pas belle, mais intelligente et gracieuse. La bonne humeur semblait être sa qualité dominante : il sifflait gaiement en circulant parmi les tables, avec un mot aimable pour chacun, une tape amicale sur l'épaule des plus favorisés.

S'il faut tout dire, je dois avouer qu'en voyant mentionner John Silver dans la lettre du squire, j'avais frémi à la pensée que ce pouvait être *le marin à une jambe*, si longtemps attendu par moi à l'*Amiral-Benbow*. Mais un coup d'œil sur John Silver suffit à me détromper. J'avais vu le Capitaine, Chien-Noir et l'aveugle Pew ; je savais comment un pirate était fait... Quelle différence entre ces forbans et l'hôtelier souriant à qui j'avais affaire ! Je me décidai à l'instant à surmonter ma timidité, je traversai la salle et, me dirigeant vers l'homme à une jambe, je lui tendis ma lettre en disant :

« Monsieur Silver, n'est-ce pas ?

Robert-Louis Stevenson

– Oui, mon garçon, c'est précisément mon nom, répondit-il. Mais vous-même ? »

Au même instant, il reconnut l'écriture du squire et je crus le voir tressaillir.

« Oh ! oh ! dit-il très haut, je vois... Vous êtes notre nouveau mousse... Enchanté de faire votre connaissance... »

Et il me serra cordialement la main.

Au moment même, un des consommateurs se leva brusquement au bout de la salle et s'élança vers la porte, qui était tout près de lui. En deux secondes il se trouva dehors. Mais sa précipitation à sortir avait attiré mon attention et j'eus le temps de le reconnaître. C'était ce même homme à la face couleur de chandelle et à la main privée de deux doigts, qui était venu le premier à l'*Amiral-Benbow*.

« Oh !... m'écriai-je. Arrêtez-le !... C'est Chien-Noir !...

– Peu m'importe qui il est, répliqua John Silver. Mais ce qui me fâche, c'est qu'il n'a pas réglé son compte... Harry, cours après lui et tâche de le rejoindre ! »

Un des hommes assis près de la porte sauta dans la rue et se mit à la poursuite du fuyard.

« Ce serait l'amiral Hawke en personne, que j'exigerais ce qui m'est dû ! » reprit John Silver.

Et lâchant ma main, qu'il tenait encore :

« Comment dites-vous qu'il s'appelle !... Chien quoi !...

– Chien-Noir, monsieur. Le squire Trelawney ne vous a-t-il pas parlé des pirates ?... C'est précisément l'un d'eux.

– Vraiment, fit John Silver. Ah ! le brigand !... oser venir ici, chez moi !... Ben, cours après lui avec Harry !... Comment, c'est un de ces requins ?... Eh ! là-bas, Morgan, c'est avec toi qu'il buvait. Avance un peu, je te prie. »

Celui qui s'appelait Morgan était un vieux matelot à tête grise et au teint couleur d'acajou. Il arriva d'un air assez embarrassé en mâchonnant sa chique.

« Morgan, il faut nous dire la vérité, reprit sévèrement John Silver. Avais-tu jamais vu ce... Noir, ce... Chien-Noir... avant aujourd'hui ?

– Non, sur ma parole, répondit Morgan en saluant avec respect.

À l'enseigne de la Longue-Vue.

– Connais-tu son nom ?

– Ma foi, non.

– Bien vrai ? Morgan, c'est heureux pour toi. Car s'il en eût été autrement, tu n'aurais jamais remis les pieds ici, je t'en donne mon billet !... Que te contait-il donc ce gredin ?

– En vérité, je n'en sais trop rien, répondit Morgan.

– Tu n'en sais rien ?... Est-ce donc une tête que tu as sur les épaules, ou bien un hublot ? s'écria John Silver. Tu n'en sais rien ? Sais-tu seulement avec qui tu causais tout à l'heure... Voyons, tâche de te rappeler un peu... Te parlait-il voyages, capitaines, navires ?... Qu'était-ce enfin !

– Nous causions punitions à fond de cale, dit Morgan d'un air hébété.

– Vraiment ? C'est là de quoi vous causiez ? Vous auriez difficilement trouvé un sujet qui vous convint mieux à tous les deux !... Allons, va t'asseoir, vieux marsouin !... »

Et tandis que Morgan regagnait sa place, John Silver me dit à l'oreille :

« Ce Morgan est un brave homme, mais quelle huître !... Et maintenant que j'y pense, reprit-il plus haut, ce Chien-Noir... Non, je ne connais pas ce nom, mais j'ai comme une idée que j'ai déjà vu le requin quelque part... Oui, je me rappelle maintenant. Il est venu deux ou trois fois avec une espèce d'aveugle...

– Précisément ! m'écriai-je tout ému. L'aveugle en était aussi, de la bande. C'était un nommé Pew.

– Juste ! reprit John Silver, très agité. C'est bien ainsi qu'il s'appelait... Encore un qui n'avait pas l'air de valoir grand-chose !... Si seulement nous pouvions pincer ce Chien-Noir, voilà une nouvelle qui ferait plaisir au capitaine Trelawney... Ben court très bien... Peu de marins courent aussi bien que Ben !... S'il nous le ramène, nous allons rire ! Ah ! il parlait fond de cale !... Eh bien ! il en tâtera, du fond de cale. »

Tout en parlant ainsi, il allait et venait dans la salle, en sautant avec l'aide de sa béquille, donnant de grands coups de poing sur les tables, et au total montrant une indignation de bon aloi qui aurait suffi à convaincre un juge de Bow-street ou d'Old-Bailey. Mes soupçons venaient de se réveiller en trouvant Chien-Noir à *Longue-Vue*, et j'étudiais de près notre cuisinier. Mais il était trop malin pour se trahir, ou j'étais trop jeune pour voir qu'il jouait un rôle. Quand les deux hommes partis à la poursuite du fuyard revinrent, hors d'haleine, en déclarant qu'ils

Robert-Louis Stevenson

avaient perdu sa trace dans la foule, et quand j'eus assisté à la scène que leur fit à ce sujet John Silver, je me serais porté caution pour lui devant tous les tribunaux du monde.

« Convenez, Hawkins, que je n'ai pas de chance ! me dit-il en revenant vers moi. Ce qui m'arrive n'est-il pas absurde ? Que va penser de moi le capitaine Trelawney ? Avoir chez moi, dans ma maison, ce damné fils de Hollandais en train de boire mon meilleur rhum !... en être immédiatement averti par vous !... et le voir me glisser entre les mains !... C'est trop fort !... Mais je compte un peu sur vous, Hawkins, pour porter témoignage en ma faveur auprès du capitaine.

« Vous n'êtes qu'un enfant, c'est vrai, mais vous avez autant de cervelle qu'un homme. Je l'ai vu d'abord quand vous êtes entré. Mais aussi, à quoi suis-je bon, avec cette vieille béquille ? Quand j'étais jeune et que j'avais mes deux jambes, je vous réponds que je l'aurais amarré, le Chien-Noir, et qu'il n'aurait pas été long à se voir orné d'une paire de bracelets !... mais maintenant !... »

Tout d'un coup il s'arrêta, et sa mâchoire tomba comme si quelque chose lui revenait à la pensée.

« Et le compte du brigand ! s'écria-t-il. Trois tournées de rhum !... Le diable m'emporte si j'y songeais !... »

Là-dessus il se laisse choir sur un banc en riant aux larmes. J'en fais autant, et notre gaieté est si contagieuse que les murs de la taverne en sont bientôt ébranlés.

« Quel veau marin je fais encore ! dit John Silver quand il put enfin s'arrêter. Je serai bien surpris si nous ne nous entendons pas à merveille, mon cher Hawkins ; car c'est comme mousse qu'on aurait du m'enrôler et non pas comme cuisinier... Mais voyons, voyons ! Il faut en finir. Le devoir avant tout, pas vrai ?... Je prends mon vieux tricorne et nous allons ensemble trouver le capitaine Trelawney, pour lui conter cette affaire... car c'est plus sérieux qu'on ne le dirait à nous voir, et il faut convenir que ni vous ni moi n'avons brillé dans cette occasion... Vous non plus, ma foi ! Pas de chance, nous deux, pas de chance ! Mais la peste m'étouffe si j'ai autant ri depuis longtemps qu'à propos de ce compte !... »

Et il se remit à rire de si bon cœur, que je dus par politesse partager de nouveau sa gaieté, quoique, à vrai dire, je n'en visse pas bien réellement la cause. Le long des quais, tout en marchant, il se montra le mieux informé et le plus intéressant des causeurs, me nommant les navires,

À l'enseigne de la Longue-Vue.

m'expliquant leur voilure, leur tonnage et leurs pavillons, entrant dans des détails infinis sur tous les travaux du port : celui-ci débarquait sa cargaison ; celui-là l'embarquait ; cet autre s'apprêtait à appareiller ; et puis une infinité d'anecdotes maritimes et des expressions nautiques qu'il me faisait répéter jusqu'à ce que je me les fusse assimilées. Bref, avant d'arriver à l'hôtel, je m'étais déjà dit plusieurs fois qu'il était impossible de rencontrer un plus charmant compagnon de voyage.

Nous trouvâmes le squire et le docteur en train d'expédier un quart d'ale dans lequel flottait un morceau de pain grillé, avant de se rendre à bord pour inspecter toutes choses.

John Silver raconta toute l'histoire avec beaucoup d'animation. Il dit les choses exactement comme elles s'étaient passées.

« C'est bien ainsi, n'est-ce pas, Hawkins ? » répétait-il de temps à autre.

Et je ne pouvais que rendre justice à sa véracité.

Les deux gentlemen regrettèrent vivement que Chien-Noir se fût échappé. Mais quoi ! il n'y avait rien à faire, et il fallait bien s'en consoler. Après avoir reçu les compliments du squire, Long John Silver reprit donc sa béquille et partit.

« Tout le monde à bord à quatre heures précises ! lui cria M. Trelawney.

– C'est dit, monsieur, répondit le cuisinier.

– Ma foi, squire, reprit le docteur, en général je me défie un peu de vos découvertes, je l'avoue. Mais je suis obligé de convenir que John Silver me revient tout à fait.

– Quand je vous disais que c'est une perle !

– Et maintenant en route !... Jim peut venir à bord avec nous, n'est-ce pas ?

– Je n'y vois aucun inconvénient. Prends ton chapeau, garçon ; nous allons donner un dernier coup d'œil au schooner. »

Robert-Louis Stevenson

IX

La poudre et les armes.

L'*Hispaniola* était à l'ancre assez loin du bord. Nous eûmes donc à passer en canot sous la poupe ou l'avant de plus d'un navire, dont les amarres tantôt frôlaient la quille de notre embarcation, tantôt se balançaient au-dessus de nos têtes. Enfin, nous accostâmes l'escalier du schooner où nous fûmes accueillis avec un salut militaire par le second, M. Arrow, un vieux marin bronzé qui portait des boucles d'oreilles et louchait effroyablement. Le squire et lui étaient déjà les meilleurs amis du monde ; mais je remarquai bientôt qu'il n'en était pas de même entre le squire et le capitaine.

Celui-ci était un homme à l'air avisé, qui semblait être en colère avec tout, à bord, – colère dont nous devions bientôt connaître la raison. À peine étions-nous descendus dans le petit salon, qu'un matelot nous y suivit.

« Le capitaine Smollett désire parler à M. Trelawney, dit-il.

– Je suis aux ordres du capitaine, répondit le squire. Faites-le entrer.

Le capitaine arriva à l'instant et commença par fermer la porte derrière lui.

« Eh bien, capitaine, qu'avez-vous à me dire ? Tout va bien, j'espère ? Tout est en bon ordre et prêt pour l'appareillage ?

– Ma foi, monsieur, répondit le capitaine, il vaut mieux parler franc, n'est-ce pas, même au risque d'offenser ?... Eh bien, je dois vous avouer que je n'aime pas beaucoup cette expédition ; je n'aime pas l'équipage ; et je n'aime pas le second que vous m'avez donné. Voilà qui est clair, j'espère ?

– Pendant que vous y êtes, vous pourriez peut-être dire aussi que vous n'aimez pas le schooner ? répliqua le squire avec l'accent d'un homme que la colère commence à mordre.

– Je ne parle pas du schooner, ne l'ayant pas encore vu à l'œuvre, dit le capitaine. Il semble bien construit et obéissant à la barre : c'est tout ce que je puis déclarer pour le moment.

– Peut-être est-ce le propriétaire du schooner qui ne vous plait pas non plus ? demanda le squire.

La poudre et les armes.

Mais ici le docteur Livesey s'interposa :

– Voyons, voyons, dit-il, à quoi bon envenimer la discussion par des questions personnelles ? Le capitaine, à mon sens, a trop dit ou il a dit trop peu. Il nous doit une explication de ses paroles. Vous semblez entreprendre ce voyage, à contrecœur : pourquoi cela, capitaine ?

– Mon Dieu, monsieur, le voici. J'ai accepté ce que nous appelons une commission cachetée, en d'autres termes, j'ai consenti à prendre le commandement de ce navire pour le mener où l'ordonnera Monsieur, qui en est le propriétaire. Fort bien. Or, en arrivant à bord, je m'aperçois que tous les hommes de l'équipage en savent plus long que moi sur le but de l'expédition. Cela vous paraît-il juste ?

– Non, déclare le docteur, assurément non.

– Après cela, reprit le capitaine, j'apprends qu'il s'agit d'aller chercher un trésor : – c'est par l'équipage que je l'apprends ; – veuillez noter ce point... C'est toujours un métier hasardeux que la recherche des trésors. Les expéditions de ce genre ne sont pas mon fort, je le déclare... mais spécialement quand elles sont censées secrètes et que tout le monde connaît le secret, tout le monde, même les perroquets.

– Le perroquet de John Silver, sans doute ? demanda ironiquement M. Trelawney.

– C'est une façon de dire qu'on en parle sans se gêner, reprit le capitaine. Je suis parfaitement convaincu que ni l'un ni l'autre, messieurs, vous n'avez la moindre idée du danger auquel vous allez vous exposer de gaieté de cœur... Eh bien, voulez-vous que je vous le dise, c'est tout simplement un danger de mort !

– Voilà qui est clair, répliqua le docteur. Mais nous nous en doutions bien un peu, capitaine. Nous acceptons ce danger, c'est notre droit. Passons au second point : vous dites que l'équipage n'est pas de votre goût. N'est-il pas composé de bons matelots ?

– Ils ne me reviennent pas du tout, voilà ce que je puis dire. Sans compter qu'on aurait pu me confier le soin de choisir mes hommes.

– En effet, dit le docteur, mon ami Trelawney aurait peut-être mieux fait de vous consulter en cette matière ; mais la négligence n'est pas intentionnelle, croyez-le bien... Et M. Arrow, votre second, ne vous plaît pas non plus ?

– Non, monsieur. Je crois qu'il connaît son métier ; mais il est trop familier avec l'équipage. Un second doit savoir tenir son rang, que diable ! Il ne doit pas boire avec les matelots.

– Serait-ce un ivrogne ? demanda le squire.

– Je ne dis pas cela. J'affirme qu'il est trop porté à traiter ses hommes de pair à compagnon.

– Concluons, capitaine, reprit le docteur. Que désirez-vous de nous ?

– Messieurs, êtes-vous toujours décidés à partir ?...

– Assurément ! s'écria le squire.

– Eh bien, puisque vous m'avez écouté patiemment tandis que j'énonçais de simples opinions sans preuves, laissez-moi vous donner un avis. On est en train d'arrimer la poudre et les armes dans le magasin de l'avant. Il y a toute la place nécessaire à l'arrière, sous le salon ; pourquoi ne pas y mettre l'arsenal ? Premier point. Puis, vous emmenez avec vous quatre hommes sûrs et j'apprends qu'ils vont être logés avec l'équipage. Pourquoi ne pas leur donner les couchettes disponibles autour du salon ? Second point.

– Y en a-t-il d'autres ? demanda M. Trelawney.

– Un de plus, reprit le capitaine. On a déjà trop bavardé.

– Beaucoup trop, affirma le docteur.

– Je vais vous répéter ce que j'ai entendu dire, poursuivit le capitaine Smollett. Il paraît que vous avez la carte d'une île, qu'il y a des croix à l'encre rouge sur cette carte pour marquer où sont cachés certains trésors, et que l'île est située par... (Il nomma exactement la longitude et la latitude.)

– Je n'ai jamais dit cela à âme qui vive ! s'écria le squire.

– Pourtant, l'équipage le sait, monsieur, répliqua le capitaine.

– Livesey, il faut que ce soit vous ou Hawkins ! protesta M. Trelawney.

– Peu importe qui c'est ! » répondit le docteur.

Et je vis bien que ni lui ni le capitaine n'attribuaient grande importance aux dénégations du squire. Moi non plus, à vrai dire : il était si bavard ! et cependant je crois qu'il avait raison, cette fois, et que, pas plus que nous autres, il n'avait indiqué la position de l'île.

« Je disais donc, messieurs, reprit le capitaine, que j'ignore où et en quelles mains se trouve cette carte. Mais je demande formellement qu'on ne la communique ni à M. Arrow ni à moi. S'il en était autrement,

La poudre et les armes.

je prendrais la liberté de donner ma démission.

– Si je vous comprends bien, dit le docteur, vous déclinez toute responsabilité à cet égard, et vous demandez que nous fassions de l'arrière une sorte de citadelle, avec les domestiques personnels de M. Trelawney pour garnison, et le monopole exclusif de toutes les armes et munitions... En d'autres termes, vous craignez une révolte.

– Monsieur, répliqua le capitaine, je n'ai pas l'intention de me fâcher, mais il ne faut pas me faire dire ce que je ne dis pas. Un capitaine n'aurait pas le droit de prendre le large s'il avait des raisons positives de craindre pareille chose et, pour mon compte, je ne le ferais pas. Je suis persuadé que M. Arrow est un honnête homme. J'en dis autant d'une partie de l'équipage, et je veux bien croire qu'on pourrait en dire autant du reste, que je ne connais pas. Mais je suis responsable du navire, responsable de la vie du dernier homme qui s'y trouve. Il me paraît que tout ne va pas comme il le faudrait ; je vous demande de prendre certaines précautions ou de me laisser résilier mon engagement, – voilà tout.

– Capitaine Smollett, dit le docteur en riant, avez-vous jamais entendu parler de la fable : la Montagne et la Souris ? Vous me le pardonnerez, j'en suis sûr, mais vous me rappelez cette fable. Je parie ma perruque qu'en entrant ici, tout à l'heure, vous ne comptiez pas vous en tenir à cette conclusion ?

– C'est vrai, répliqua le capitaine. En entrant ici, je m'attendais à une rupture. Je ne pensais pas que M. Trelawney voulût entendre un mot.

– Et vous aviez diantrement raison ! s'écria le squire. Si Livesey ne s'était pas trouvé là, je vous aurais envoyé au diable. Quoi qu'il en soit, je vous ai écouté et je ferai ce que vous désirez. Mais je ne puis dire que ma confiance en vous en soit augmentée.

– À votre aise, monsieur, dit le capitaine. Il me suffit de faire mon devoir. »

Et sur ce, il prit congé.

« Trelawney, dit le docteur quand il l'eut vu partir, vous avez dépassé toutes mes prévisions ! Je crois, sur ma parole, que vous avez réussi à engager deux honnêtes gens, cet homme et John Silver.

– Parlez de John Silver si vous voulez, riposta le squire. Mais, quant à cet intolérable hâbleur, je déclare que sa conduite est, à mon sens, fort peu digne d'un marin anglais.

Robert-Louis Stevenson

– Nous verrons, dit le docteur, nous verrons. »

On monta sur le pont. Les hommes avaient déjà commencé de changer l'arrimage des armes et de la poudre, et procédaient à cette opération en s'accompagnant de leur mélopée ordinaire. Le capitaine la surveillait en personne, avec M. Arrow. J'approuvais entièrement les nouveaux arrangements. Il faut savoir que le plan intérieur du schooner était tout particulier. On avait établi six cabines à l'arrière dans ce qui formait primitivement le tiers postérieur de l'entrepont, et cette suite de cabines ne communiquait avec l'avant que par une coursive grillée, du côté de bâbord. Ces cabines étaient d'abord destinées au capitaine, au second, à M. Trelawney, au docteur, à Joyce et à Hunter. Il resta convenu que Redruth et moi viendrions occuper celles de M. Arrow et du capitaine, qui seraient logés sur le pont, dans la grande cabine, ainsi transformée en une sorte de poste avancé. Il y avait toute la place nécessaire pour y accrocher deux hamacs, et M. Arrow ne dissimula pas la satisfaction que lui donnait cette mesure. Lui aussi, peut-être, il avait ses doutes sur l'équipage. Mais, quelle que fût à cet égard son opinion, nous ne devions pas avoir longtemps le bénéfice de ses lumières, comme on le verra bientôt.

Nous étions encore en train de procéder à ce déménagement, quand les deux ou trois matelots qui restaient à embarquer arrivèrent, en compagnie de John Silver, dans un canot du port. Le cuisinier escalada l'échelle avec l'agilité d'un singe. Il n'eut pas plutôt vu ce qui se passait, qu'il voulut savoir à quoi s'en tenir :

« Holà ! camarades, que faites-vous donc ? demanda-t-il.

– Nous changeons la poudre de place, lui répondit un des matelots.

– Diable !... Mais nous allons manquer la marée ! s'écria John Silver.

– C'est moi qui commande ici, dit le capitaine. Vous ferez bien de descendre à vos fourneaux, mon brave homme. L'équipage ne sera pas fâché de souper tout à l'heure.

– On y va, capitaine, on y va, répondit le cuisinier en tirant en guise de salut une mèche de ses cheveux et se dirigeant vers l'écoutille.

– Celui-ci est un honnête garçon, capitaine, affirma le docteur.

– Je ne demande pas mieux, répliqua le capitaine Smollett. En douceur, mes gars, en douceur ! » poursuivit-il en s'adressant aux hommes qui manipulaient les barils de poudre.

La poudre et les armes.

Et soudain, me voyant occupé à examiner l'une des deux couleuvrines dont nous étions armés, longue pièce de neuf en cuivre, il me prit à partie :

« Holà, moussaillon, n'as-tu rien à faire, que tu restes là à bayer aux corneilles ? Fais-moi le plaisir de débarrasser le plancher et d'aller demander du travail au cuisinier... »

Et, comme je détalais sans demander mon reste, je l'entendis qui disait au-docteur :

« Je ne veux pas de favoris sur mon navire !... »

J'étais déjà de l'avis du squire sur le capitaine, et je le détestais cordialement.

Robert-Louis Stevenson

X
Le voyage.

La nuit se passa à mettre tout en place. À chaque instant, il arrivait de pleins bateaux d'amis du squire. M. Blandly et autres venaient lui dire adieu, lui souhaiter bon voyage et bon retour. Ce n'étaient que bouteilles à déboucher, verres à rincer. Je ne me souviens pas d'avoir jamais eu, à l'Amiral-Benbow, autant de travail et de fatigue.

Un peu avant le point du jour, le maître d'équipage prit son fifre, et les hommes commencèrent à pousser les barres du cabestan. J'aurais été cent fois plus las que je n'aurais pas donné ma place sur le pont dans cette occasion mémorable. Tout était pour moi si nouveau et si intéressant : le ton bref des commandements, la note aiguë du sifflet, les hommes se bousculant pour prendre place à la lueur des fanaux, ou s'agitant sur l'avant comme des ombres.

« John, chante-nous quelque chose ! cria une voix.

– La vieille chanson ! dit une autre.

– Volontiers, camarades », répondit John Silver, qui était là, appuyé sur sa béquille.

Et aussitôt il entonna l'air et les paroles que je connaissais si bien :

Ils étaient quinze matelots
Sur le coffre du mort ;
Quinze loups, quinze matelots...

Et l'équipage répétait en chœur :

Yo-ho-ho ! Yo-ho-ho !
Qui voulaient la bouteille !

Au troisième ho !... le cabestan se mit à virer, et les hommes à courir en poussant les barres avec une force irrésistible.

Même à ce moment où ma curiosité était si vivement excitée par ce spectacle, ce refrain me fit penser à l'*Amiral-Benbow*. Il me sembla que j'entendais parmi toutes ces voix celle du « Capitaine ». Mais bientôt l'ancre sortit de l'eau ; on put la voir s'égouttant à l'avant ; les voiles se gonflèrent, faiblement d'abord ; la côte et les navires semblèrent prendre la fuite ; et je n'avais pas encore eu le temps de me jeter dans mon hamac pour prendre un peu de repos, que l'*Hispaniola* s'envolait déjà vers l'île au trésor.

Je ne raconterai pas en détail notre voyage. Il fut assez heureux. Le schooner était fin voilier ; l'équipage avait l'habitude de la mer et le capitaine connaissait son métier. Il suffira donc de noter deux ou trois événements qui se produisirent avant notre arrivée en vue de l'île.

Et d'abord, M. Arrow ne justifia que trop le jugement porté sur lui par le capitaine. Il n'avait aucune autorité sur l'équipage, et les hommes faisaient de lui ce qu'ils voulaient. Mais ceci n'était rien encore. Nous n'étions pas en mer depuis vingt-quatre heures, qu'il commença de se montrer sur le pont avec des signes d'ivresse manifeste : il avait le regard vague, les joues rouges, la langue épaisse, la démarche indécise. Plusieurs fois, le capitaine dut pour ce fait le mettre aux arrêts. Il lui arrivait de tomber et de se blesser en descendant l'escalier de l'entrepont : d'autres fois il restait tout le jour dans son hamac, sur l'un des côtés de la grande cabine. De temps à autre, il paraissait avoir pris de meilleures résolutions, passait deux ou trois jours sans boire, et alors il s'acquittait passablement de ses devoirs.

Nous ne pouvions arriver à comprendre où il pouvait se procurer la boisson dont il abusait. C'était le mystère du bord. On avait beau le surveiller, impossible de découvrir le mot de l'énigme. Lorsqu'on l'interrogeait à ce sujet, il nous riait au nez s'il était gris, et, dans ses moments lucides, il assurait solennellement qu'il n'avait pas touché autre chose que de l'eau.

Non seulement il était complètement inutile comme officier, et son exemple était déplorable pour les hommes, mais il devenait évident qu'en allant de ce train il ne pouvait manquer de se tuer. Aussi personne ne fut ni très surpris ni très désolé quand il disparut, par une nuit sombre et une grosse mer. Jamais on ne sut comment.

« Il sera tombé à la mer, dit le capitaine. Cela m'épargne la peine de le mettre aux fers, comme j'étais décidé à m'y résoudre. »

Nous restions sans second officier, et il fallait nécessairement faire avancer un des hommes. Le maître d'équipage Job Andersen fut

Robert-Louis Stevenson

désigné pour faire fonctions de lieutenant, sans en prendre le titre. M. Trelawney avait heureusement beaucoup voyagé, il avait des connaissances nautiques et pouvait à l'occasion prendre le quart ; il nous fut souvent très utile. Enfin, le second maître, Israël Hands, était un vieux marin plein d'expérience, à qui l'on pouvait se fier quand il avait reçu une consigne.

Lui et John Silver faisaient une paire d'amis et cela m'amène à dire un mot de notre cuisinier.

À bord, il portait sa béquille suspendue à son cou par une courroie, afin d'avoir les deux mains libres. Rien de curieux comme de le voir se servir de cette béquille ainsi que d'un étai, dont l'extrémité reposait contre un appui quelconque, et, se laissant ainsi aller au roulis, faire sa cuisine aussi tranquillement qu'à terre. Mais le plus extraordinaire était de le voir courir sur le pont par un gros temps. On avait tendu des haussières à son usage dans les endroits les plus difficiles, et il s'en servait avec une adresse inouïe pour sauter d'un point à un autre, tantôt s'aidant de sa béquille, tantôt la traînant après lui par la courroie, mais toujours plus vite qu'aucun matelot n'aurait pu faire avec ses deux jambes. Cela n'empêchait pas ceux qui avaient autrefois navigué avec lui de le plaindre beaucoup d'en être réduit là.

« John n'est pas un homme ordinaire, me disait un jour le second maître. Il a eu de l'instruction dans ses jeunes années et il parle comme un livre quand il veut s'en donner la peine. Et brave comme un lion, par-dessus le marché !... Je l'ai vu, moi qui vous parle, attaqué, sans armes, par quatre hommes, et en ayant raison en se servant de la tête des uns pour casser celle des autres !... »

Tout l'équipage le respectait et même lui obéissait. Il avait une manière à lui de se faire bien venir de chacun par quelque petit service. Pour moi, il était excellent, me faisait toujours grand accueil dans sa cuisine, où les plats brillaient comme des sous neufs, sous la cage de son perroquet.

« Venez donc par ici, Hawkins, me disait-il souvent ; venez tailler une bavette avec John Silver. Vous êtes le bienvenu chez lui, fillot. Asseyez-vous et écoutez un peu. Voilà le *capitaine Flint*, – j'ai baptisé mon perroquet le *capitaine Flint*, à cause du fameux pirate, – voilà le capitaine Flint qui nous annonce un heureux voyage. N'est-il pas vrai, capitaine ?... »

Là-dessus, le perroquet de se mettre à crier :

Le voyage.

64

« Pièces de huit !... pièces de huit !... pièces de huit !... avec une volubilité étourdissante, jusqu'à ce qu'enfin John Silver jetât son mouchoir sur la cage pour le faire taire.

– Vous voyez cet oiseau, Hawkins ? Il a peut-être deux cents ans ou plus, car les perroquets ne meurent jamais, je crois. Et je ne sais guère que le diable en personne qui ait pu voir autant de tragédies qu'il en a vues. Pensez donc qu'il a navigué avec England, le fameux capitaine England, le pirate. Il a été à Madagascar, à Malabar, à Surinam, à Providence, à Porto-Bello. Il a assisté au sauvetage des galions espagnols. C'est même là qu'il a appris à dire : « Pièces de huit !... » Et cela se comprend ! On en a repêché trois cent cinquante mille, mon petit Hawkins. Il était à l'abordage du *Vice-Roi-des-Indes* au large de Goa. Et, à le voir, on le prendrait pour un perroquet-bébé. Nous avons pourtant senti la poudre ensemble, pas vrai, capitaine ?...

– Attention !... À l'abordage !... glapissait le perroquet.

– Oh ! c'est un brave petit matelot ! » disait le cuisinier en lui montrant du sucre.

Et alors le perroquet se mettait à mordre les barreaux de sa cage en jurant comme un templier.

« Voyez-vous le brigand ? reprenait John Silver avec componction. Ah ! mon cher garçon, c'est qu'on ne peut pas toucher la poix sans se salir, voyez-vous. Mon pauvre innocent d'oiseau a eu des fréquentations bizarres, c'est ce qui lui fait dire des horreurs pareilles, sans seulement s'en douter !... Il y aurait ici un chapelain, qu'il jurerait tout aussi bien en sa présence... »

Et John Silver tirait son toupet de l'air solennel qu'il avait et qui me le faisait considérer comme l'homme le plus vertueux de la terre.

Cependant le squire et le capitaine Smollett étaient toujours en froid. Le squire ne faisait pas mystère de son opinion : il avait peu d'estime pour le courage et l'intelligence du capitaine. Celui-ci, de son côté, ne parlait que lorsqu'on lui adressait la parole, et toujours froidement, sèchement, sans un mot de trop. Il voulait bien reconnaître, quand on le mettait au pied du mur, qu'il s'était trompé sur l'équipage, que les hommes ne boudaient pas au travail et que leur conduite était généralement satisfaisante. Quant au schooner, il s'en déclarait enchanté. Jamais il n'avait commandé un meilleur bâtiment, « obéissant au gouvernail comme plus d'un honnête homme voudrait voir sa propre femme »,

Robert-Louis Stevenson

disait-il souvent.

« Ce qui n'empêche pas, ajoutait-il, que nous ne sommes pas encore rentrés au port, et que je n'aime pas du tout, mais pas du tout, cette expédition ! »

Le squire, alors, lui tournait le dos et se mettait à arpenter le pont.

« Cet homme finira par me faire éclater ! » disait-il.

Nous eûmes de gros temps, ce qui ne servit qu'à mettre en lumière les hautes qualités de l'*Hispaniola*. Tout le monde à bord semblait content, et il aurait fallu être difficile pour ne pas se déclarer satisfait, car je crois bien qu'on n'a jamais gâté un équipage à ce point, depuis le temps où Noé s'embarqua. Au moindre prétexte on doublait la ration d'eau-de-vie ; il y avait du pudding presque tous les jours, et un grand tonneau de pommes tout ouvert restait constamment sur le pont, près de la coupée, à la disposition de qui voulait y puiser.

« Mauvais système, disait le capitaine au docteur Livesey. Gâtez les gens de l'avant et vous en ferez des tigres. Voilà mon opinion. »

Mais le capitaine se trompait sur ce point, et le tonneau de pommes servit à quelque chose, car sans ce bienheureux tonneau nous aurions tous péri, victimes de la trahison la plus odieuse. Voici comment la chose arriva :

Nous avions laissé derrière nous la région des vents alizés pour aller chercher la brise qui devait achever de nous porter sur l'île (il ne m'est pas permis d'entrer dans des détails plus explicites), et nous nous attendions d'un moment à l'autre à l'entendre signaler par la vigie. Tout indiquait en effet que nous touchions au terme de notre voyage, même en faisant la place la plus large aux erreurs de calcul, et selon toute apparence le lendemain vers midi nous devions nous trouver en vue de l'île. Notre direction était Sud-Sud-Ouest. Nous avions vent arrière et l'*Hispaniola* roulait assez fort, en piquant de temps à autre son beaupré dans la lame et le relevant au milieu d'une gerbe d'écume. Et chacun était content de voir comme elle filait toutes voiles dehors, et de se dire que nous allions enfin passer à la partie sérieuse de nos opérations.

Il advint qu'après le coucher du soleil, comme je rentrais dans ma cabine après avoir terminé mon ouvrage, l'envie me prit de croquer une pomme. Je montai sur le pont. Les hommes de quart étaient tous sur l'avant, cherchant à découvrir l'île. Celui qui tenait la barre regardait en

Le voyage.

l'air en sifflotant dans ses dents. C'était le seul bruit qu'on entendit, avec le gazouillement de l'eau des deux côtés du coupe-lame.

Le tonneau se trouvait presque vide : à peine y restait-il deux ou trois pommes. Pour les atteindre je dus même sauter dedans ; une fois là, je m'assis, car j'étais fatigué, et je me mis à manger ; il est même fort possible que je me serais endormi au milieu de cette occupation – car la nuit tombait, et le roulis me berçait au bruit de la lame – si quelqu'un n'était venu s'appuyer au tonneau en le secouant assez rudement. J'allais me montrer, quand je reconnus la voix de John Silver, et ce que disait cette voix était si terrible que mon premier soin fut de me tenir immobile dans ma cachette. Glacé d'épouvante et en même temps dévoré de curiosité, je restai donc accroupi, sûr que j'étais perdu si l'on me découvrait là, retenant mon haleine pour ne pas trahir ma présence et pourtant écoutant de mon mieux. Car de moi seul désormais dépendait la vie de tout ce qu'il y avait d'honnête à bord.

Robert-Louis Stevenson

XI

Ce que j'entendis dans le tonneau.

« Je te dis que non !... disait John Silver. C'était Flint qui nous commandait... J'étais son quartier-maître et j'avais encore ma jambe, à cette époque. Je l'ai perdue le même jour où le vieux Pew eut les deux yeux brûlés ; c'est aussi le même chirurgien qui nous soigna et c'était un malin, celui-là, frais émoulu de l'Université, sachant le latin et toute la boutique... Ce qui ne l'a pas empêché d'être pendu comme les camarades et de sécher au gibet de Corso-Castle... Mais, pour en revenir à notre histoire, il s'agit des hommes de Roberts ; et cela leur arriva pour avoir changé à tout instant le nom de leur navire. C'était tantôt la *Royal-Fortune* et tantôt autre chose. Tout cela n'est bon qu'à vous faire pincer !... À mon avis, quand un navire a été baptisé une bonne fois, il doit garder son nom jusqu'au bout... C'était le système d'England : aussi voyez si la *Cassandra* ne nous ramena pas sains et saufs de Malabar après la capture du *Vice-Roi-des-Indes* ?... C'était aussi le sytème du vieux Flint, qui s'en tint toujours à son *Walrus* : et je l'ai vu assez souvent près de couler bas sous le poids de l'or, le *Walrus* !...

— Ah ! dit avec l'accent de l'admiration la plus vive la voix d'un des jeunes matelots du bord, c'était le plus crâne de tous, le capitaine Flint !

— Davis seul le valait, au dire de ceux qui l'ont connu, reprit John Silver. Mais je n'ai jamais navigué sous lui. D'abord avec England, puis avec Flint, voilà toute mon histoire ; et maintenant ici pour mon propre compte, si j'ose ainsi dire... De mes campagnes avec England, il me resta net neuf cents livres sterling ; et deux mille de mes campagnes avec Flint. Ce n'est pas trop mal pour un simple matelot, comme tu vois. Et le tout en sûreté, à la banque. Car ce n'est pas tout de gagner gros, il faut savoir économiser. – Où sont les hommes d'England à l'heure présente ? Du diable si je le sais. Et les hommes de Flint ? Dame, la plupart sont ici, et bien aises d'avoir du pudding à discrétion, car plus d'un se trouvait réduit à mendier. C'est comme le vieux Pew, qui était aveugle et qui aurait dû donner l'exemple : fallait-il pas qu'il dépensât douze cents livres par an, comme un lord au Parlement ? Où est-il maintenant, avec ce beau système ? Mort et enterré. Mais nous l'avons tous vu mendier son pain pendant plus de deux ans. Je te demande un peu si c'est la peine d'écumer les mers pendant trente ans pour arriver

68

à ce résultat ?

– Ma foi non, répondit le jeune matelot.

– Mais de quoi savent profiter les imbéciles ? reprit John Silver. De rien... Écoute-moi, garçon. Tu es jeune, c'est vrai, mais tu as autant de cervelle qu'un vieux gabier. Je l'ai vu d'abord quand j'ai fait ta connaissance. »

On peut imaginer mes sentiments en entendant l'abominable gredin se servir littéralement avec un autre des mêmes flatteries par lesquelles il m'avait amorcé !... Avec plaisir je lui aurais arraché sa langue de vipère ! Mais il n'y avait pas à y songer... Il poursuivit, sans se douter des réflexions que m'inspiraient ses paroles :

« Aussi, je vais te dire la fin de notre histoire, à nous autres chevaliers de fortune. Nous menons parfois la vie dure et nous courons chaque jour le risque d'être pendus, c'est vrai. Mais nous mangeons et buvons comme des coqs en pâte, et quand la croisière est finie, ce n'est pas cent sous, mais cent livres que nous avons en poche. Malheureusement, pour le grand nombre cela ne sert qu'à boire et à s'amuser jusqu'à ce qu'ils restent sans chemise sur le dos et se voient obligés de reprendre la mer. Ce n'est pas ma manière, à moi. Je mets tout de côté, un peu ici, un peu là, jamais beaucoup à la fois, de peur d'éveiller des soupçons. Et le résultat ? Le résultat, c'est qu'en rentrant de cette expédition-ci je m'établis gentleman pour tout de bon. Il est bientôt temps, diras-tu, car j'ai cinquante ans sonnés. Oui, mais en attendant, je ne me suis privé de rien, j'ai dormi sur la plume, mangé et bu du meilleur, excepté en mer... Et comment ai-je commencé ?... sur le gaillard d'avant, tout comme toi.

– Oui, dit l'autre, mais cet argent dont vous parlez, il faut lui dire bonsoir, maintenant. Vous n'oseriez sûrement pas vous montrer à Bristol, après ceci ?

– Et où crois-tu donc qu'est mon argent ? demanda John Silver en ricanant.

– Chez le banquier de Bristol, répondit le jeune matelot.

– Il y était ! s'écria le cuisinier. Il y était encore au moment où nous avons levé l'ancre. Mais la vieille l'a retiré, à l'heure où je te parle ; elle a vendu la *Longue-Vue*, bail, clientèle et tout le gréement, et elle est déjà en route pour venir me rejoindre... Je te dirais bien où, car j'ai pleine confiance en toi. Mais il faudrait le dire aux autres ou faire des jaloux.

Robert-Louis Stevenson

– Et si elle n'y venait pas, si elle partait avec le sac ! objecta le novice.

– Oh ! oh ! mon petit, on ne joue pas ce jeu-là avec John Silver !... on sait qu'on aurait trop peu de chances de rester longtemps dans le même monde que lui... Tel que tu me vois, j'étais quartier-maître de Flint, et tu peux bien croire que son équipage n'était pas composé de gaillards faciles à intimider. Eh bien, mon garçon, sans me vanter, je puis dire que, pour moi, c'étaient tous des agneaux. Et Flint, lui-même, savait qu'il ne fallait pas plaisanter avec John Silver...

– Ma foi, dit le jeune homme, je vous avoue que cette affaire ne me plaisait guère, avant d'avoir causé avec vous, John. Mais, à présent, topez là, j'en suis !...

– Tu es un brave garçon et un faraud, répliqua le cuisinier en donnant à sa nouvelle recrue une poignée de main si vigoureuse que le tonneau en trembla sur sa base. Tu étais né pour être un chevalier de fortune, je l'ai vu tout de suite. »

Je commençais à comprendre ce langage. Un chevalier de fortune signifiait tout uniment un pirate, et la scène à laquelle j'assistais était l'effort suprême tenté pour corrompre un des matelots fidèles, peut-être le dernier à bord. Je fus bientôt édifié sur ce point, car, à un léger coup de sifflet de John Silver, un troisième interlocuteur vint le rejoindre et s'assit sur le pont.

« Dick est avec nous, dit le cuisinier.

– Je n'en ai jamais douté, répondit la voix du second maître, Israël Hands. Il n'est pas bête, Dick !... »

Puis, après avoir retourné sa chique et lancé un jet de salive devant lui :

« Dis-moi donc un peu, John, reprit-il, combien de temps allons-nous encore attendre avant de commencer la danse ?... Pour mon compte, je commence à en avoir assez du capitaine Smollett ! Il me tarde de coucher dans la grande cabine, et de goûter leurs pickles, leur vin et le reste...

– Israël, dit Silver, tu n'as jamais eu pour deux liards de jugement, tu le sais bien. Mais tu peux entendre ce qu'on te dit, je suppose, car tu as pour cela d'assez longues oreilles... Eh bien, écoute-moi. Tu coucheras à l'avant, tu te passeras de vin et de pickles, et tu parleras poliment jusqu'à ce que je te dise : Voici le moment. Mets cela dans ta poche, mon fils.

– Qui parle d'agir autrement ? dit le second maître. Je demande

Ce que j'entendis dans le tonneau.

seulement quand ce sera.

– Quand ? Par tous les diables, je vais te le dire ! s'écria Silver. Ce sera le plus tard possible, – voilà quand... Comment ! nous avons là un excellent capitaine pour conduire le schooner ; nous avons le squire et le docteur qui possèdent une bonne carte où tout est inscrit, et ni toi ni moi ne savons où est cette carte, n'est-ce pas ? Et tu voudrais aller nous priver de leurs services ?... Ce serait stupide. J'entends que le squire et le docteur nous trouvent le trésor, qu'ils nous le servent à bord, bien arrimé dans nos soutes, par tous les diables ! Et alors nous verrons. Si j'étais sûr de vous, doubles fils de Hollandais que vous êtes, savez-vous ce que je ferais ? Je laisserais le capitaine Smollett nous ramener à moitié chemin, avant de lever le bout du doigt sur lui.

– Bon ! nous sommes tous marins, ici, je pense ! dit le jeune Dick.

– Marins du gaillard d'avant, tu veux dire ? riposta Silver. Nous savons tenir la barre, c'est clair ; mais qui nous dira la route ? C'est là que vous brilleriez, tous tant que vous êtes, les malins !... Si l'on m'en croyait, nous laisserions le capitaine Smollett nous remettre en chemin, au moins jusqu'aux vents alizés... Et alors nous pourrions nous passer de lui... Mais je vous connais. Il n'y a pas à vous faire crédit d'autant de patience. C'est pourquoi j'en finirai avec les gens de l'arrière dans l'île même, aussitôt que la monnaie sera à bord, et tant pis pour nous !... C'est dommage. Mais vous n'êtes jamais contents que si vous avez à boire. Ah ! ce n'est vraiment pas drôle d'avoir à compter avec des idiots comme vous !...

– Ne te fâche pas, John ! dit Israël avec humilité.

– Eh ! je n'ai que trop sujet de me fâcher !... J'en ai vu des navires à la côte !... et des braves garçons pendus sur les quais !... et toujours pour s'être trop pressés !... Comprenez-moi donc, mille millions de bombes et de boulets !... J'ai quelque expérience de ces choses, que diable !... Si vous vouliez seulement m'écouter, bien prendre vos mesures et regarder devant vous, vous rouleriez carrosse avant six mois. Mais non. Je vous connais. Du rhum aujourd'hui et la potence demain, voilà votre affaire !

– On sait que vous prêchez à merveille, John, finit par dire Israël. Mais il ne s'agit pas seulement de bavarder, en ce monde. Nous en avons vu qui savaient manœuvrer aussi bien que vous, et qui, cependant, n'avaient pas toujours des sermons à la bouche. Eh ! oui, ils ne montaient pas sur leurs grands chevaux, ils aimaient à s'amuser et savaient se donner une bosse à l'occasion comme de bons compères qu'ils étaient.

– Vraiment ! et où sont-ils maintenant, ces bons compères ? Pew était de ceux-là. Il mendiait quand il est mort. Flint en était aussi : c'est le rhum qui l'a tué à Savannah ! Oh oui ! c'étaient de jolis merles ! mais où sont-ils maintenant ?

– Mais enfin, demanda Dick, que cette discussion n'amusait guère, quand nous aurons mis le grappin sur les gens de l'arrière, que ferons-nous d'eux ?

– À la bonne heure ! s'écria le cuisinier. Voilà ce que j'appelle parler en homme sérieux. Eh bien, qu'en dis-tu toi-même, garçon ? Es-tu d'avis de les mettre en terre dans quelque île déserte ? c'était le système d'England, – ou de les dépecer comme autant de porcs gras ? c'était la manière de Flint et de Billy Bones...

– Billy n'était pas manchot, dit Israël. Les morts ne mordent pas, disait-il. Eh bien, il est mort, lui aussi, maintenant. Mais quel rude lapin !...

– D'accord, reprit Silver. Moi, la rudesse n'est pas mon genre. Je suis l'homme le plus accommodant de la terre, la politesse même. Tout le monde le reconnaît. Mais il ne s'agit pas de rire. Le devoir avant tout, camarades. J'opine pour la mort. Quand je serai au Parlement, on me promènera dans mon carrosse ; je n'ai pas besoin que ces farceurs de la cabine reviennent mettre le nez dans mes affaires et paraissent sans être invités, comme le diable à la messe. Mon avis est d'attendre le moment favorable. Mais le moment venu, – la mort !...

– John, s'écria le second maître, tu es un homme !

– Attends de me voir à l'œuvre, Israël, répondit Silver. Pour mon compte, je n'en demande qu'un, – Trelawney ! Mais vous verrez comme je l'accommoderai à la sauce Robert... Dick, ajouta-t-il en s'interrompant, lève-toi, mon garçon, et atteins-moi une pomme : j'ai le gosier à sec. »

On peut se faire une idée de mon épouvante. J'aurais bien sauté hors du tonneau et tenté de m'échapper. Mais je n'en eus pas la force. J'entendis le jeune homme se lever, puis il me sembla qu'il s'arrêtait, et la voix de Hands reprit :

« Une pomme ! allons donc !... Laisse les pommes aux gamins, et donne-nous un verre de rhum !...

– Dick, répondit Silver, j'ai confiance en toi. Tu vas aller au baril de

Ce que j'entendis dans le tonneau.

rhum. Voici la clef : tu rempliras une gamelle et tu nous l'apporteras. »

En dépit de ma terreur, je ne pus m'empêcher de penser que c'était par cette voie sans doute qu'Arrow se procurait les spiritueux dont il était mort.

Dick fut assez longtemps avant de revenir, et, pendant son absence, Israël parla à l'oreille du cuisinier. C'est à peine si je pus saisir un mot ou deux, et pourtant ce que j'appris avait son importance. Par exemple, cette conclusion : « Pas un autre ne veut se joindre à nous. » Il y avait donc au moins quelques matelots fidèles !

Quand Dick fut de retour, ils prirent successivement la gamelle et burent, l'un : « À nos souhaits ! » l'autre : « À la mémoire du vieux Flint ! » enfin Silver lui-même : « À l'heureux succès de notre entreprise ! Puissions-nous y trouver du pudding pour nos vieux jours ! »

Tout d'un coup, une nappe de lumière tomba sur moi, au fond de mon tonneau ; et levant la tête, je vis que la lune s'était levée, argentant le bout du mât de misaine et mettant une blancheur neigeuse sur le ventre de la grand voile. Et, presque au même instant, la vigie cria :

« Terre !... »

Robert-Louis Stevenson

XII
Conseil de guerre.

J'entendis un grand bruit sur le pont. Tout le monde se précipitait hors de la cabine et de l'avant pour vérifier l'exactitude de la nouvelle donnée par la vigie. Je profitai de ce mouvement pour me glisser hors du tonneau, faire un plongeon derrière la voile de misaine, puis un crochet vers l'arrière ; et, en fin de compte, j'arrivai sans être remarqué à rejoindre Hunter et le docteur Livesey.

Pas une tête qui ne fût, à cet instant, tournée vers le large à bâbord. Une ceinture de brouillards venait de se lever à l'horizon en même temps que la lune. Mais on n'en distinguait pas moins, au Sud-Est, deux hauteurs séparées par un intervalle d'un mille environ, et, derrière l'une de ces collines, une montagne dont la cime était enveloppée de brume.

Je voyais tout cela comme dans un rêve ; car j'étais encore sous l'impression de l'affreuse terreur que je venais d'éprouver. J'entendis la voix du capitaine Smollett donner des ordres ; l'*Hispaniola* appuya de deux points plus près du vent, et suivit dès lors une route qui devait lui faire laisser l'île dans l'Est.

« Quelqu'un de vous a-t-il jamais vu la terre qui est devant nous ? demanda le capitaine à l'équipage.

– Moi, capitaine, répondit aussitôt John Silver. J'y ai même abordé pour faire de l'eau avec un navire marchand où je servais comme cuisinier.

– Le mouillage n'est-il pas au Sud, derrière un îlot ? reprit le capitaine.

– Précisément, derrière l'îlot du Squelette, comme on l'appelle. Il paraît que c'était dans les temps un repaire de pirates. Un matelot que nous avions à bord connaissait fort bien l'île et en nommait tous les endroits. Cette hauteur vers le Nord s'appelle le Mât-de-Misaine, et les deux autres, en allant vers le Sud, le Grand-Mât et le Mât-d'Artimon ; elles sont à peu près sur une ligne droite et celle du milieu est la plus haute. C'est ce qui leur avait fait donner ces noms. Mais on appelle plus généralement la plus haute, celle qui est couverte de brume, la Longue-Vue. C'est de là, paraît-il, qu'ils observaient la mer quand leurs navires étaient au mouillage.

– J'ai là une carte, dit le capitaine Smollett. Voyez si vous reconnaissez l'endroit. »

Conseil de guerre.

Les yeux de John Silver s'allumèrent comme braise tandis qu'il prenait la carte. Mais un coup d'œil sur le papier m'avait suffi pour deviner qu'il allait être désappointé dans son attente. Cette carte-là n'était pas celle que nous avions trouvée dans le coffre de Billy Bones : c'était une simple copie, parfaite de tous points pour les noms, altitudes et sondages ; seulement, on avait eu soin d'omettre les croix rouges et les notes manuscrites. Si vif que fût son dépit, Silver eut la force de le dissimuler.

« Oui, c'est bien l'endroit, et joliment bien dessiné ! dit-il. Qui peut bien avoir dressé cette carte ? je me le demande. Ce ne sont sûrement pas les pirates, qui étaient bien trop ignorants !... Ah ! voilà le « Mouillage du capitaine Kidd », comme l'appelait mon camarade !... Il y a là un fort courant allant au Sud, puis au Nord et à l'Ouest, le long de la côte. Vous avez eu bien raison, capitaine, d'appuyer sur le vent et de laisser l'île à bâbord, – au moins si votre intention est d'y mouiller, il n'y a pas de meilleure relâche dans ces parages...

– C'est bien, mon brave, répondit le capitaine. Vous pouvez aller... Si j'ai encore besoin du secours de votre expérience, je vous le dirai. »

J'étais stupéfait de l'audace avec laquelle John Silver avouait connaître l'île. Presque aussitôt, à ma frayeur extrême, il se rapprocha de moi. Certes, il ne pouvait se douter que du fond du tonneau aux pommes j'avais entendu l'exposé de ses atroces projets ; et pourtant je venais de concevoir une horreur si vive de sa cruauté et de son hypocrisie, que je pus à peine réprimer un tressaillement en le voyant poser sa main sur mon épaule.

« Ah ! fit-il, c'est un vrai paradis que cette île pour un garçon de ton âge ! Vas-tu t'en donner, de grimper aux arbres, de te baigner, de poursuivre les chèvres sauvages et d'escalader les montagnes !... Rien que d'y penser, je me sens rajeunir de trente ans !... je ne pense plus à ma béquille !... Est-ce assez bon, tout de même, d'être jeune et d'avoir ses dix doigts aux pieds !... Quand tu iras à terre, fillot, ne manque pas de venir trouver le vieux John ; ce sera bien le diable s'il ne te remplit pas les poches pour ton goûter !... »

Sur quoi il me passa amicalement la main sur l'épaule et descendit en clopinant dans les régions inférieures.

Le capitaine Smollett, le squire et le docteur étaient en train de causer sur le gaillard d'arrière ; et, malgré mon impatience de leur dire ce que

Robert-Louis Stevenson

je venais d'apprendre, je n'osais pas les aborder ouvertement. Comme je cherchais une excuse pour m'approcher d'eux, le docteur Livesey m'appela pour me prier d'aller lui chercher sa pipe. Je ne fus pas plus tôt à portée de son oreille que je lui dis à voix basse :

« Docteur, j'ai de terribles nouvelles !... Veuillez, je vous prie, dire au capitaine et au squire de descendre au salon, et trouvez un prétexte pour m'envoyer chercher. »

La physionomie du docteur s'altéra un instant, mais presque aussitôt il reprit possession de lui-même.

« Merci, Jim, c'est tout ce que je désirais savoir », dit-il à haute voix, comme si je venais de répondre à une question.

Là-dessus, il tourna sur ses talons et rejoignit les deux autres. Ils causèrent un moment, et je compris que le docteur leur avait transmis ma requête, quoique aucun d'eux ne donnât le moindre signe d'inquiétude ou même d'étonnement ; car aussitôt le capitaine donna un ordre à Job Andersen, et le fifre appela tout le monde sur le pont.

« Mes enfants, dit le capitaine, la terre qui vient d'être signalée est le but de notre voyage. M. Trelawney, comme vous le savez, est la générosité même. Il vient de me demander si j'ai été content de vous au cours de la traversée, et comme je n'ai eu qu'à me louer de l'équipage, il a été convenu que nous boirions à votre santé, lui, le docteur et moi, et qu'en même temps vous boiriez à la nôtre une double ration de grog. Si vous me permettez de vous en dire mon avis, je trouve que c'est fort aimable de sa part. Et si vous partagez cette opinion, vous ne manquerez pas de donner une acclamation au gentleman qui vous régale. »

Naturellement, l'acclamation ne se fit pas attendre. Et tous ces hommes avaient l'air de la donner de si bon cœur, que j'en venais à me demander s'il était bien possible qu'ils eussent ourdi contre nous une trahison si noire.

« Un hourra pour le capitaine Smollett ! » proposa John Silver quand le tumulte se fut apaisé.

Celui-là aussi fut poussé avec enthousiasme. Après quoi, les trois gentlemen descendirent au salon ; et bientôt après je reçus l'ordre de les rejoindre.

Sur la table, autour de laquelle ils avaient pris place, se trouvaient une bouteille de vin d'Espagne et une assiette de raisins secs. Le docteur

Conseil de guerre.

fumait, sa perruque posée sur ses genoux : je savais que c'était chez lui
le signe d'une grande perturbation. La fenêtre de poupe était ouverte,
car il faisait très chaud, et l'on voyait la lune se mirer dans le sillage du
navire.

« Voyons, Hawkins, ce que vous avez à nous dire, commença M.
Trelawney. Nous vous écoutons. »

Je racontai alors, aussi brièvement que possible, ce qui m'était arrivé
et la conversation que j'avais surprise. Pas un de mes trois auditeurs ne
m'interrompit par une parole ou même par un geste ; mais leurs yeux
restèrent tout le temps fixés sur mon visage. Quand j'eus fini :

« Jim, assieds-toi là », me dit le docteur.

Il me fit prendre un siège auprès de lui, me versa un verre de vin, me
donna une poignée de raisins. Puis tous trois, avec un grand salut,
burent gravement à ma santé, pour le service que je venais de leur
rendre, pour l'heureux hasard qui m'avait favorisé, et pour le courage
dont j'avais fait preuve.

« Capitaine, dit alors le squire, vous aviez raison et j'avais tort. Je
reconnais que je suis un âne bâté, et j'attends vos ordres.

– Pas plus âne que moi, monsieur, répliqua le capitaine. Jusqu'à ce
soir, je n'avais jamais entendu parler d'un équipage complotant de se
révolter qui ne laissât pas percer ses projets d'une manière ou d'une
autre. Mais celui-ci me confond : je n'y comprends rien !

– Permettez, capitaine, l'explication est fort simple, dit le docteur.
C'est John Silver qui a tout fait. Et John Silver, ne vous y trompez pas,
est un homme remarquable.

– Il ferait surtout remarquablement bien au bout de la grande vergue,
pendu par le cou, reprit le capitaine. Mais nous bavardons, et cela ne
mène à rien. Analysons la situation, cela vaudra mieux, n'est-il pas vrai,
monsieur Trelawney ?

– Monsieur, vous êtes notre commandant : c'est à vous de parler ! dit
le squire d'un air magnanime.

– Je parle donc... Il me semble que trois ou quatre points se dégagent
du récit de Jim. Le premier, c'est qu'il faut aller de l'avant : si je donnais
l'ordre de virer de bord, les gaillards se révolteraient sur l'heure. Le
second, c'est que nous avons du temps devant nous : au moins jusqu'à
ce que le trésor ait été trouvé. Le troisième, c'est que quelques-uns

des hommes sont encore avec nous... Or, nous ne devons pas nous le dissimuler : tôt ou tard, il faudra en venir aux coups. Je propose donc de prendre, comme on dit, l'occasion aux cheveux, et de tomber sur les mécréants au premier moment favorable, quand ils s'y attendront le moins. Nous pouvons, je pense, compter sur vos domestiques, monsieur Trelawney ?

– Comme sur moi-même, répondit le squire.

– Cela fait déjà trois. Avec nous quatre, en comptant Hawkins comme un homme, cela fait sept. Quant aux autres fidèles...

– Ce sont probablement les hommes directement engagés par Trelawney avant qu'il eût rien à faire avec John Silver, fit remarquer le docteur.

– Hélas ! dit le squire, Hands était de ceux-là.

– Moi aussi, j'aurais pensé pouvoir me fier à Hands, déclara le capitaine.

– Quand je pense que ces misérables sont Anglais, il me prend des envies de faire sauter le navire ! s'écria M. Trelawney.

– Bref, messieurs, reprit le capitaine, la situation n'a rien de gai. Le mieux que nous puissions faire est de nous tenir sur nos gardes et d'attendre l'occasion. Ce n'est pas amusant, je le sais. On aimerait mieux en venir tout de suite aux mains. Mais ce serait folie tant que nous ne saurons pas exactement quelles sont nos forces. Donc, mettons en panne et guettons le vent, voilà mon avis.

– Jim peut nous être plus utile que personne, dit le docteur. Les hommes ne se méfient pas de lui et il est fin comme l'ambre.

– Hawkins, j'ai en vous une confiance prodigieuse », ajouta le squire.

Si flatteuse qu'elle fût, cette confiance me semblait bien peu justifiée, à moi qui me sentais si jeune et sans expérience. Et pourtant un singulier concours de circonstances devait véritablement faire de moi l'artisan du salut commun.

En attendant, nous avions beau compter, nous n'étions sûrs que de sept hommes sur vingt-six ; et, sur les sept, il y avait un enfant ; de sorte qu'en réalité notre parti se composait de six hommes faits contre dix-neuf.

Conseil de guerre.

XIII

Comment je débarquai.

Au jour, quand je montai sur le pont, l'aspect de l'île n'était déjà plus celui de la veille. Quoique la brise fût complètement tombée, nous avions fait du chemin pendant la nuit et nous étions maintenant en panne à un demi-mille environ au sud-est de la côte orientale. À perte de vue, les terres étaient couvertes de bois, sur la teinte sombre desquels tranchait le sable jaune de la plage. Çà et là s'élevaient de grands arbres de l'espèce des pins, parfois isolés, parfois groupés en bouquets. L'ensemble était monotone et triste. Toutes les hauteurs qui le dominaient avaient des formes bizarres et se composaient de rochers nus entassés en amphithéâtre. La Longue-Vue, qui avait au moins trois cents pieds de plus que les autres, était aussi la plus étrange, presque à pic de tous côtés, et coupée net au sommet comme le piédestal d'une statue.

L'*Hispaniola* roulait ferme, ses boutes-hors tirant sur les poulies, son gouvernail battant la poupe, toutes ses membrures craquant, gémissant et grinçant comme le plancher d'une usine. J'étais obligé de me tenir accroché à un cordage pour ne pas tomber ; tout tournait autour de moi : car, quoique assez bon marin quand nous étions en marche, je n'ai jamais pu m'habituer sans mal au cœur à me sentir ainsi roulé comme une bouteille flottante, surtout le matin, et l'estomac vide. Peut-être l'aspect désolé de l'île, avec ses bois mélancoliques, ses rochers stériles et les brisants sur lesquels on voyait la mer se précipiter en écumant, avec un bruit de tonnerre, avait-il aussi sa part dans l'impression de malaise et de tristesse que j'éprouvais. Ce qu'il y a de sûr, c'est qu'en dépit du soleil brillant au-dessus de nos têtes, en dépit des oiseaux qui remplissaient l'air de leurs gazouillements, et de la satisfaction qu'on éprouve généralement à voir la terre après une longue traversée, je sentais, comme on dit, mon cœur descendre à mes talons ; et jamais, depuis ce premier regard, je n'ai pu seulement penser sans dégoût à l'île au trésor.

Nous avions en perspective une matinée de rude labeur ; car il n'y avait pas le moindre souffle de vent, et il fallait par conséquent mettre les canots à la mer pour remorquer le schooner, à la rame, l'espace de trois ou quatre milles, jusqu'à l'étroit goulet qui conduisait au havre du Squelette. Je m'offris à aller dans un des canots, ou je n'avais naturellement que faire. Il faisait une chaleur accablante et les hommes pestaient de leur mieux en poussant l'aviron. Le canot où je me trouvais avait pour chef Andersen, qui, au lieu de maintenir la discipline, murmurait plus haut que les autres :

« Enfin, dit-il en jurant, ce n'est pas pour toujours, heureusement ! »

Cela me parut fort mauvais signe, car jusqu'à ce moment les hommes avaient travaillé de bon cœur et de bonne humeur. Évidemment, la vue seule de l'île suffisait à mettre toutes les cervelles en ébullition.

Pendant toute la durée de cette laborieuse manœuvre, John Silver, debout dans le canot de tête, servit de pilote ; il connaissait manifestement la passe comme sa poche, et, quoique l'homme qui tenait la sonde trouvât fréquemment plus ou moins d'eau que n'en indiquait la carte, John Silver n'hésita pas une seule fois.

Nous nous arrêtâmes à l'endroit même où une ancre était marquée sur la carte, à un tiers de mille environ de la côte, entre la terre et l'île du Squelette. Le fond de la mer était du sable fin. La chute de notre ancre mit en rumeur des milliers d'oiseaux qui s'élevèrent en tournoyant au-dessus des bois. Mais ils redescendirent en moins de quatre ou cinq minutes, et tout retomba dans le silence.

Cette petite rade était complètement entourée de terres, perdue dans les bois, en quelque sorte, car les arbres venaient jusqu'à la ligne des hautes marées, sur une plage très basse, et les collines se trouvaient à une assez grande distance. Deux ruisseaux marécageux se déversaient dans cette espèce d'étang, non sans se répandre à leur embouchure sur une assez vaste surface de terres molles et humides. Aussi la végétation, sur cette partie de la côte, avait-elle une sorte d'éclat empoisonné.

Un fortin entouré de palissades avait été construit sur la droite, comme on le verra bientôt. Mais il était impossible de l'apercevoir du schooner, à cause des arbres qui le masquaient, et, n'eût été la carte ouverte sur l'habitacle de la boussole, nous aurions pu croire, tant l'aspect général du site était sauvage, que nous étions les premiers à pénétrer dans cette baie, depuis que l'île avait surgi à la surface de la mer. On n'entendait ni un souffle de vent ni un bruit quelconque, hors le ressac des vagues sur les brisants, à plus d'un mille de distance. Il y avait dans l'air une odeur toute spéciale d'eau stagnante, de feuilles d'arbre et de troncs pourris. Je remarquai que le docteur en était désagréablement impressionné et

Comment je débarquai.

faisait la grimace, comme s'il avait senti un œuf gâté.

« Je ne garantis pas qu'il y ait des trésors ici, dit-il, mais je garantis bien qu'il y a de la fièvre. »

Si l'attitude de l'équipage était déjà alarmante dans les canots, elle devint tout à fait menaçante quand les hommes remontèrent à bord. On les voyait se tenir par groupes sur le pont, chuchotant et discutant. L'ordre le plus simple était accueilli par un regard furieux et exécuté avec une mauvaise volonté évidente. Même les matelots sur lesquels nous pensions pouvoir compter semblaient atteints par la contagion. La révolte planait visiblement sur nos têtes comme un nuage orageux. Et il n'y avait pas que nous à la redouter. John Silver sautillait d'un groupe à l'autre, s'exténuant à prêcher le calme. Quant à l'exemple, personne n'aurait pu le donner meilleur. Il n'était que sourires, politesse et bonne volonté. Au premier signe, John Silver était sur sa béquille, avec le plus aimable : « Certainement, monsieur ! » Et quand il n'y eut plus rien à faire, il se mit à chanter, exhibant tout son répertoire comme pour mieux masquer la mauvaise humeur générale. De tous les symptômes inquiétants de cette triste journée, l'anxiété visible de John Silver nous parut le pire.

Nous tinmes conseil dans le salon.

« Si je risque un autre ordre, j'aurai tout l'équipage sur le dos, dit le capitaine. On me répond impoliment, il n'y a pas à le nier. Eh bien, si j'ai seulement l'air de m'en apercevoir, les piques et les haches se mettront de la partie. D'autre part, si je ne réponds pas, John Silver verra qu'il y a anguille sous roche, et tout est fini. Au fond, voulez-vous que je vous dise ? nous ne pouvons compter que sur un seul homme.

– Et cet homme ? demanda le squire.

– C'est Silver lui-même. Il a autant de désir que vous ou moi de voir ces gens se tenir tranquilles. Peut-être suffirait-il qu'il en eût l'occasion pour les ramener bientôt à la raison : cette occasion, je propose qu'on la lui donne. Accordons une permission générale d'aller à terre. S'ils partent tous, nous verrons à défendre le navire. S'ils refusent tous de le quitter, enfermons-nous dans la cabine, et Dieu défende le bon droit !... Si les plus enragés seuls s'en vont, croyez-moi, Silver les ramènera aussi doux que des agneaux. »

On décida de s'en tenir à cet avis. Des pistolets chargés furent distribués à tous les hommes sûrs. On mit Joyce, Hunter et Redruth

Robert-Louis Stevenson

dans la confidence de l'affaire ; je dois même dire qu'ils accueillirent la nouvelle avec moins de surprise et d'inquiétude que je ne l'aurais cru. Puis, le capitaine remonta sur le pont et s'adressa à l'équipage :

« Mes enfants, dit-il, nous avons eu une rude matinée ; nous sommes tous las et de méchante humeur. Un tour à terre ne fera de mal à personne. Les canots sont encore à l'eau. Prenez-les. Qui voudra peut aller à terre pour toute l'après-midi. Une demi-heure avant le coucher du soleil, je ferai tirer un coup de canon pour la retraite. »

Il faut que les imbéciles aient cru qu'ils allaient se casser le nez sur des trésors en mettant pied à terre, car ils quittèrent à l'instant leur air maussade et poussèrent des hourras qui se répercutèrent dans tous les échos d'alentour. Une fois encore, les oiseaux s'élevèrent en tournoyant au-dessus des bois, puis redescendirent.

Le capitaine était trop fin pour rester sur le pont. Il se hâta de redescendre, laissant à Silver le soin d'arranger le départ. En cela, il agit sagement ; car, s'il était resté une minute de plus, il lui aurait été difficile de ne pas voir ce qui crevait les yeux. Non seulement Silver était le vrai commandant, mais l'équipage commençait à subir son autorité avec quelque impatience. Les honnêtes gens, s'il en restait encore, devaient être stupides pour ne pas voir ce qui se passait ; pour mieux dire, tout le monde était plus ou moins gagné par la contagion de l'indiscipline, mais quelques-uns des hommes, bons diables au fond, ne pouvaient être poussés plus loin. Autre chose est de se montrer impertinent et paresseux, autre chose de prendre un navire d'assaut et de tuer des gens qui ne vous ont rien fait.

Enfin, tout s'arrangea. Six hommes devaient rester à bord, et les treize autres, y compris John Silver, commencèrent à s'embarquer.

Ce fut en ce moment que me vint en tête la première des idées folles qui contribuèrent tant à nous sauver la vie. Puisque Silver laissait sur le schooner une garnison de six hommes, il devenait impossible de s'en emparer et de le défendre contre ceux qui allaient à terre. Puisque cette garnison ne se composait que de six hommes, il était également clair que mes amis ne pouvaient pas avoir besoin de moi. La fantaisie me prit de m'en aller dans l'île.

Aussitôt fait que pensé. Je passe par-dessus bord, je me laisse glisser le long d'une amarre et je me blottis sur l'avant du canot le plus voisin, à l'instant même où il partait.

Comment je débarquai.

Personne ne fit attention à moi, si ce n'est l'un des rameurs qui me dit :
« C'est toi, Jim ? Baisse la tête. » Mais Silver, de l'autre canot, ouvrit
les yeux et demanda si c'était moi. Je commençai à comprendre mon
imprudence et ma sottise.

Par bonheur, les deux canots luttaient de vitesse pour arriver au rivage,
et celui où je me trouvais, étant à la fois le plus léger et le mieux monté,
arriva le premier de plusieurs longueurs. Ses bossoirs avaient frappé
les arbres de la grève, j'avais empoigné une branche et sauté dans les
broussailles, avant que Silver fût arrivé, tant s'en faut.

« Jim !... Jim !... » cria-t-il.

Mais je n'avais garde de répondre. Sautant, plongeant dans les fourrés,
courant à perdre haleine, j'allai aussi vite et aussi loin que mes jambes
purent me porter.

Robert-Louis Stevenson

XIV

Le premier coup.

J'étais si content d'avoir échappé à John Silver, que je commençai à considérer avec intérêt l'étrange pays où je venais d'aborder.

J'avais d'abord traversé une plaine marécageuse, couverte de saules, de roseaux et d'arbres qui m'étaient inconnus. Puis j'étais arrivé au bord d'une grande clairière sablonneuse, longue d'un mille environ, où s'élevaient des pins et des chênes verts. Au loin apparaissait une des collines, dont le profil décharné brillait au soleil.

Il m'était donc donné de goûter les joies de l'explorateur ! L'île était inhabitée. J'avais laissé en arrière mes compagnons de voyage. Je n'avais devant moi que des arbres et des animaux sauvages. Tout m'était nouveau : les fleurs, les oiseaux, les serpents. J'en vis un qui souleva sa tête au-dessus du rocher où il reposait, et qui me siffla dans la figure avec un bruit assez semblable à celui d'une toupie. Je ne me doutais guère que je me trouvais en présence d'un ennemi mortel et que ce bruit était celui du fameux serpent à sonnettes !...

Bientôt je touchai à un long fourré de ces arbres pareils à des chênes et qui poussent dans le sable, en broussaille, avec des branches entrelacées et un feuillage aussi serré que du chaume. Ce fourré couvrait une sorte de dune et devenait de plus en plus épais en descendant jusqu'à la marge d'un assez grand marais couvert de roseaux, à travers lequel un des ruisseaux que j'avais remarqués suintait paresseusement jusqu'à la mer. Le marais fumait sous le soleil brûlant et les rochers de la Longue-Vue semblaient trembloter à travers la buée.

Tout à coup, il y eut dans les roseaux une sorte de révolution. Un canard sauvage s'éleva avec un couac ; un autre le suivit ; puis une nuée d'oiseaux qui criaient et tourbillonnaient dans les airs. Je jugeai tout de suite que quelqu'un de mes camarades devait approcher du marécage. En quoi je ne me trompais point ; car j'entendis bientôt une voix humaine encore assez éloignée, mais qui me parut se rapprocher rapidement de l'endroit où je me trouvais.

Cela me fit grand-peur ; aussi m'empressai-je de me glisser sous le chêne vert le plus proche, et, tapi dans ses basses branches, je restai là accroupi, retenant mon haleine, silencieux comme une souris.

Une autre voix répondit bientôt à la première ; puis celle-ci, dans laquelle je reconnus alors celle de John Silver, recommença à parler et continua pendant assez longtemps, interrompue de temps à autre par la seconde. À leur ton, je jugeai qu'elles parlaient avec animation, presque avec colère ; mais pas un mot distinct n'arrivait à mon oreille.

Enfin, les deux interlocuteurs parurent s'arrêter. Sans doute ils s'étaient assis, car ils ne se rapprochaient plus de moi, et les oiseaux, cessant de tournoyer dans les airs, redescendaient peu à peu dans le marécage. Une sorte de remords se fit alors jour dans ma conscience. Il me sembla que je ne faisais pas mon devoir en flânant pour mon plaisir ; qu'ayant eu la témérité de venir à terre avec ces coquins, je devais au moins tenter de les surveiller et d'assister à leurs conseils ; en un mot, je sentis qu'il fallait me rapprocher d'eux le plus possible, à l'ombre propice de ces grands arbres à branches traînantes, dont j'étais entouré.

Je me rendais assez exactement compte, par le bruit des voix, de la direction qu'il fallait prendre, et quelques oiseaux qui voletaient au-dessus des deux interlocuteurs m'aidaient à reconnaître le but. Rampant sur les mains et les genoux, je m'avançai sans bruit jusqu'à ce qu'enfin, glissant le regard dans une ouverture du feuillage, j'aperçus dans une petite clairière, au bord du marais, John Silver et un homme de l'équipage assis côte à côte et causant.

Le soleil tombait d'aplomb sur eux. John Silver avait néanmoins jeté son chapeau à terre et sa large face lisse et blonde, toute luisante de chaleur, était tournée vers l'autre d'un air presque suppliant.

« Camarade, disait-il, c'est uniquement parce que j'ai pour toi une véritable affection, tu peux croire !... Si je ne m'étais pas coiffé de toi, crois-tu que j'aurais pris la peine de t'avertir ?... Tout est fini et tu n'y peux rien... Ce que j'en dis est pour sauver ta tête ; et si quelqu'un de ces sauvages le savait, que deviendrais-je ? Voyons, Tora, dis-le moi un peu ?...

– John Silver, répondait l'autre, – et je vis que sa figure était rouge comme braise et que sa voix rauque tremblait d'émotion, – John Silver, vous n'êtes pas un enfant, vous êtes un honnête homme, ou du moins vous en avez la réputation ; vous avez de l'argent, et c'est plus qu'aucun matelot ne peut dire ; vous êtes brave, ou je ne m'y connais pas... Pourquoi vous laisser mener par ce tas de vauriens ?... Allons donc ! un peu de courage !... Pour mon compte, aussi sûr que je suis là, j'aimerais

Robert-Louis Stevenson

mieux voir tomber mes deux bras que trahir mes devoirs !... »

Il s'arrêta, interrompu par le bruit d'une altercation. Celui-là, du moins, était honnête !... Et voilà qu'au même instant j'allais avoir des nouvelles d'un autre. Au cri de colère qui avait retenti du côté du marais, succéda un cri de rage ; puis un long, un horrible cri de douleur... Les rochers de la Longue-Vue en retentirent. La troupe entière des oiseaux du marécage en fut épouvantée et, s'envolant en désordre, obscurcit l'air pendant plusieurs minutes...

J'avais encore dans les oreilles ce funèbre hurlement de mort, que le silence s'était rétabli et le murmure lointain des flots troublait seul la lourdeur chaude de l'après-midi.

Tom avait bondi comme un cheval sous l'éperon. Quant à John Silver, il n'avait même pas bougé. Il restait à sa place, légèrement appuyé sur sa béquille, observant son compagnon comme un serpent prêt à s'élancer sur sa proie.

« John ! s'écria le matelot en tendant la main vers lui.

– Bas les pattes !... répliqua John Silver, sautant d'un mètre en arrière avec la vitesse et la légèreté d'un gymnaste accompli.

– Bas les pattes si vous voulez, reprit l'autre. Que vous reproche donc votre conscience, que vous ayez peur de moi ?... Mais, au nom du ciel, dites-moi quel était ce cri ?

– Ce cri ? répondit Silver souriant, mais toujours sur ses gardes... (Son œil n'était pas plus grand qu'une tête d'épingle sur sa large face ; mais il brillait comme un éclat de verre.) Ce cri ?... je pense que c'était le cri de mort d'Alan. »

À ces mots, le pauvre Tom se redressa, pareil à un héros.

« Alan ! s'écria-t-il. Alors Dieu ait son âme !... C'était un brave marin et un honnête homme ?... Quant à vous, John Silver, vous avez été mon camarade, mais vous ne l'êtes plus. Si je dois mourir comme un chien, je mourrai faisant mon devoir !... Vous avez tué Alan, n'est-ce pas ?... Eh bien, tuez-moi aussi, si vous pouvez. Mais vous trouverez à qui parler je vous en préviens !...

Là-dessus, le brave garçon attendit un instant pour voir ce que répondrait Silver, mais, voyant que l'autre ne bougeait pas, il lui tourna le dos et se dirigea vers la grève.

Il ne devait pas aller loin. Saisissant de sa main gauche une branche

Le premier coup.

d'arbre, pour se tenir en équilibre, John Silver prit sa béquille de la droite et avec un cri de rage fit tournoyer dans l'air cet arme inattendue. Elle s'abattit la pointe en avant sur le pauvre Tom, et le frappa, avec une violence inouïe, juste entre les deux épaules, en pleine épine dorsale. Il leva les bras, exhala un gémissement sourd et tomba la face en avant.

Était-il seulement étourdi ? avait-il les reins cassés du coup ?... c'est ce qu'on ne saura jamais. Il n'eut pas le temps de revenir à lui. John Silver, agile comme un singe, même sans sa béquille, bondit sur lui et à deux reprises lui plongea son couteau dans le dos. De mon embuscade, je l'entendais souffler comme un fauve tandis qu'il frappait.

J'ignore si j'avais perdu complètement connaissance dans la terreur où me plongea cet horrible spectacle ; mais pendant les quelques minutes qui suivirent, tout se confondit devant moi comme dans un brouillard. John Silver et les oiseaux du ciel et le haut sommet de la Longue-Vue tournoyaient pêle-mêle à mes yeux ; mes oreilles bourdonnaient : je n'avais plus conscience de la réalité.

Quand je revins à moi, le monstre s'était relevé, la béquille sous le bras et le chapeau en tête. À ses pieds, Tom gisait sans mouvement. Mais le meurtrier ne le regardait même pas. Il était occupé à essuyer son coutelas sur une poignée d'herbe. Autour de lui le soleil impassible brillait sur le marécage fumant et sur le sommet des hauteurs. Il semblait presque impossible de croire qu'un meurtre venait d'être commis, une vie humaine tranchée dans sa fleur, à l'instant et sous mes yeux.

Cependant John Silver mit la main à sa poche, y prit un sifflet et en tira un appel qui résonna dans les airs. Le sens de ce signal m'échappait, cela va sans dire ; mais il réveilla mes terreurs. D'autres brigands allaient arriver, qui me découvriraient peut-être. Ils avaient déjà assassiné deux braves gens ; mon tour ne viendrait-il pas ?

Sans perdre une seconde, je me dégageai des branches qui m'entouraient, avec aussi peu de bruit que possible, et je me remis à ramper vers la grande clairière. Tout en fuyant, j'entendais les appels du vieux forban et de ses camarades, et il n'en fallait pas plus pour me donner des ailes. Dès que je me vis hors du taillis, je me mis à courir comme je n'ai jamais couru, sans m'occuper de la direction que je prenais, pourvu qu'elle fût en sens contraire de celles des assassins. Et à mesure que je courais, ma peur grandissait au point de devenir une frénésie.

Robert-Louis Stevenson

Et en vérité, était-il possible de se trouver dans un plus grand danger ? Au coup de canon de retraite, comment oser rejoindre aux canots ces démons encore fumants de leur crime ? Le premier qui m'apercevrait n'allait-il pas me tordre le cou comme à une bécasse ? Mon absence même ne disait-elle pas mes alarmes et par conséquent mes soupçons ?... C'est fini, me disais-je. Adieu à l'*Hispaniola* ! Adieu au squire, au docteur, au capitaine ! Il n'y a plus pour moi que la mort, par la faim ou par les mains des révoltés...

Tout en faisant ces amères réflexions, je courais toujours et j'étais arrivé sans m'en apercevoir au pied d'une des collines, dans cette partie de l'île où les chênes verts poussaient moins drus et plus semblables à des arbres de forêt. Quelques pins assez hauts s'y montraient aussi. L'air était plus frais et plus pur qu'en bas, dans le marécage.

C'est là qu'une nouvelle alarme m'arrêta court et me tint immobile, le cœur battant à se rompre.

Le premier coup.

XV

L'habitant de l'île.

Un éboulement de gravier venait de rouler soudain au flanc de la colline et rebondissait au milieu des arbres. Mes yeux se tournèrent instinctivement vers le point où il s'était produit, et je crus voir un être vivant se glisser derrière un tronc de sapin. Qu'était cet être ? Un ours, un singe de grande espèce ou un homme ? Je ne pus le déterminer. Il était noir et velu, voilà tout ce que j'eus le temps de remarquer. La terreur, au surplus, me paralysait. Je me voyais perdu sans ressource : derrière moi les assassins, devant moi cet être mystérieux !...

Mon choix ne fut pas long. Plutôt Silver lui-même que cet habitant des bois !...

Je tournai les talons et je repris le chemin de la grève, non sans regarder avec soin derrière moi.

Il fallut bientôt m'avouer que le cas était sans ressource. L'être mystérieux, après avoir fait un grand détour, reparaissait devant moi et venait à ma rencontre !...

J'étais épuisé de fatigue, mais eussé-je été aussi frais et dispos qu'en sautant le matin à bas de mon hamac, je n'aurais pu lutter de vitesse avec un tel adversaire. Il courait d'arbre en arbre comme un daim, quoiqu'il n'eût que deux jambes comme un homme... Et c'était bien un homme, je ne pouvais en douter plus longtemps.

Des histoires de cannibales me revinrent en mémoire. J'allais appeler au secours, quand l'idée que j'avais affaire à un homme, même sauvage, me rassura dans une certaine mesure. Je me dis qu'il ne pouvait pas être aussi féroce que Silver. Je m'arrêtai donc pour réfléchir à quelque moyen de salut, et tout à coup je songeai que j'avais un pistolet. Aussitôt le courage me revint. Je fit volte-face et marchai droit à l'inconnu.

Il s'était caché derrière un tronc d'arbre ; mais sans doute il m'observait, car, voyant mon mouvement, il se montra et fit un pas vers moi. Puis il parut hésiter, recula, et finalement à ma surprise mêlée de confusion, il se jeta à genoux en tendant vers moi des mains suppliantes.

Je m'arrêtai aussitôt.

« Qui êtes-vous ? demandai-je.

– Ben Gunn, répondit-il. (Et sa voix était rauque comme une vieille

Robert-Louis Stevenson

serrure rouillée.) Je suis le pauvre Ben Gunn. Et il y a trois ans que je n'ai parlé à une créature humaine. »

Je m'aperçus alors que c'était un blanc comme moi, et même que ses traits étaient assez agréables. Sa peau, partout où on la voyait, semblait comme tannée par le soleil ; ses lèvres mêmes étaient noires, et ses yeux clairs faisaient le plus singulier effet dans une figure aussi brune. Jamais je n'avais vu mendiant aussi déguenillé. Son accoutrement était le plus étrange composé de vieux haillons de matelot et de lambeaux de toile à voile, retenus par tout un système d'agrafes hétéroclites : des boutons de cuivre, des morceaux de bois, des bouts de ficelle goudronnée. La seule partie solide de son équipement était un vieux ceinturon de cuir à large boucle, qui lui serrait les reins.

« Trois ans ! m'écriai-je. Avez-vous fait naufrage sur cette île ?

– Non, camarade, dit-il, je suis un pauvre *marron*. »

Je connaissais ce mot et je savais qu'il se rapportait à une affreuse punition, en usage parmi les pirates. Elle consiste à déposer le coupable dans une île déserte et lointaine, avec une provision de poudre et de plomb, et l'y abandonner pour toujours.

« Marron depuis trois ans, reprit-il. J'ai vécu tout ce temps de chair de chèvre, de baies sauvages et d'huîtres. Où que soit un homme, voyez-vous, il arrive toujours à vivre. Mais je suis joliment fatigué de ce régime, vous pouvez m'en croire !... C'est moi qui mangerais volontiers un bout de fromage !... Vous n'en auriez pas sur vous par hasard ? Non ?... Bien souvent la nuit j'ai rêvé que j'avais un grand morceau de fromage et que je le faisais griller sur les charbons ; mais, hélas ! en me réveillant, je me retrouvais ici !...

– Si jamais je puis retourner à bord, lui dis-je, vous pouvez compter que vous aurez du fromage à la livre. »

Tout ce temps, il avait tâté l'étoffe de ma jaquette, caressé mes mains, admiré mes bottes, en montrant un plaisir enfantin à revoir une créature humaine. Mais à mes derniers mots il tressaillit et releva la tête avec une sorte de timidité sauvage.

« Si jamais vous pouvez retourner à bord ? demanda-t-il. Et qui peut vous en empêcher ?

– Pas vous, j'en suis sûr, répondis-je.

– Vous avez bien raison !... Mais comment vous appelez-vous,

L'habitant de l'île.

camarade ?

– Jim, lui dis-je.

– Jim !... Jim !... répétait-il, tout ravi. Eh bien, Jim, pendant des mois et des années j'ai vécu comme un chien. Vous ne croiriez pas à me voir que j'ai eu une bonne mère, tout comme un autre, n'est-ce pas ?

– Ma foi, non, répondis-je franchement.

– Eh bien, c'est pourtant vrai. J'en avais une qui valait son pesant d'or... Et moi, j'étais un garçon bien sage et je récitais mes leçons si vite qu'on ne distinguait pas un mot de l'autre... Voilà pourtant où j'en suis venu, Jim !... Tout cela pour avoir commencé en jouant aux billes à l'heure de l'école !... Ma mère me l'avait prédit, la digne femme !... Aussi j'ai fait mes réflexions, allez, depuis que je suis ici... Ce n'est pas moi qu'on reprendra à boire du rhum, je vous le garantis !... Tout au plus un dé à coudre, histoire de porter bonheur, vous savez, si l'occasion se présente !... Mais je veux mener une vie exemplaire... Et puis il faut que je vous dise, Jim (ici il regarda autour de lui et baissa la voix), je suis riche, très riche !...

– Le pauvre diable a perdu la carte dans sa solitude », me disais-je.

Peut-être lut-il cette conclusion sur mon visage, car il reprit avec impatience :

« Très riche !... très riche !... vous dis-je. Et savez-vous mon projet ? Je vous ferai riche aussi, Jim... Vous pourrez bénir votre étoile d'avoir été le premier à me trouver ici, mon petit !... »

Mais tout à coup sa physionomie changea ; il s'assombrit, et, me prenant par la main, leva son index d'un air d'inquiétude.

« Jim ! dites-moi la vérité, reprit-il. Ce n'est pas, au moins, le navire de Flint qui vous a conduit ici ? »

Une inspiration me vint. Je me dis que nous pouvions peut-être trouver un allié en ce pauvre homme.

« Non, lui dis-je, ce n'est pas le navire de Flint. Flint est mort. Mais je veux être franc, puisque vous le désirez, et je dois vous déclarer que, pour notre malheur, nous avons à bord quelques-uns de ses hommes.

– Non pas, au moins, un homme à une seule jambe ? demanda-t-il d'une voix éteinte.

– John Silver ?...

Robert-Louis Stevenson

– Oui, John Silver, c'était son nom !...

– Hélas !... c'est le cuisinier de notre navire, et aussi le meneur de la bande. »

Le pauvre diable tenait toujours ma main. Il la serra avec violence.

« Si c'est John Silver qui vous envoie, je suis mort, je le sais ! dit-il. Mais où croyez-vous être ? » reprit-il après un instant de silence.

Pour mieux le rassurer, je lui dis en quelques mots le but de l'histoire de notre voyage et la position critique dans laquelle nous nous trouvions. Il m'écouta avec un profond intérêt, et quand j'eus fini mon récit :

« Je vois que tu es un bon garçon, Jim, reprit-il, et que vous êtes dans une triste passe... Eh bien, fiez-vous à Ben Gunn et il vous en tirera !... Seulement, mon petit, dis-moi une chose : penses-tu que le squire serait homme à se montrer généreux pour celui qui viendrait à son aide, puisqu'il est dans une triste passe, comme tu le dis toi-même ?... »

Je l'assurai que le squire était le plus généreux des hommes.

« Oui, mais je m'entends ! reprit Ben Gunn : je ne veux pas parler d'un poste de garde-chasse et d'une livrée. Ce n'est pas du tout mon affaire, mon petit Jim... Mais penses-tu bien qu'il me donnerait... disons mille livres sterling... sur cet argent qui est déjà mien pour ainsi dire ?

– J'en suis sûr, répondis-je. Son intention a toujours été de faire une part à chacun.

– Et il me donnerait aussi le passage gratuit ? reprit-il d'un air diplomatique.

– Le squire n'est pas homme à vous refuser cette faveur ; et du reste, vous nous serez utile pour la manœuvre, si nous arrivons à nous débarrasser de ces forbans.

– C'est vrai, dit-il avec satisfaction, comme tranquillisé par cet argument. Eh bien, je vais te raconter mon affaire, reprit-il. Je faisais partie de l'équipage de Flint sur le *Walrus*, quand il vint ici avec six hommes, – six des plus robustes d'entre nous, – pour enterrer son trésor. Ils demeurèrent à terre près d'une semaine ; nous avions ordre de les attendre à bord. Un beau matin, voilà le signal, et Flint revient tout seul en canot, la tête bandée dans un foulard bleu. Le soleil se levait et frappait en plein son visage qui était d'une pâleur mortelle. Mais il revenait, lui, vois-tu... et les autres étaient morts... morts et enterrés, tous les six ! Comment avait-il fait ? Personne n'aurait pu le dire. Que

L'habitant de l'île.

ce fût querelle, assassinat ou morts subites, il était seul, et eux six ! Billy Bones lui servait alors de lieutenant, et John Silver de quartier-maître. Ils lui demandèrent des nouvelles du trésor. « Vous pouvez aller à terre et le chercher, si le cœur vous en dit, répondit-il ; mais quant au *Walrus*, il va mettre à la voile et se remettre à l'ouvrage, par les cent mille tonnerres ! »

Telles furent ses paroles... Pour lors, trois ans plus tard, j'étais sur un autre navire quand nous passâmes en vue de cette île. « Camarades, c'est là que se trouve le trésor de Flint. Allons à terre et cherchons-le ! » m'écriai-je. Cela ne plaisait pas trop au capitaine, mais il fut obligé d'y consentir et nous débarquâmes. Pendant douze jours, nous ne fîmes que chercher, sans rien trouver ; mes camarades étaient furieux contre moi ; un soir ils prirent le parti de revenir à bord, mais sans moi. « Benjamin Gunn, me dirent-ils, voilà un fusil, une bêche et une pioche ; tu vas rester ici, garçon, et chercher l'argent de Flint. » Et ils m'abandonnèrent. Il y a trois ans que je suis ici, trois ans que je n'ai pas eu une bouchée de pain à me mettre sous la dent... Mais regarde-moi, Jim, regarde-moi bien... Est-ce que j'ai l'air d'un simple matelot ? Non, n'est-ce pas ? Et je ne le suis pas non plus !... »

Ici il cligna de l'œil en me pinçant le bras.

« Tu peux le dire au squire, Jim, reprit-il, tu peux lui répéter mes propres paroles. « – Et il ne l'est pas non plus, lui diras-tu. Pendant trois ans il a habité l'île, le jour et la nuit, par le beau et le mauvais temps ; pensant souvent à sa vieille mère et se demandant si elle est encore vivante (c'est ainsi que tu diras) ; mais pensant aussi à autre chose (diras-tu) et s'occupant d'autre chose... » Et alors tu le pinceras comme ceci... »

Et il me pinça de nouveau, en me regardant d'un air malin. Puis il continua :

« – Ben Gunn est un brave homme (diras-tu), il sait faire la différence entre un vrai gentleman et un de ces chevaliers de fortune, comme ils s'appellent, l'ayant été lui-même... »

Je l'arrêtai pour lui déclarer que je ne comprenais pas un mot de tout ce qu'il me contait là.

« Peu importe, du reste, ajoutai-je. La question est de savoir comment je reviendrai à bord.

Robert-Louis Stevenson

– C'est là ce qui t'embarrasse ? me répondit-il. Eh bien, et mon bateau, que j'ai fait de ces propres mains que voilà ?... Je le tiens à l'abri sous la roche blanche... S'il faut en arriver là, nous tenterons la chose quand la nuit sera tombée... Mais qu'est ceci ? » fit-il tout à coup.

Quoique le soleil fût encore sur l'horizon pour deux heures au bas mot, tous les échos de l'île venaient de répercuter un coup de canon.

« La bataille a commencé ! m'écriai-je. Suivez-moi !... »

Oubliant toutes mes terreurs, je me mis à courir vers le mouillage, suivi de près par l'habitant de l'île.

« À gauche, à gauche, appuie à gauche, camarade Jim, disait-il en trottant légèrement, sous les arbres !... Voici l'endroit où j'ai tué une première chèvre !... Elles n'y viennent plus maintenant, elles ont trop grand-peur de Ben Gunn !... Et voici le cimetière, ces monticules espacés sur la droite. »

Ainsi il bavardait, sans attendre d'ailleurs ni recevoir de réponse.

Après un assez long intervalle, une volée de coups de fusil suivit le coup de canon. Puis il y eut un grand silence, et, comme je m'approchais de la côte, j'aperçus tout à coup, à un quart de mille devant moi, le drapeau anglais flottant dans les airs au-dessus des arbres.

L'habitant de l'île.

XVI
Le fortin.

(Récit du docteur.)

Ici, je prends la parole pour conter ce que Jim n'avait pu voir, se trouvant dans l'île.

Il était environ une heure et demie après midi – on venait de piquer trois, comme disent les marins, – quand les canots quittèrent l'*Hispaniola* pour se rendre à terre. Nous tenions conseil dans le salon, le capitaine, le squire et moi. Si nous avions seulement eu la plus légère brise, notre parti aurait été bientôt pris. Nous serions tombés sur les six rebelles restés à bord, nous aurions coupé le câble et pris le large. Mais il n'y avait pas un souffle d'air. Et pour mettre le comble à notre détresse, Hunter vint nous apprendre que Jim Hawkins, se glissant dans une des chaloupes, s'en était allé à terre avec les autres.

L'idée de suspecter sa fidélité ne nous vint même pas. C'est pour sa vie que nous tremblions. Livré à des scélérats comme ceux au milieu desquels il se trouvait, l'enfant reviendrait-il jamais ? Nous en doutions fort.

Nous montâmes sur le pont. Le goudron bouillait littéralement dans les coutures du parquet. L'odeur affreuse de ce mouillage me donna mal au cœur. Si jamais les fièvres et la dysenterie ont plané dans l'air, c'est à coup sûr en cet abominable endroit. Les six coquins étaient allongés sur le gaillard d'avant, à l'ombre d'une voile, chuchotant entre eux. À terre, nous pouvions voir les deux chaloupes amarrées près de la bouche d'un ruisseau, chacune sous la garde d'un homme ; l'un d'eux sifflotait un air qui arrivait jusqu'à nous.

L'attente devenait intolérable. Il fut décidé que Hunter et moi nous irions aux nouvelles dans le petit canot. Les chaloupes s'étaient dirigées vers la droite. Nous nous dirigeâmes vers le fortin indiqué sur la carte. Ce mouvement parut inquiéter les deux hommes qui gardaient les chaloupes ; nous les vîmes se consulter. S'ils étaient allés avertir Silver, les choses auraient sans doute tourné bien différemment. Mais sans doute ils avaient leur consigne, car ils se décidèrent à rester tranquillement à leur poste, et celui qui sifflotait reprit cet exercice musical.

La côte présentant un léger renflement, je dirigeai mon canot de manière à mettre ce renflement entre eux et nous, de façon qu'ils cessèrent de nous voir avant même que nous eussions touché terre. En sautant sur la grève, je pressai le pas autant qu'il était possible sans courir, après avoir eu soin de mettre un grand mouchoir de soie sous mon chapeau pour me garantir du soleil. Je tenais la main sur mes pistolets tout armés.

En cent pas, j'arrivai au fortin. Il était assez ingénieusement établi sur un monticule au pied duquel jaillissait une source, et se composait d'un bâtiment carré, formé de troncs d'arbres et crénelé sur les quatre faces ; une quarantaine d'hommes pouvaient aisément s'y loger et s'y défendre par un feu de mousqueterie. Autour de ce bâtiment, les arbres et les broussailles avaient été coupés dans un rayon assez étendu, de manière à l'isoler de tout obstacle qui pût couvrir des assaillants. Enfin, tout autour du monticule, et de manière à enclore la source, régnait une forte palissade de six pieds de haut, sans porte ni solution de continuité, formée de pieux trop lourds pour qu'il fût aisé de les arracher, trop espacés pour que des assiégeants pussent s'en faire un abri. On devait donc les voir venir du fort et les tirer en toute sûreté, comme des lapins. Au total, les choses étaient arrangées pour qu'une poignée d'hommes pût tenir là contre un régiment.

Mais ce qui me séduisait surtout, c'était la source. Il faut dire que les provisions, ni les vins fins, ni les armes et les munitions ne manquaient à bord de l'*Hispaniola* ; mais nous n'avions plus d'eau.

J'étais en train de songer au moyen d'en emporter, quand un cri épouvantable, – un cri d'homme qu'on égorge, – déchira les airs. Je n'étais plus un novice et j'avais souvent vu la mort de près ; – j'ai servi sous le duc de Cumberland et j'ai eu l'honneur d'être blessé à Fontenoy ; – et pourtant ce cri me glaça d'épouvante.

« C'est l'appel suprême du pauvre Jim ! » me dis-je.

Un médecin doublé d'un vieux soldat a bientôt fait d'arrêter ses résolutions. Sans perdre une minute, je revins à la grève et je me jetai dans le canot.

Hunter était heureusement un excellent rameur. L'embarcation volait sur l'eau, à la lettre. Elle eut bientôt rallié le schooner, et je sautai sur le pont.

Tout le monde était en émoi, comme de juste. Le squire, blanc comme un linge et la tête basse, pensait au danger où il nous avait entraînés,

Le fortin.

le pauvre homme ! Et l'un des matelots se trouvait à peu près dans le même état.

« Voilà un gaillard pour qui tout ceci est chose nouvelle, me dit le capitaine en me le montrant du coin de l'œil. Il s'est presque évanoui quand il a entendu ce cri. Le moindre effort suffirait, je gage, pour nous le ramener. »

Je fis part au capitaine de ce que je venais de voir, du plan que j'avais conçu et qu'il adopta aussitôt. Restait à l'exécuter sans délai.

Nous commençâmes donc par poster le vieux Redruth dans la coursive qui conduisait du salon à l'avant, – avec un matelas pour rempart, contre la grille, et quatre mousquets chargés à portée de sa main. Hunter amena le canot sous la fenêtre de poupe, et, avec l'aide de Joyce, je le chargeai de poudre, de mousquets, de biscuit, de porc salé, d'un baril de cognac et de ma précieuse boîte à médicaments.

Pendant ce temps, le squire et le capitaine étaient restés sur le pont. Quand le moment fut venu, M. Smollett s'adressa à haute voix au second maître :

« Monsieur Hands, lui dit-il, vous voyez que nous sommes deux, chacun avec une paire de pistolets... Si l'un de vous six a le malheur de faire un signal quelconque, je vous avertis que c'est un homme mort !... »

Cet avertissement prit les six hommes par surprise. Ils restèrent quelque temps à se consulter, puis tout à coup se jetèrent dans l'écoutille de l'avant. Sans doute, ils espéraient nous surprendre par derrière. Mais à peine avaient-ils vu les préparatifs de Redruth dans la coursive, qu'ils revinrent à l'avant, et une tête se montra sur le pont.

« À bas, chien ! » cria le capitaine en levant son pistolet.

La tête disparut aussitôt, et, pour quelque temps au moins, nous nous trouvâmes débarrassés de ces six guerriers peu redoutables.

Cependant le canot était aussi lourdement chargé que possible. Joyce et moi, nous nous laissâmes glisser par la fenêtre de poupe, et nous fîmes aussitôt force de rames vers la grève.

Ce second voyage ne manqua pas d'attirer l'attention des deux hommes qui gardaient les chaloupes. Celui qui sifflotait s'arrêta de nouveau, et comme nous allions disparaître derrière le renflement dont j'ai parlé, l'un d'eux se jeta à terre et disparut. Un instant, je fus tenté de modifier mon plan et de détruire les chaloupes. Mais je me dis que Silver pouvait être à portée avec sa bande, et qu'il ne fallait pas risquer de tout perdre pour avoir voulu trop gagner.

Nous accostâmes donc au point où j'avais d'abord touché et nous nous mîmes à transporter les provisions au fort, ou, pour ne pas lui donner un nom si ambitieux, au *blockhaus*. Pesamment chargés tous les trois, nous nous contentâmes, à ce premier voyage, de jeter notre chargement par-dessus la palissade. Puis, laissant Joyce à la garde de ce premier convoi, – seul à la vérité, mais avec six mousquets sous la main, – nous nous hâtâmes, Hunter et moi, de revenir au canot.

Trois fois, sans reprendre haleine, nous renouvelâmes ce voyage ; puis, notre cargaison bien et dûment mise à l'abri, je laissai les deux domestiques dans le blockhaus, et je revins seul à l'*Hispaniola*.

Mon projet était de ramener un second chargement. Il peut sembler téméraire. Mais il faut songer que si nos adversaires avaient l'avantage du nombre, nous avions celui des armes. Aucun des rebelles qui se trouvaient à terre n'avait de mousquet, et avant d'arriver à portée de pistolet, nous comptions bien en mettre au moins une demi-douzaine à bas.

Le squire m'attendait à l'arrière, complètement remis de sa faiblesse. Il attira le câblot que je lui lançai et l'attacha solidement ; puis, nous recommençâmes avec ardeur à charger le canot. La cargaison consista presque exclusivement, cette fois, en porc salé, biscuit et poudre, avec seulement un mousquet et un coutelas pour chacun de nous, le squire, le capitaine, Redruth et moi. Tout le reste des provisions, armes et munitions, qui se trouvait à bord, nous les jetâmes à l'eau, par deux brasses de fond. Je vois encore l'éclat bleuâtre de l'acier, brillant sous les eaux sur un lit de sable jaune.

La marée descendait, et le schooner commençait à virer lentement autour de son ancre. On entendait des appels lointains dans la direction des chaloupes, et quoique cela nous rassurât sur le compte de Joyce et de Hunter, qui se trouvaient plus à l'Est, c'était un avertissement de nous hâter. Redruth abandonna donc son poste dans la coursive et rejoignit le squire et moi dans le canot, que nous amenâmes alors à l'échelle de tribord pour être plus à portée d'embarquer le capitaine. Jusqu'à cette dernière minute, en effet, il avait monté la garde sur le pont. Au moment de descendre, il s'adressa à ceux de l'avant, d'une voix haute et ferme :

Le fortin.

« Hé ! les hommes, dit-il, m'entendez-vous ?... »

Il n'eut pas de réponse.

« Abraham Gray, reprit-il, c'est à vous que je parle ! »

Toujours pas de réponse.

« Gray, répéta M. Smollett, je quitte le navire et je vous ordonne de suivre votre capitaine !... Je sais que vous êtes un brave garçon, et qu'aucun de vous n'est aussi mauvais qu'il veut le paraître... J'ai ma montre en main, Gray, et je vous donne trente secondes pour me rejoindre... »

Il y eut un silence.

« Allons, mon garçon, dit encore le capitaine, ne nous tenez pas ainsi le bec dans l'eau... Chaque seconde de retard met en danger la vie de ces messieurs !... »

Là-dessus, une sorte de tumulte sourd, un bruit de lutte ; puis Abraham Gray bondit hors de l'écoutille, un coup de couteau dans la joue, et courut à son chef comme un bon chien à l'appel de son maître.

« Je suis avec vous, capitaine », dit-il.

Un instant après il nous avait rejoints tous deux dans le canot, et nous faisions force de rames. Nous étions sains et saufs hors du schooner, mais point encore à l'abri dans le blockhaus.

Robert-Louis Stevenson

XVII

Le dernier voyage du canot.

(*Suite du récit du docteur.*)

Notre canot était visiblement trop chargé. Cinq hommes (dont trois avaient plus de six pieds de haut) représentaient déjà un poids excessif pour une embarcation pareille. Or, nous avions, en outre, plusieurs quartiers de porc salé, trois sacs de biscuit et une assez grande quantité de poudre. Aussi embarquions-nous de l'eau à chaque instant, et nous n'avions pas fait cent yards que mes culottes et les basques de mon habit étaient littéralement trempés.

Le capitaine nous fit mieux répartir le chargement, ce qui améliora un peu les choses. Mais à peine osions-nous respirer, de peur de causer un désastre.

D'autre part, la marée commençait à descendre. Un courant assez fort se formait, venant de l'ouest de la baie et se dirigeant vers la passe par où nous avions eu accès dans la matinée. Les ondulations mêmes de l'eau étaient un danger pour notre équilibre très peu stable. Mais le pis, c'est que le courant nous détournait de notre route, et nous portait derrière le renflement de la côte : en nous laissant entraîner, nous serions allés droit sur les chaloupes, où les révoltés pouvaient arriver d'une minute à l'autre. L'embarras était pour moi, car je tenais la barre.

« Il m'est impossible de gouverner sur le blockhaus, dis-je enfin au capitaine qui s'était mis aux avirons avec Redruth. La marée nous fait dévier. Ne pourriez-vous pas appuyer un peu plus sur votre gauche ?...

– Non pas sans couler à pic, me fut-il répondu. La barre à tribord, s'il vous plaît, la barre à tribord jusqu'à ce que vous voyiez que nous gagnons sur le courant !... »

Je fis de mon mieux, mais le jusant ne cessa pas de nous faire dériver jusqu'à ce que nous eussions le cap droit à l'Est, c'est-à-dire à angle droit avec notre vraie direction.

« Ce n'est pas ainsi que nous arriverons à terre, repris-je.

– Nous n'avons pas le choix, répliqua le capitaine. Il est indispensable que nous restions au-dessus du point que nous avons en vue, en faisant tête au courant ; car s'il nous entraînait au-dessous de ce point, Dieu sait où nous irions atterrir sans compter la chance d'être attaqués par les chaloupes ; tandis que comme ceci, il faudra bien que le courant perde de sa force et nous pourrons alors biaiser le long de la côte.

– Le courant est déjà moins fort, monsieur, me dit Gray, le matelot, qui s'était placé à l'avant. Je crois que vous pourriez laisser porter d'un point ou deux...

– Merci, mon garçon », lui répondis-je tout tranquillement, car chacun avait déjà résolu à part soi de le traiter en ami et comme s'il n'y avait pas eu le moindre malentendu.

Tout à coup le capitaine, dont la face était naturellement tournée vers le schooner, en ramant vers la côte, parut s'émouvoir de ce qu'il voyait :

« Le canon ! dit-il tout à coup d'une voix légèrement altérée.

– J'y ai bien pensé, répondis-je, convaincu qu'il pensait à une possibilité de bombardement du blockhaus. Mais ils n'ont aucun moyen de le débarquer, et l'eussent-ils, ils ne pourraient jamais le traîner à travers les bois.

– Je parle de la pièce qui est à l'arrière », répliqua le capitaine.

Et de fait nous l'avions complètement oubliée. En me retournant, je vis les cinq coquins déjà occupés à lui ôter sa jaquette, comme ils appelaient la toile goudronnée dont elle était enveloppée. Presque au même instant je me rappelai que nous avions négligé de noyer la poudre et les boulets destinés à cette pièce et qui se trouvaient dans une soute spéciale. Un coup de hache sur la porte et les mauvais gredins allaient y mettre la main.

« Israël a été canonnier sous Flint », fit observer Gray d'une voix rauque.

À tout risque, je dirigeai le canot vers mon débarcadère. Nous étions heureusement déjà assez loin du fil du courant pour pouvoir prendre et garder cette direction. Mais, en revanche, nous présentions maintenant le flanc et non plus l'arrière à l'*Hispaniola*, et nous devenions pour sa bordée une cible aussi large qu'une porte cochère.

Non seulement je voyais, mais j'entendais ce coquin à face d'ivrogne, Israël Hands, poussant du pied un boulet sur le pont.

« Qui est le plus sûr ici de son coup de fusil ? demanda le capitaine.

– M. Trelawney, sans comparaison, répondis-je.

– Monsieur Trelawney, voulez-vous avoir l'obligeance de me descendre un de ces gredins ? Hands, si c'est possible, reprit le capitaine.

Trelawney, aussi calme qu'à l'affût, examina l'amorce de son arme.

« Attention au recul, monsieur, dit le capitaine, ou vous nous chavirez !... Que tout le monde se tienne prêt à faire contrepoids quand le coup partira... »

Le squire épaula sou fusil, les avirons restèrent immobiles, chacun se pencha pour maintenir l'équilibre, et tous les mouvements furent si bien combinés qu'il n'entra pas une goutte d'eau dans le canot.

Cependant les rebelles avaient déjà fait tourner le canon sur son affût, Hands, qui se trouvait à la gueule avec son refouloir, était le plus exposé. Mais, au moment même où M. Trelawney faisait feu, il se baissa, la balle passa par-dessus sa tête et ce fut un des quatre autres qui tomba.

Il poussa un cri, et à ce cri répondirent non seulement ses camarades à bord, mais un grand nombre de voix à terre. En regardant de ce côté, je vis alors les autres forbans sortir des bois et se précipiter dans les chaloupes.

« Voilà les chaloupes, capitaine ! m'écriai-je.

— Laissez porter, en ce cas ! répondit le capitaine. Tant pis si nous arrivons au marécage. Si nous ne touchons pas terre, c est fini !...

— Une seule des chaloupes vient sur nous, repris-je. L'équipage de l'autre court probablement sur la grève pour nous couper la retraite.

— Ils auront chaud ! répliqua le capitaine. Marins à terre et cavaliers à pied, vous savez... Ce n'est pas eux que je crains !... Ce sont les boulets... Un enfant ne nous manquerait pas... Attention, squire, quand vous verrez s'abaisser la mèche !... nous donnerons un coup en arrière.

Tout en causant, nous allions bon train pour un canot aussi chargé et nous ne faisions pas trop d'eau. Encore trente ou quarante coups d'aviron et nous toucherions terre. Il n'y avait plus à craindre la chaloupe, que le petit renflement de la côte nous cachait déjà. La marée descendante, qui nous avait si cruellement retardés, nous faisait réparation maintenant en retardant à leur tour nos ennemis. Le seul véritable danger était le canon.

« Si j'osais, disait le capitaine, je donnerais l'ordre d'arrêter et de tirer un autre de ces coquins !... »

Mais il était clair qu'ils allaient lâcher leur coup. Pas un d'eux ne faisait seulement attention au blessé, que je voyais se traîner tant bien que mal sur le pont.

« Ça y est ! cria le squire.

– Pousse !... » répondit le capitaine comme un écho.

Redruth et lui renversèrent simultanément leurs avirons avec tant de force, que notre arrière plongea sous l'eau. Au même instant la détonation frappa nos oreilles. C'est ce premier coup que Jim entendit, car le coup de fusil du squire ne lui était pas parvenu. Où passa le boulet ? c'est ce qu'aucun de nous n'a jamais su. Mais je crois bien que ce fut au-dessus de nos têtes et que le courant d'air produit par son passage eut sa part dans notre désastre.

Quoi qu'il en soit, le canot coula tranquillement par l'arrière, dans trois pieds d'eau, laissant le capitaine et moi sur pied, en face l'un de l'autre. Quant à nos trois compagnons, ils furent complètement submergés et reparurent soufflant comme des phoques.

Jusque-là, il n'y avait pas grand mal. Personne n'était gravement endommagé, et nous n'avions qu'à marcher jusqu'au bord de l'eau. Mais nos provisions étaient noyées, et, pour comble de malheur, il en était de même de trois fusils sur cinq. J'avais instinctivement élevé le mien au-dessus de ma tête, et le capitaine, en homme prévoyant, avait gardé le sien en bandoulière et canon bas.

Pour comble, nous entendions les voix se rapprocher de nous dans les bois qui bordaient la côte. Non seulement nous étions menacés de nous voir coupés du blockhaus, dans cet état d'impuissance relative, mais nous pouvions craindre que Joyce et Hunter ne fussent pas en force de s'y maintenir. Hunter était solide, nous le savions ; mais nous étions moins sûrs de Joyce : c'était un homme agréable, poli, excellent valet de chambre et parfait pour brosser les habits, mais qui ne semblait pas précisément taillé pour la guerre.

Telles étaient nos réflexions, tandis que nous nous hâtions de gagner le bord, dans l'eau jusqu'aux genoux, en laissant derrière nous le pauvre canot, avec une bonne moitié de nos vivres et de nos munitions.

Robert-Louis Stevenson

XVIII

Comment se termina la première journée.

(Suite du récit du docteur.)

Nous nous jetâmes au plus vite dans la petite bande de bois qui nous séparait encore du blockhaus. À chaque instant les voix des brigands se rapprochaient. Bientôt nous entendîmes le bruit de leur course précipitée dans le taillis, et le craquement des branches qu'ils écartaient pour se frayer un passage. Il devenait évident que nous allions les avoir sur nous, et je commençai par m'assurer de l'état de mon amorce.

« Capitaine, dis-je en même temps, Trelawney est le meilleur tireur de nous tous. Vous feriez bien de lui passer votre fusil, puisque le sien est mouillé...

Les armes furent aussitôt échangées. Trelawney, toujours silencieux et calme, s'arrêta un instant pour vérifier l'état de celle qu'il venait de recevoir. Je remarquai alors que Gray n'était pas armé et je lui passai mon coutelas. Il y avait plaisir à voir de quel air il cracha aussitôt dans ses mains et se prit à brandir sa lame. Notre nouvelle recrue valait évidemment son pesant d'or.

Quarante pas plus loin, nous arrivions à la lisière du bois et nous débouchions sur le blockhaus. Comme nous touchions à la palissade du côté sud, sept des rebelles, commandés par Job Andersen, arrivaient en criant au Sud-Ouest. Ils s'arrêtèrent surpris à notre vue. Et avant qu'ils eussent eu le temps de se reconnaître, quatre coups de feu étaient partis : le mien et celui du squire, hors de la palissade, celui de Hunter et de Joyce, de l'intérieur du blockhaus. Ces quatre coups s'étaient succédé sans ordre, mais n'en firent pas moins leur effet ; un des brigands tomba ; les autres, sans hésiter, tournèrent les talons et se replongèrent dans le bois.

Après avoir rechargé nos armes, nous fîmes le tour de la palissade pour examiner l'homme qui venait de tomber. Il était mort, une balle au cœur.

Nous exultions déjà sur ce premier succès, quand un coup de pistolet éclata dans les broussailles voisines et le pauvre Redruth s'abattit à mes pieds. Le squire et moi nous eûmes bientôt riposté, mais, comme nous tirions au jugé, ce fut probablement en pure perte. À peine avions-nous rechargé nos armes, que notre attention se tourna vers le malheureux Redruth. Le capitaine et Gray l'avaient déjà soulevé dans leurs bras. Du premier coup d'œil je vis qu'il était perdu.

La promptitude de notre riposte avait sans doute intimidé les rebelles, car nous eûmes tout le temps de faire passer le pauvre garde-chasse par-dessus la palissade et de l'emporter, geignant et sanglant, jusqu'à l'intérieur du blockhaus. Le brave homme n'avait pas prononcé un seul mot d'étonnement, d'inquiétude ou même d'improbation, depuis l'ouverture des hostilités jusqu'à l'instant où nous l'allongeâmes sur le sol de notre refuge, pour y mourir. Bravement, il était resté à son poste derrière la grille de la coursive ; silencieux et résolu, il avait obéi à tous nos ordres ; et maintenant il était frappé le premier, lui, notre aîné de vingt ans à tous !... Le squire tomba à genoux auprès de lui, en pleurant comme un enfant ; il prit la main de son vieux garde-chasse et la baisa.

« Est-ce que je m'en vais, docteur ? me demanda le blessé d'une voix faible.

– Vous allez au repos éternel, mon brave, lui dis-je avec la franchise qu'il réclamait de moi.

– J'aurais aimé à leur envoyer une balle ou deux ! fit-il avec un soupir.

– Mon pauvre Redruth, dites-moi que vous me pardonnez ! murmura le squire.

– Ce ne serait guère respectueux, maître, protesta le vieux serviteur... ; mais, puisque vous le désirez – *Amen !...* »

Après un moment de silence, il dit qu'il souhaitait que quelqu'un lût une prière.

« C'est l'usage, monsieur ! » ajouta-t-il en manière d'excuse.

Puis il expira, sans avoir prononcé d'autres paroles.

Cependant le capitaine était en train de vider ses poches, et ce qu'il en tirait me donnait enfin l'explication des bosses singulières que j'avais remarquées sur sa personne depuis que nous avions quitté le schooner : c'étaient des pavillons anglais, un rouleau de corde, un encrier, des plumes, le livre du bord, plusieurs paquets de tabac et d'autres choses encore. Il avait déjà trouvé un sapin de bonne longueur couché dans l'enclos de la palissade, et, avec l'aide de Hunter, il le dressait à l'un des angles du blockhaus, dans l'entrecroisement des troncs d'arbres. Grimpant alors sur le toit, il attacha un pavillon à sa corde, et, de ses

Robert-Louis Stevenson

propres mains, il le hissa au mât.

Cela fait, il parut beaucoup plus à son aise, et se mit à faire le dénombrement de nos provisions, comme s'il n'y avait pas au monde d'affaire plus importante. Cela ne l'empêchait pas de suivre du coin de l'œil l'agonie du pauvre Redruth ; car à peine eut-elle pris fin, qu'il déploya un autre pavillon et l'étendit respectueusement sur le cadavre.

« Ne prenez pas les choses trop à cœur, monsieur, dit-il en serrant la main du squire. Tout va bien pour lui... Quand un homme est tué en faisant son devoir envers son capitaine et ses armateurs, il n'y a rien à dire... »

Sur quoi il me prit à part.

« Docteur Livesey, me demanda-t-il, pour quelle époque attendez-vous le navire de secours ? »

Comme je le lui expliquai, c'était une question de mois plus que de semaines ou de jours. Il avait été convenu avec Blandly que, si nous n'étions pas de retour à la fin d'août, il enverrait un second schooner à notre recherche, ni plus tôt ni plus tard.

« Faites le calcul vous même, dis-je pour conclure.

– Eh bien, alors, répondit le capitaine en fourrageant dans ses cheveux, sans être ingrat pour les bienfaits de la Providence, je crois pouvoir dire, docteur, que nous sommes dans de fichus draps...

– Bah ! répondis-je, nous en sortirons.

– Il est bien regrettable que nous ayons perdu ce second chargement, reprit le capitaine en suivant son idée. Pour la poudre et le plomb, cela peut encore aller, mais ce sont les rations qui sont courtes, docteur !... si courtes que, ma foi, peut-être faut-il moins regretter une bouche de plus... »

Et il désignait le pauvre Redruth enseveli sous son pavillon.

À ce moment un boulet passa en sifflant au-dessus du blockhaus et alla se perdre dans les bois.

« Oh ! oh !... fit le capitaine, amusez-vous, mes amis, comme si vous aviez de la poudre de reste !... »

Un second coup de canon porta plus juste, et le boulet tomba dans le blockhaus, en soulevant un nuage de poussière et de sable, mais heureusement sans blesser personne.

Comment se termina la première journée.

« Capitaine, fit observer le squire, le fort est absolument invisible de la mer. Il faut donc que ce soit votre pavillon qui serve de point de mire. Ne serait-il pas plus sage de le redescendre ?

– Abaisser mon pavillon ! s'écria le capitaine. Non, monsieur, je ne ferai point cela. »

Et il avait à peine énoncé cette déclaration, que nous étions tous de son avis. Ce pavillon n'était pas seulement un symbole de devoir et d'honneur : il servait encore à montrer aux révoltés que nous nous occupions peu de leur bombardement.

Toute la soirée le feu continua ; les boulets se suivaient de près, les uns passant au-dessus de nos têtes, les autres tombant au pied du blockhaus, d'autres se frayant un chemin dans le toit, sans grand dommage. Les gens du schooner étaient obligés de pointer si haut que le boulet avait perdu presque toute sa force quand il arrivait, et s'enfonçait à peine dans le sable ; jamais il ne ricochait ; aussi en étions-nous bientôt venus à ne pas plus nous en inquiéter que d'une balle de cricket.

« Ce tir a au moins un avantage, fit remarquer le capitaine, c'est qu'il doit avoir débarrassé le bois de ces vermines. À l'heure qu'il est, le jusant est au plus bas et nos provisions doivent être à découvert. Je demande des volontaires pour aller procéder au sauvetage de notre porc salé. »

Gray et Hunter furent les premiers à s'offrir. Armés jusqu'aux dents, ils se glissèrent hors de la palissade, et, franchissant la bande de bois qui nous séparait de la mer, ils arrivèrent au rivage. Mais ce fut inutilement. Les rebelles avaient eu la même idée que nous, et quatre ou cinq d'entre eux, plus audacieux que nous n'aurions supposé, ou se sentant protégés par le canon d'Israël Hands, étaient déjà en train d'enlever nos provisions, qu'ils disposaient dans une chaloupe ; cette embarcation se maintenait à leur portée en donnant un coup d'aviron par-ci, un autre par-là, contre le courant ; John Silver s'y trouvait en personne, dirigeant les opérations.

Chacun de ses hommes était maintenant armé d'un fusil que les gredins avaient sans doute extrait de quelque cachette à eux connue.

Dans le blockhaus, le capitaine s'était assis devant son livre de bord, et voici ce qu'il écrivait :

« Alexandre Smollett, maître du schooner *Hispaniola* ; David Livesey, docteur-médecin ; Abraham Gray, second charpentier ; John Trelawney,

Robert-Louis Stevenson

propriétaire ; John Hunter et Richard Joyce, domestiques du précédent, passagers ; les susnommés testés seuls fidèles à leur devoir, avec dix jours de provisions à la ration de famine, ont abordé cejourd'hui dans l'Île au Trésor et arboré le pavillon britannique sur le blockhaus. Thomas Redruth, garde-chasse, passager, tué d'un coup de feu par les rebelles. Jim Hawkins, mousse... »

À ce même moment, je me demandais ce qui était advenu du pauvre enfant, quand nous entendîmes une voix nous appeler du côté opposé à la mer.

« Quelqu'un nous hèle, dit Hunter, qui montait la garde.

– Docteur !... Squire !... Capitaine !... Hunter, êtes-vous-là ? » disait la voix.

Je courus à la porte et je vis Jim Hawkins, sain et sauf, qui escaladait la palissade du blockhaus.

Comment se termina la première journée.

XIX

La garnison du blockhaus.

(Jim reprend son récit.)

J'ai dit que j'avais vu le pavillon britannique flottant dans les airs au-dessus des arbres. Ben Gunn ne l'eut pas plus tôt aperçu qu'il s'arrêta, et, posant sa main sur mon épaule :

« Allons, dit-il, voilà tes amis, c'est sûr !...

– Plutôt les rebelles, je le crains, lui répondis-je.

– Bon ! s'écria-t-il. Comme si, dans une île où il ne vient que des chevaliers de fortune, John Silver irait arborer autre chose que le drapeau noir !... Non, ce sont tes amis, te dis-je... On s'est déjà battu, c'est clair, tes amis ont eu le dessus et les voici installés dans le blockhaus construit jadis par le vieux Flint... Ah ! il en avait de la tête, le vieux Flint ! Il savait tout prévoir... Jamais il n'a trouvé qu'un maître, – c'est le rhum. Et jamais il n'a eu peur de personne, – sinon peut-être de John Silver... »

Ce bavardage commençait à m'excéder.

« Quoi qu'il en soit, m'écriai-je, allons au plus pressé et rejoignons mes amis.

– Pas moi, camarade, répliqua Ben Gunn, pas moi !... Tu es un brave garçon, je crois, mais après tout tu n'es qu'un enfant... Et Ben Gunn n'est pas une oie. Un verre de rhum ne me ferait pas aller où tu vas, je t'assure, – pas même un verre de rhum !... Je ne ferai pas un pas tant que je n'aurai pas vu le gentleman dont tu parles et qu'il ne m'aura pas promis ce que tu sais... Mais surtout n'oublie pas mes paroles : « Il lui faut des garanties (voilà ce que tu diras), il lui faut des garanties. » Et puis tu le pinceras comme ceci... »

Pour la troisième fois, il me pinça le bras du même air confidentiel.

« Quand on aura besoin de Ben Gunn, reprit-il, tu sais où le trouver, mon petit Jim. Précisément où je t'ai rencontré aujourd'hui... Et celui qui viendra aura soin de tenir à la main quelque chose de blanc, – et de venir seul, surtout !... « Ben Gunn a ses raisons ! » (voilà ce que tu diras).

– Si je vous entends, lui dis-je, vous avez quelque chose à proposer, et vous désirez que le squire ou le docteur vienne vous en entretenir, à l'endroit même où nous nous sommes rencontrés. C'est tout, n'est-ce pas ?

– Tu oublies l'heure, reprit-il. Eh bien, entre celle de l'observation de midi et le coup de six.

– Fort bien. Je puis m'en aller, maintenant ?

– Tu n'oublieras rien, au moins ? demanda-t-il avec inquiétude : « Des garanties, – et il a ses raisons... raisons à lui connues », voilà l'important. Si tu te souviens seulement de cela, tu peux partir, Jim... Et si par hasard tu rencontrais John Silver, tu ne trahiras pas Ben Gunn, n'est-ce pas ? Rien ne te le ferait trahir, hein ?... Ah ! si ces damnés pirates campent à terre, il y aura des veuves demain, va !... »

Un coup de canon lui coupa la parole, et un boulet, sifflant au-dessus de nos têtes, vint s'enterrer à une centaine de pas de l'endroit où nous nous trouvions. Ce fut la fin de la conférence. Nous tournâmes les talons, chacun de notre côté.

Pendant une bonne heure, les détonations se succédèrent et les boulets continuèrent à pleuvoir. Je changeais de cachette à tout instant, et ces terribles projectiles me poursuivaient toujours. Mais on s'habitue à tout. Vers la fin du bombardement, quoique je n'osasse pas encore me rapprocher du blockhaus, qui servait évidemment de cible à ce tir d'enragés, j'avais un peu repris courage, et, après un long détour vers l'Est, je descendis avec précaution parmi les arbres de la grève.

Le soleil venait de se coucher. La brise agitait doucement la cime des arbres et ridait la surface grise de la mer. La marée, complètement descendue, laissait à découvert une large bande de sable. L'air s'était subitement refroidi au point que je frissonnais dans ma jaquette.

L'Hispaniola était toujours à l'ancre à la même place, mais à sa corne flottait l'étendard noir des pirates. Comme je la regardais, une lueur rouge suivie d'une détonation éclata à son arrière, les échos résonnèrent et un boulet de canon siffla dans les airs. Ce fut le dernier de la journée.

Pendant quelque temps encore je restai caché, observant l'agitation qui succédait à l'attaque. Sur la grève, des hommes étaient en train de démolir quelque chose à coups de hache. Je sus par la suite que c'était le pauvre canot. Au loin, près de l'embouchure du ruisseau, un grand feu brillait parmi les arbres. Entre ce point et le schooner, une des chaloupes ne faisait qu'aller et venir ; les hommes qu'elle portait et que

La garnison du blockhaus.

j'avais vus si sombres le matin riaient et chantaient maintenant à tue-
tête. Évidemment le rhum était de la partie.

Enfin je crus pouvoir m'aventurer à me rapprocher du blockhaus.
J'étais descendu assez loin sur la côte basse et sablonneuse qui entoure
le mouillage à l'Est et qui rejoint à marée basse l'île du Squelette. En me
relevant pour me mettre en marche, je remarquai à quelque distance,
dans le creux, parmi les broussailles, un rocher blanc assez haut d'un
aspect tout particulier. Je pensai que ce devait être la Roche-Blanche
dont Ben Gunn avait parlé, et je me dis que si un bateau devenait
nécessaire à un moment ou à un autre, je saurais où le trouver.

Je longeai la lisière du bois jusqu'à ce que je l'eusse complètement
tournée, puis, revenant au fort par le côté opposé à la mer, j'eus le
bonheur d'y être cordialement accueilli par mes amis.

J'eus bientôt raconté mon histoire et je me mis à examiner les êtres. Le
blockhaus était fait de troncs d'arbres non équarris – le toit comme les
murs et le plancher. Ce plancher se trouvait en quelques endroits élevé
d'un pied ou d'un pied et demi au-dessus du sol. Il y avait un porche au-
dessus de la porte, et, devant ce porche, la source sortait en bouillonnant
d'un bassin artificiel d'une espèce assez rare : tout simplement un grand
chaudron défoncé et enterré jusqu'aux bords dans le sable. L'édifice ne
montrait pas trace de meubles. Il y avait seulement dans un coin un
foyer de pierre surmonté d'une vieille corbeille de fer toute rouillée.

Les flancs et les alentours du monticule avaient fourni les arbres dont se
composait notre citadelle, et l'on voyait encore les moignons résultant
de cette amputation en masse ; le sol sablonneux, qu'ils soutenaient,
s'était néanmoins éboulé en mainte place et tout sillonné de ravins par
l'action des pluies. Le lit seul du ruisseau formé par la source traçait
sur le sable jaune une ligne verte de mousses, de fougères et de petites
plantes grasses. Non loin de la palissade, – pas assez loin, me dit-on,
pour notre sécurité, – les bois s'élevaient denses et drus. Des sapins du
côté de l'intérieur de l'île, des chênes verts du côté de la mer.

La froide bise du soir dont j'ai parlé gémissait dans toutes les fissures
de notre abri et nous couvrait d'une pluie continue de sable fin. Ce
sable... nous en avions dans les yeux, dans les dents, sur notre souper,
– et jusque dans l'eau de la source, au fond de son chaudron. En fait de
cheminée, il y avait un trou carré dans le toit, par où s'échappait une
très faible proportion de la fumée produite par un grand feu de bois. Le

reste s'amoncelait dans la chambre, nous faisant tousser et nous frotter les yeux.

Si l'on ajoute que Gray, notre nouvel allié, avait la figure bandée d'un mouchoir, à cause d'une blessure qu'il avait reçue en quittant les rebelles, et que le pauvre Tom Redruth était toujours étendu raide et froid le long du mur, en attendant qu'il fût possible de l'inhumer, – on aura une idée de l'aspect lugubre de notre établissement. L'inaction nous aurait nécessairement conduits à la mélancolie la plus noire. Mais le capitaine Smolett n'était pas homme à nous y laisser tomber.

Il commença par nous diviser en deux bordées : le docteur, Gray et moi dans l'une ; le squire, Hunter et Joyce dans l'autre. Après quoi, en dépit de la lassitude générale, deux hommes furent envoyés, au bois, deux autres occupés à creuser une fosse pour Redruth ; le docteur fut désigné comme cuisinier et je fus mis en sentinelle à la porte. Quant au capitaine, il allait et venait de l'un à l'autre, nous remontant le moral et prêtant la main où il était nécessaire.

De temps en temps le docteur venait à la porte pour respirer et reposer ses yeux, que la fumée aveuglait ; et chaque fois il avait un mot à me dire.

« Le capitaine Smollett vaut encore mieux que moi, fit-il remarquer dans une de ces occasions, et ce n'est pas peu dire, mon petit !...

Une autre fois, il me regarda un instant en silence. Puis penchant la tête d'un côté :

« Ce Ben Gunn est-il un homme ? me demanda-t-il.

– Je ne sais pas ce que vous voulez dire, monsieur, répondis-je. Mais je ne suis même pas bien sûr qu'il soit en possession de toute sa raison.

– S'il y a seulement doute à cet égard, tant mieux pour lui ! reprit le docteur. Un homme qui a passé trois ans dans une île déserte, à se ronger les ongles, ne saurait paraître aussi raisonnable que toi ou moi, mon garçon. Ce n'est pas dans la nature des choses. Ne m'as-tu pas dit qu'il a grande envie de manger du fromage ?

– Oui, monsieur, c'est son plus ardent désir.

– Eh bien, Jim, vois comme il est bon de penser à tout. Tu m'as souvent vu une tabatière. Et sais-tu pourquoi ? Parce qu'en campagne j'emporte toujours dans ma tabatière un morceau de fromage de Parme, – un fromage italien extraordinairement nourrissant sous un faible volume...

La garnison du blockhaus.

Mon fromage sera pour Ben Gunn !... »

Avant de souper, nous eûmes à procéder aux funérailles de notre pauvre vieux Tom. Après l'avoir déposé dans la fosse, nous le recouvrîmes de sable, puis nous restâmes quelques instants, la tête découverte, autour de sa tombe.

Nous nous occupâmes ensuite de rentrer le bois sec rapporté des alentours de la palissade. Le capitaine hocha la tête quand il le vit en tas.

« La provision n'est pas suffisante et il faudra s'occuper de l'augmenter demain matin », dit-il.

Le souper terminé, – il se composait d'une tranche de porc salé et d'un verre de grog à l'eau-de-vie –, les trois chefs se réunirent dans un coin pour se concerter sur les mesures à prendre.

Ce qui les inquiétait le plus, c'était que nos provisions fussent tout à fait insuffisantes pour nous permettre de soutenir un long siège. Ils prirent donc la résolution de tuer le plus de monde possible aux révoltés, pour les amener, soit à capituler, soit à s'enfuir avec l'*Hispaniola*. Sur dix-neuf de ces coquins, il n'en restait déjà plus que quinze, et parmi ceux-là deux blessés, sans compter le matelot atteint par le premier coup de feu du squire et qui était peut-être mort. Il fut donc entendu qu'à la moindre occasion de tirer sur eux, on tâcherait d'augmenter ces pertes, en évitant toutefois avec soin de s'exposer. Nous pouvions d'ailleurs compter sur deux alliés puissants, – le rhum et le climat.

En ce qui touche au premier, quoique nous fussions à plus d'un demi-mille du camp des rebelles, nous pûmes les entendre chanter et rire fort avant dans la nuit. Au sujet du second, le docteur déclara qu'il ne donnait pas une semaine à des gens établis en plein marais, et privés de tout médicament, pour tomber comme des mouches sous l'action de la fièvre paludéenne.

« Quand ils s'en apercevront, ils seront trop contents de partir avec le schooner, ajouta-t-il. C'est un navire comme un autre et qui pourra toujours leur servir à écumer les mers.

– Ce sera le premier que j'aurai perdu », dit laconiquement le capitaine.

J'étais mort de fatigue, et pourtant si agité par ces événements, qu'il se passa au moins une heure avant que je pusse m'endormir, mais alors ce fut pour tout de bon.

Les autres étaient debout depuis longtemps quand je rouvris les yeux ;

Robert-Louis Stevenson

ils avaient déjà déjeuné, et la pile de bois s'était considérablement accrue. Je venais d'être réveillé par un bruit de voix.

« Un drapeau blanc ! » disait-on.

Et presque aussitôt, avec l'accent de la surprise la plus vive :

« C'est Silver lui-même ! » ajoutait-on.

Je sautai sur mes pieds et je courus me placer à l'une des meurtrières.

La garnison du blockhaus.

XX

L'ambassade de John Silver.

Je vis deux hommes en dehors de la palissade : l'un d'eux agitait un linge blanc ; l'autre était John Silver en personne, calme comme toujours.

Il était encore de très bonne heure, et il faisait une des matinées les plus froides que j'eusse jamais vues, – un de ces froids qui semblent vous transpercer jusqu'aux moelles. Le ciel était pur et sans nuages, et le soleil levant commençait à dorer la cime des arbres. Mais le bas du monticule où se trouvaient John et son lieutenant restait encore baigné dans l'ombre et comme enveloppé des vapeurs exhalées par le marécage. Ce froid glacial et cette buée ne disaient rien de bon sur le climat de l'île. Évidemment la position était humide, malsaine et dangereuse.

« Que personne ne se montre, dit le capitaine. Je gage que c'est une ruse pour nous attirer dehors... Qui vive ?... reprit-il. Halte, ou je fais feu !...

– Drapeau parlementaire ! » répondit Silver.

Le capitaine se défilait sous le porche, se gardant avec soin. Il se retourna et dit :

« La bordée du docteur au Nord, Jim à l'Est, Gray à l'Ouest. L'autre bordée rechargera les armes... Attention, mes braves, et l'œil ouvert ! »

Puis il revint aux rebelles.

« Que voulez-vous avec votre drapeau parlementaire ? » demanda-t-il.

Cette fois ce fut le compagnon de Silver qui répondit :

« Le capitaine Silver, monsieur, désire venir à votre bord pour arranger une trêve.

– Le capitaine Silver ?... Connais pas !... Quel est cet officier ? » cria le capitaine.

Et il ajouta en aparté :

« ... Capitaine !... Par ma barbe, voilà de l'avancement !... »

John répondit lui-même :

« C'est moi, monsieur. Ces pauvres gens m'ont choisi pour chef après votre *désertion*, monsieur (il appuya avec intention sur le mot). Nous

Robert-Louis Stevenson

sommes prêts à nous soumettre et à ne plus parler de rien, s'il était possible d'arriver à des conditions favorables. Tout ce que je demande, c'est votre parole, capitaine Smollett, de me laisser ressortir sain et sauf, et de me donner une minute pour me mettre hors de portée avant de reprendre les hostilités.

– Mon garçon, je n'ai pas envie de vous parler, répliqua le capitaine. Si vous avez quelque chose à me dire, ma foi, c'est votre affaire, et vous pouvez venir. S'il y a trahison, ce sera de votre côté, et qu'elle vous soit légère !...

– C'est tout ce qu'il faut, capitaine, cria gaiement John Silver. Un mot de vous suffit, et je me flatte de me connaître en gens d'honneur... »

Nous vîmes l'homme qui tenait le drapeau parlementaire essayer de retenir Silver. Et cela n'avait rien de très étonnant après la réponse cavalière du capitaine. Mais Silver lui rit au nez en lui tapant sur l'épaule, comme si l'idée même d'un soupçon était absurde. Il s'avança vers la palissade, jeta sa béquille en avant, puis s'éleva sur les poignets et franchit l'obstacle avec une vigueur et une agilité surprenantes.

Je dois l'avouer : ce qui se passait m'intéressait à tel point que je ne songeai même plus à mes devoirs de sentinelle ; j'abandonnai ma meurtrière, je m'avançai sur la pointe du pied derrière le capitaine, qui s'était assis sur le seuil ; le menton dans ses mains et les yeux fixés sur l'eau qui sortait en bouillonnant du chaudron enterré dans le sable, il sifflotait un air populaire. Silver avait beaucoup de peine à escalader le flanc du monticule. Gêné par la raideur de la pente, les moignons d'arbres dont le sol était semé et le sol mouvant qui s'éboulait sous lui, il était aussi empêché, avec sa béquille, qu'un navire à sec. Mais il s'acharnait en silence et finit par arriver devant le capitaine, qu'il salua le plus courtoisement du monde.

Il avait fait toilette pour cette entrevue : un immense habit bleu couvert de boutons de cuivre lui pendait jusqu'aux genoux et un beau chapeau galonné était posé en arrière sur sa tête.

« Vous voilà, mon garçon, dit le capitaine. Asseyez-vous, puisque vous êtes fatigué.

– N'allez-vous pas me permette d'entrer, capitaine ? demanda John d'un ton de reproche. Il fait un peu froid ce matin pour rester dehors, assis sur le sable.

L'ambassade de John Silver.

– Silver, répondit le capitaine, il ne tenait qu'à vous d'être chaudement assis, à cette heure, près de vos fourneaux... Ou vous êtes le cuisinier de mon navire, et je crois faire un peu plus que je ne dois en vous autorisant à vous asseoir devant moi, – ou vous êtes le capitaine Silver, rebelle et pirate, et alors vous savez bien que vous n'avez droit qu'à la potence.

– N'en parlons plus, capitaine, reprit Silver en s'installant. Il faudra m'aider à me relever, voilà tout... Mais savez-vous que vous êtes fort bien ici ?... Et voilà Jim !... Docteur, je vous présente mes devoirs... Je vois avec plaisir que vous êtes tous comme chez vous...

– Si vous avez vraiment quelque chose de sérieux à dire, mon garçon, mieux vaudrait y arriver, fit le capitaine.

– Très juste, capitaine, très juste. Le devoir avant tout... Eh bien, donc, vous avez eu une fière idée, la nuit dernière, capitaine : ce n'est pas moi qui le nierai. C'était une fière idée. Il y en a un parmi vous qui n'est pas manchot... Et je ne nierai pas non plus que quelques-uns des miens ont été ébranlés par cette affaire... Peut-être tous l'ont-ils été, ébranlés... Peut-être ai-je été ébranlé moi-même... peut-être est-ce la raison qui m'amène ici pour négocier... Mais, capitaine, croyez-moi : cela n'arrivera pas deux fois !... S'il le faut, nous saurons monter la garde et laisser porter d'un point ou deux sur le rhum !... Vous croyez sans doute que nous étions tous dans les vignes du Seigneur ? Eh bien, ce serait une erreur. J'avais toute ma tête à moi. Seulement j'étais fatigué comme un chien. Il s'en est pourtant fallu d'une seconde à peine que je prisse votre homme sur le fait... Car, je vous le garantis, le mien n'était pas mort encore quand je suis arrivé près de lui, – non il ne l'était pas !... »

Tout cela était évidemment de l'hébreu pour le capitaine, mais on ne l'aurait jamais deviné à sa physionomie.

« Après ? » dit-il tranquillement, comme s'il avait compris.

Moi, je commençais à comprendre. Les paroles de Ben Gunn me revenaient en mémoire. Je me disais qu'il avait sans doute fait une visite nocturne aux pirates pendant qu'ils cuvaient leur rhum autour du feu, et je calculais avec joie que nous n'avions plus affaire qu'à quatorze ennemis.

« Mais arrivons au fait, reprit Silver. Nous voulons ce trésor et nous l'aurons, – voilà la question. Quant à vous, vous ne seriez pas fâchés d'avoir la vie sauve, je présume, et cela dépend de vous. Vous possédez certaine carte, n'est-il pas vrai, capitaine ?...

Robert-Louis Stevenson

– C'est possible.

– Allons, allons, vous l'avez, je le sais. À quoi bon se tenir ainsi à quatre pour ne pas dire un bon oui ? Cela ne sert de rien… Il nous faut cette carte-là !… Quant au reste, je ne vous ai jamais voulu de mal, capitaine…

– Oh ! vous savez, nous sommes fixés là-dessus. Nous savons quels étaient vos projets, – et j'ajoute que nous nous en moquons, attendu qu'il vous est impossible de les mettre à exécution. »

Et le capitaine le regarda tranquillement dans les yeux, en bourrant sa pipe.

« Si vous croyez tout ce que vous dit Gray !… s'écria Silver.

– Gray ?.. Gray ne m'a rien dit, je ne lui ai rien demandé, et, qui plus est, je vous verrais, vous, lui et toute l'île, au diable, avant de lui rien demander !… Mais, je vous le répète, je suis fixé.

Ce petit accès de vivacité parut calmer Silver. Il reprit d'un ton plus insinuant :

« Soit !… Ce n'est pas moi qui me mêlerai de juger ce que des gentlemen considèrent comme leur point d'honneur… Mais puisque vous allez fumer une pipe, capitaine, je prendrai la liberté d'en faire autant. »

Il bourra sa pipe et l'alluma. Pendant quelques minutes les deux plénipotentiaires fumèrent en silence, tantôt se regardant, tantôt tassant leur tabac, ou se penchant pour cracher. C'était une vraie comédie, de les voir faire.

« Donc, reprit Silver, nous y voici. Vous me remettrez la carte, pour trouver le trésor, et vous vous engagerez à ne plus tuer mes hommes. De mon côté, je vous donnerai le choix entre deux systèmes : ou bien vous revenez à bord avec nous, une fois le trésor embarqué, et je vous donne ma parole – par écrit si vous le souhaitez – de vous déposer sains et saufs en quelque bon endroit. Ou bien, si cela ne vous plaît pas, car je ne nie pas que quelques-uns de mes hommes sont un peu sujets à caution et peuvent avoir de la rancune, – ma foi, vous pouvez rester ici… Nous partagerons les provisions, bien également, et je vous donnerai ma parole – par écrit si vous le désirez – de vous signaler au premier navire que je rencontrerai et de l'envoyer vous prendre… Voilà ce qui s'appelle parler, je pense. Le diable m'emporte si vous pouviez compter sur des conditions pareilles. Et j'espère… »

Ici il haussa la voix.

L'ambassade de John Silver.

« … J'espère que tout le monde dans ce blockhaus m'entend, car ce que j'en dis est pour tout le monde.

Le capitaine se leva et secoua les cendres de sa pipe dans la paume de sa main gauche.

« C'est tout ? demanda-t-il.

– Tout, assurément, répondit John Silver. Refusez ces conditions et vous n'aurez plus de moi que des balles.

– Fort bien, dit le capitaine. À votre tour, écoutez-moi. Si vous voulez vous rendre, et arriver ici sans armes, l'un après l'autre, je m'engage à vous mettre aux fers à fond de cale et à vous ramener en Angleterre pour être traduits devant les tribunaux maritimes. Si vous ne voulez pas, – aussi vrai que je m'appelle Alexander Smollett et que le pavillon britannique flotte au-dessus de moi, – vous irez à tous les diables !… Vous ne trouverez pas le trésor. Vous êtes incapables de diriger le navire, vous ne savez même pas vous battre : Gray, que voilà, a eu raison de cinq d'entre vous. Vous avez manqué le coche, maître Silver, comme vous ne tarderez pas à vous en apercevoir. C'est moi, votre capitaine, qui vous le dis. Et j'ajoute que c'est le dernier avis que vous aurez de moi, – et que je vous logerai une balle dans le dos la première fois que je vous reverrai… Et maintenant, sans adieu !… Par file à gauche et débarrassons le plancher !… »

La face de Silver était à peindre. Les yeux lui sortaient de la tête. Il secoua le feu de sa pipe.

« Aidez-moi à me relever ! cria-t-il.

– Ce ne sera pas moi, dit le capitaine.

– Qui me donne la main pour me relever ? » hurla le cuisinier.

Pas un de nous ne bougea. Grommelant les plus dégoûtantes imprécations, il se traîna sur le sable jusqu'à ce qu'il eût atteint le porche et réussi à se mettre debout sur sa béquille. Crachant alors, dans la fontaine :

« Voilà ce que je pense de vous ! cria-t-il. Avant une heure de temps, je veux qu'il ne reste pas une miette de votre blockhaus !… Oh ! vous pouvez rire !… Rira bien qui rira le dernier… Mais je jure qu'avant peu, ceux qui mourront seront les moins à plaindre !… »

Et il s'éloigna en trébuchant dans le sable. Après quatre ou cinq efforts infructueux pour franchir la palissade, il dut se faire aider par l'homme

Robert-Louis Stevenson

au drapeau parlementaire et bientôt disparut parmi les arbres.

L'ambassade de John Silver.

XXI

L'assaut.

En rentrant dans le blockhaus, le capitaine s'aperçut que pas un de nous n'était à son poste, à l'exception de Gray. Et cela le mit dans une véritable colère. Nous ne l'avions jamais vu encore dans un pareil état.

« À vos places ! cria-t-il d'une voix de tonnerre.

Et comme nous nous hâtions de les reprendre, l'oreille basse :

« Gray, ajouta-t-il, je vous mettrai à l'ordre du jour dans le livre de bord, pour avoir fait votre devoir... Monsieur Trelawney, vous m'étonnez !... Docteur, je croyais vous avoir entendu dire que vous aviez porté l'uniforme ! Si c'est ainsi que vous vous êtes conduit à Fontenoy, mieux aurait valu rester au lit !... »

Il y eut un grand silence. Puis le capitaine reprit sur un tout autre ton :

« Mes enfants, j'ai lâché ma bordée dans les œuvres vives de Silver. C'est exprès que j'ai tiré à boulet rouge. Avant une heure, vous l'avez entendu, ils viendront à l'abordage... Nous sommes inférieurs en nombre, vous le savez, mais nous combattons à couvert, et il y a une minute j'aurais ajouté : nous avons la discipline pour nous... Il ne tient donc qu'à nous de les battre... »

Il fit le tour de la casemate, s'assura que tout était en règle, chacun à son poste et les armes chargées.

Aux deux bouts de l'édifice, est et ouest, il n'y avait que deux meurtrières ; deux également sur le côté sud où se trouvait la porte ; cinq au nord. En fait d'armes, nous avions une vingtaine de mousquets. Le bois à brûler avait été arrangé de manière à former quatre piles, – quatre tables si l'on veut, – une vers le milieu de chaque côté ; sur chacune de ces tables, quatre fusils chargés et des munitions étaient à portée des sept défenseurs. Au milieu nous avions rangé les coutelas.

« Éteignez le feu, dit le capitaine ; il ne fait plus froid et il est inutile d'avoir de la fumée dans les yeux.

M. Trelawney prit la corbeille de fer et l'emporta dehors, où il laissa les tisons s'éteindre sur le sable.

« Jim n'a pas encore déjeuné, reprit le capitaine. Jim, mangez un morceau et reprenez votre poste. Allons, mon garçon, doublez les bouchées. Vous en aurez besoin dans quelques minutes... Hunter, un verre d'eau-de-vie à tout le monde. »

Tandis qu'on buvait, le capitaine achevait de formuler son plan de défense.

« Docteur, vous vous chargerez de la porte, dit-il. Ayez l'œil ouvert, sans vous exposer ; gardez-vous avec soin, en tirant à travers le porche, Hunter prendra l'est et Joyce l'ouest... Là, mon garçon... Monsieur Trelawney, vous êtes le meilleur tireur ; vous et Gray prendrez le côté nord, avec les cinq meurtrières... C'est là qu'est le danger. S'ils peuvent y arriver et se mettre à tirer sur nous par nos propres sabords, nous commencerons à nous trouver dans de mauvais draps... Jim, ni vous ni moi ne serions bons à grand-chose pour faire le coup de feu. Nous nous tiendrons donc prêts à recharger les armes et à donner main forte... »

Comme l'avait dit le capitaine, la froidure était passée. Le soleil n'eut pas plus tôt dépassé notre ceinture d'arbres qu'il inonda la clairière de ses rayons et en un instant eut pompé les vapeurs. Bientôt le sable fut brûlant et la résine se mit à grésiller sur les troncs d'arbres du blockhaus. On mit bas habits et jaquettes, et en bras de chemise, les manches retroussées jusqu'au coude, nous attendîmes, chacun à notre poste, dans une fièvre d'impatience.

Une heure s'écoula.

« Le diable les emporte ! dit le capitaine. C'est aussi assommant qu'un calme plat. »

Presque au même instant, le premier symptôme de l'assaut se produisit.

« S'il vous plaît, monsieur, dit Joyce avec sa politesse habituelle, dois-je tirer, si je vois quelqu'un ?

– Bien sûr ! s'écria le capitaine. Je vous l'ai déjà dit.

– Merci, monsieur », répondit Joyce avec la même politesse inaltérable.

Rien ne suivit immédiatement, mais cette remarque nous avait mis sur le qui-vive, écarquillant les yeux et les oreilles, les fusiliers leur arme à la main, le capitaine debout au milieu de la salle, les lèvres serrées et le sourcil froncé.

Quelques secondes se passèrent ainsi. Puis tout à coup Joyce épaula son arme et tira. La détonation ne s'était pas plus tôt fait entendre, qu'une volée de coups de feu éclata au dehors, de tous les côtés de l'enclos. Plusieurs balles ennemies frappèrent le blockhaus, mais pas une n'y

L'assaut.

entra. Quand la fumée se fut dissipée, les bois d'alentour avaient repris leur aspect calme et désert. Pas une branche d'arbre ne s'agitait, pas un scintillement d'acier ne révélait la présence de l'ennemi.

« Avez-vous touché votre homme ? demanda le capitaine.

– Non, monsieur, je ne crois pas, répondit Joyce.

– Il dit la vérité, c'est quelque chose !... murmura le capitaine. Recharge son fusil, Jim... Combien sont-ils de votre côté, docteur, à votre estime ?

– Je puis le dire exactement, répondit le docteur, on a tiré trois coups par ici : deux ensemble, un plus à l'Ouest.

– Trois, répéta le capitaine. Et de votre côté, monsieur Trelawney ? »

Ici la réponse était plus malaisée. Il en était venu plusieurs du côté nord : sept, pensait le squire ; huit ou neuf, à l'estime de Gray. De l'est et de l'ouest on n'avait tiré qu'un seul coup. Il était donc probable que l'attaque allait porter au nord et que des trois autres côtés on essayait seulement de nous dérouter par un semblant d'hostilités. Mais cela ne changea rien aux arrangements du capitaine. Si les rebelles parvenaient une fois à franchir la palissade, disait-il, ils prendraient la première meurtrière qu'ils trouveraient désarmée et nous tireraient comme des rats dans notre trou.

Au surplus, nous n'eûmes guère le temps de réfléchir. Tout à coup une bande de pirates s'élança hors du bois, au nord, et courut droit à la palissade. Au même instant le feu recommença sur nous de tous côtés, et une balle arrivant par le porche fit sauter le fusil du docteur en morceaux.

Les rebelles s'étaient jetés comme des singes à l'assaut de la palissade. Le squire et Gray tirèrent chacun deux fois, coup sur coup : trois hommes tombèrent, un la tête en avant dans l'enclos et les deux autres en dehors. Un de ceux-ci avait plus de peur que de mal, car il se releva aussitôt et prit sa course à travers les bois.

Mais quatre autres assaillants avaient réussi à franchir la palissade, et sept ou huit autres, ayant évidemment plusieurs fusils, dirigeaient sous bois un feu nourri contre le blockhaus.

Les quatre qui avaient sauté dans l'enclos s'élancèrent sans perdre un instant vers nous, en poussant des cris sauvages. Ceux qui étaient restés sous bois criaient aussi pour les encourager. De notre côté, on tirait sans s'arrêter. Mais la précipitation des tireurs était telle qu'aucun

Robert-Louis Stevenson

coup ne portait. En un clin d'œil, les quatre assaillants avait escaladé le monticule et ils arrivaient sur nous.

La face de Job Andersen, le second maître, se montra la première au trou du milieu.

« Tout le monde à l'assaut ! tout le monde à l'assaut ! » criait-il d'une voix tonnante.

Presque au même instant, un autre empoignait le fusil de Hunter par le canon, le lui arrachait des mains, puis le repoussant violemment dans l'embrasure, portait au pauvre garçon, en pleine poitrine, un coup de crosse qui le renversa privé de sentiment. Un troisième, faisant le tour de l'édifice, apparaissait à la porte, coutelas en main, et tombait sur le docteur.

La position était en quelque sorte renversée. Tout à l'heure nous tirions à couvert sur un ennemi exposé à nos coups. Maintenant c'est nous qui étions couchés en joue par des ennemis invisibles. Heureusement la fumée nous valut une immunité relative. On ne se voyait plus à deux pas. J'entendis des cris confus, des coups de pistolet, un gémissement de douleur ; puis la voix du capitaine :

« Dehors, mes enfants !... Au couteau !... Et tout le monde dehors !... »

Je pris un coutelas dans la pile, et quelqu'un que je n'eus pas le temps de reconnaître, en en prenant un autre au même instant, m'en donna un coup qui me mit les doigts en sang. À peine y fis-je attention, tant j'avais hâte de m'élancer dehors en plein soleil. J'aperçus le docteur qui poursuivait son agresseur jusqu'au bas du monticule et lui logeait un coup de pointe dans la tête.

« Restez autour de la maison, mes enfants !... » criait le capitaine.

Et même au milieu de ce tumulte je remarquai un changement notable dans sa voix.

J'obéis machinalement et je tournai vers l'est, mon couteau à la main. Au coin de la maison, je me trouvai face à face avec Andersen. Il poussa un hurlement sauvage en brandissant son coutelas. Mais je n'eus même pas le temps d'avoir peur : aussi prompt que l'éclair, je fis un saut de côté, avant que le coup se fût abattu sur moi, et perdant pied dans le sable, je roulai la tête la première sur la pente. J'avais eu le temps de voir les autres rebelles s'élancer tous à la fois sur la palissade pour en finir. L'un d'eux, coiffé d'un béret rouge, et son coutelas entre les dents,

L'assaut.

avait déjà enjambé le haut de la clôture ; un autre montrait sa tête un peu plus loin. Tout se passa si vite, qu'en me relevant je retrouvai ces deux hommes exactement dans la même attitude. Cependant, dans cet instant rapide, la victoire venait de se décider, et elle était pour nous.

Gray, qui arrivait sur mes talons, avait abattu Andersen avant que le géant eût eu seulement le temps de relever le bras, après m'avoir manqué. Un autre rebelle, frappé d'une balle au moment où il venait de tirer par une de nos meurtrières, expirait, son pistolet encore fumant à la main. Le docteur avait réglé le compte du troisième. Le quatrième de ceux qui avaient pu pénétrer dans l'enclos jugea à propos d'abandonner l'entreprise, et, laissant son couteau sur le champ de bataille, se hâta de revenir à la palissade.

« Tirez, mais tirez donc ! criait le docteur. Et vous mes enfants, remettez-vous à couvert. »

Mais son ordre ne fut pas obéi. Le quatrième assaillant put repasser la palissade et s'enfuir sous bois avec les autres. L'instant d'après, il ne restait plus que les rebelles tombés à l'assaut, dont quatre à l'intérieur et un à l'extérieur de la palissade.

Nous étions rentrés dans le blockhaus, les survivants pouvant d'une minute à l'autre revenir à la charge. La fumée commençait à se dissiper : nous pûmes voir combien la victoire nous coûtait cher.

Hunter était resté privé de sentiment au pied de sa meurtrière. Joyce gisait devant la sienne, frappé d'une balle dans la tête et ne respirant déjà plus ; au milieu de la salle, le squire soutenait le capitaine : ils étaient tous les deux d'une pâleur mortelle.

« Le capitaine est blessé, dit M. Trelawney.

– Ils sont partis ? demanda M. Smollett.

– Ceux qui ont pu, répondit le docteur. Mais il y en a cinq à bord.

– Cinq ! s'écria le capitaine. Tout va bien. Nous voici quatre contre neuf, ce qui vaut mieux que d'être sept contre dix-neuf, comme nous étions hier[1]. »

---

1 Les rebelles furent bientôt au nombre de huit seulement ; car l'homme blessé par M. Trelawney à bord du schooner mourut le soir même. Mais nous n'en savions rien encore.

Robert-Louis Stevenson

XXII

Comment je repris la mer.

Les rebelles ne reparurent pas et ne donnèrent plus signe de vie. Ils avaient leur compte pour ce jour-là, selon l'expression du capitaine. Nous eûmes donc tout le temps de panser les blessés et de préparer notre dîner. Le squire et moi nous étions chargés de ce soin, et les gémissements des patients, tandis que le docteur les examinait, étaient chose si horrible à l'intérieur du blockhaus, que nous préférâmes, en dépit du danger, aller faire notre cuisine en plein air.

Des huit hommes qui avaient été atteints dans le combat, trois seulement respiraient encore, le capitaine Smollett, Hunter, et le pirate blessé à la meurtrière. Encore celui-ci était-il à peu près mort, car il expira entre les mains du docteur. Hunter, en dépit de nos soins, ne reprit pas connaissance. Toute la journée, il râla, et au milieu de la nuit, sans avoir prononcé une seule parole, ni indiqué par aucun signe qu'il eût conscience de ce qui lui arrivait, il rendit le dernier soupir. Quant au capitaine, il était grièvement blessé, mais non pas mortellement. Aucun organe essentiel n'avait été atteint. Une balle lui avait brisé l'omoplate ; une autre lui avait traversé les muscles du mollet. Le docteur croyait pouvoir affirmer qu'il en reviendrait ; mais le repos le plus absolu lui était nécessaire ; il ne fallait pas qu'il bougeât, ni même qu'il ouvrît la bouche.

Pour moi, je n'avais rien qu'une longue coupure sur les doigts. Le docteur y appliqua une bande de taffetas gommé et me tira les oreilles par-dessus le marché.

Aussitôt après dîner, le squire et lui tinrent conseil auprès du capitaine. La délibération fut assez longue ; quand elle eut pris fin, il était midi passé, le docteur prit son chapeau et ses pistolets, passa un coutelas dans sa ceinture, mit la carte dans sa poche, un fusil sur son épaule, puis il descendit à la palissade, l'escalada prestement et partit à travers bois.

J'étais assis avec Gray au bout de la salle, afin de n'être pas à portée d'entendre ce que disaient nos chefs en se consultant. Au moment où Gray vit disparaître le docteur, sa stupéfaction fut si profonde qu'il en oublia de fumer sa pipe.

« Le diable m'emporte, s'écria-t-il, le docteur est fou.

– N'ayez crainte, lui répondis-je, il est assurément le dernier de nous à qui ce malheur arrivera.

– Alors, camarade, c'est moi qui ai perdu la tête, répliqua Gray, car je ne comprends rien à sa conduite.

– Bah ! il doit avoir son idée, repris-je. Peut-être va-t-il trouver Ben Gunn. »

Je devinais juste, comme la suite des événements le démontra. Mais, en attendant, comme il faisait aussi chaud dans le blockhaus que dans l'enclos palissadé, je me mis à ruminer, moi aussi, un projet de promenade qui était loin d'être raisonnable. Cela me prit en me faisant une image enchanteresse du plaisir que devait trouver le docteur à marcher sous bois, à l'ombre des arbres, en humant la bonne odeur des pins et en entendant autour de lui le chant des oiseaux, – tandis que j'étais là à griller dans cette casemate, les vêtements collés par la résine, au milieu des cadavres et du sang.

Tout en lavant à grande eau le plancher de la salle, d'abord, puis la vaisselle du dîner, je laissais insensiblement ces pensées s'emparer de mon imagination ; elles finirent par la dominer entièrement. Enfin, à un certain moment, me trouvant près d'un sac de biscuits et remarquant que personne ne faisait attention à moi, je fis le premier pas dans la voie d'une escapade, en commençant par remplir mes poches de biscuit.

C'était insensé, si l'on veut. Assurément, j'allais m'engager dans une entreprise des plus téméraires. Mais j'étais au moins décidé à m'entourer de toutes les précautions possibles ; et je calculais que – quoi qu'il arrivât – ces biscuits m'empêcheraient toujours de mourir de faim pendant vingt-quatre heures.

Le second pas fut de m'emparer d'une paire de pistolets que je cachai sous ma jaquette avec ma poire à poudre et un petit sac de balles.

Quant au plan que j'avais en tête, il n'était pas en lui-même des plus mauvais. Il s'agissait de descendre vers le banc de sable qui séparait le mouillage de la pleine mer à l'Est, de retrouver la Roche-Blanche que j'avais observée la veille et de m'assurer si le bateau dont m'avait parlé Ben Gunn y était caché ou non. La vérification du fait avait assurément son importance, je le crois encore à l'heure qu'il est. Seulement, comme j'étais certain qu'on ne me permettrait pas de quitter le blockhaus, je résolus de partir sans tambour ni trompette et de m'échapper quand personne ne me verrait. C'est là ce qui rendit ma tentative coupable.

Robert-Louis Stevenson

Mais je n'étais qu'un enfant et je ne sus pas résister à la tentation.

Saisissant donc un moment où le squire et Gray étaient occupés à renouveler le pansement du capitaine, – je me glissai jusqu'à la palissade, je la franchis, et j'avais détalé dans les bois avant que mon absence eût seulement été remarquée.

C'était ma seconde équipée, plus imprudente encore que la première ; car je ne laissais que deux hommes valides pour défendre le fort. Et, comme celle-là pourtant, elle devait servir à notre salut.

Je me dirigeai tout droit vers la côte orientale, car j'avais décidé de longer la langue de terre en question du côté du large, pour éviter d'être aperçu par les pirates. L'après-midi était déjà très avancée, mais le soleil n'avait pas encore disparu à l'horizon et la chaleur était accablante. Tout en marchant dans les bois, j'entendais le grondement lointain des brisants, et en même temps l'agitation des feuilles et des hautes branches me montrait que la brise de mer était assez forte. Bientôt l'air devint plus vif et plus frais. Encore quelques pas et je débouchais sur la lisière du fourré. Au loin, la mer bleue s'étendait jusqu'à l'horizon. Presque à mes pieds, les flots venaient rouler en écumant sur la grève ; car jamais ils n'étaient calmes autour de l'île du Trésor ; le soleil pouvait être brûlant, l'atmosphère sans souffle, la mer rester au large aussi unie qu'un miroir : toujours d'énormes vagues faisaient retentir leur tonnerre le long de la côte ; il n'y avait pas un seul point de l'île où, nuit et jour, on n'entendit leur mugissement, plus ou moins affaibli par la distance.

Je marchai donc le long de ces vagues, en me dirigeant vers le Sud ; puis, quand je crus m'être suffisamment avancé dans cette direction, je profitai de l'abri de quelques buissons pour me glisser avec précaution jusqu'à la ligne de faîte de la langue de terre.

Derrière moi, j'avais la mer ; devant moi, le mouillage, qui semblait aussi mort qu'un lac de plomb, abrité qu'il était par l'île du Squelette ; et, se réfléchissant dans ce miroir, l'*Hispaniola* immobile, avec le drapeau noir à sa corne.

Une des chaloupes se trouvait amarrée à tribord, et dans cette chaloupe je reconnus Silver. Deux hommes se penchaient aux bastingages, au-dessus de lui ; l'un d'eux portait un béret rouge, c'était évidemment le même coquin que j'avais vu quelques heures plus tôt à califourchon sur la palissade. Ils semblaient être en train de rire et de causer ; mais à la distance de plus d'un mille, qui me séparait d'eux, il m'était

Comment je repris la mer.

naturellement impossible de distinguer un mot de ce qu'ils disaient. J'entendis pourtant des cris horribles qui éclatèrent tout à coup, non sans me faire d'abord grand-peur ; mais je ne tardai pas à reconnaître la voix du *capitaine Flint*, le perroquet de Silver, et j'arrivai même à distinguer le brillant plumage de l'oiseau, perché sur le poing de son maître.

La chaloupe s'éloigna bientôt pour revenir au rivage. L'homme au béret rouge et son compagnon rentrèrent alors dans l'intérieur du navire, par l'escalier du salon.

Précisément à ce moment, le soleil disparaissait derrière la Longue-Vue ; un brouillard épais s'éleva aussitôt du marécage ; la venue prochaine de la nuit s'annonçait. Je vis qu'il n'y avait pas de temps à perdre si je voulais trouver ce soir même la barque de Ben Gunn.

La Roche-Blanche, très visible au-dessus des broussailles, se trouvait à trois ou quatre cents pas environ vers l'extrémité de la pointe. Je fus néanmoins assez longtemps à y arriver, car j'avais soin de ramper pour ne pas être vu, en m'arrêtant à tout instant derrière les buissons. Aussi la nuit était-elle presque tombée quand je l'atteignis enfin. Sous la roche même, je découvris alors une sorte de niche tapissée de gazon, abritée par des bruyères fort épaisses, et formée d'une petite tente de peaux de chèvre, comme celles dont se servent les bohémiens errants en Angleterre.

Je me glissai jusqu'à ce creux, je soulevai un coin de la tente et je me trouvai en présence du canot de Ben Gunn, – un produit du terroir s'il en fut jamais. C'était une espèce de pirogue de bois dur, informe et rugueuse, pontée, si j'ose ainsi dire, de peaux de chèvre le poil en dedans ; si petite qu'à peine devait-elle être suffisante pour moi, et que je me suis toujours demandé comment un homme avait pu s'en servir ; avec un banc de rameur aussi bas que possible, un appui pour les pieds et une double pagaie en guise de propulseur. Je n'avais pas vu alors de pirogues de bois et de peaux, telles qu'en construisaient les anciens Bretons ; mais j'en ai vu depuis, et je ne puis donner une meilleure idée de l'embarcation de Ben Gunn qu'en disant qu'elle ressemblait de tout point à la plus primitive de ces pirogues. Elle en possédait en tout cas la principale qualité, – qui est une légèreté extrême.

Maintenant que j'avais vu et touché ce bateau, on pourrait croire que j'avais suffisamment fait l'école buissonnière. Mais une nouvelle idée venait de poindre dans ma tête, et cette idée me séduisait au point de l'accomplir, je crois, à la barbe même du capitaine Smollett. Cette idée, la voici : Pourquoi, protégé par les ombres de la nuit, n'irais-je pas dans cette pirogue jusqu'à l'*Hispaniola*, pour couper son amarre et laisser aller le schooner s'échouer où il voudrait ?... Il me semblait que les rebelles, après leur défaite du matin, ne pouvaient plus songer qu'à lever l'ancre et à prendre le large. Il me paraissait beau de les en empêcher. Et maintenant que je les voyais laisser leurs hommes de garde sans chaloupe, l'entreprise pouvait être relativement aisée.

Je m'assis par terre pour penser à ces choses et croquer un biscuit, en attendant que la nuit fût tombée. On aurait dit qu'elle était faite à souhait pour mon projet. Le brouillard montait à vue d'œil et cachait entièrement le ciel. L'obscurité fut bientôt profonde. Quand je me décidai à prendre le canot de Ben Gunn sur mon épaule et à me diriger presque à tâtons vers la mer, il n'y avait que deux points visibles dans tout le mouillage : le premier était le grand feu, près du marais, autour duquel les pirates vaincus noyaient leur humiliation dans le rhum ; l'autre était une petite lueur pâle qui perçait à peine le brouillard en indiquant la position du navire à l'ancre.

Le schooner avait graduellement viré de bord avec la marée descendante ; son avant se trouvait tourné de mon côté ; les seuls fanaux allumés à bord se trouvaient dans le salon ; et ce que je voyais n'était que la réflexion, sur la surface des eaux, de la nappe de lumière qui sortait de la fenêtre de la poupe.

La marée étant déjà très basse, j'eus à marcher pendant un assez long espace sur le sable mouillé, où j'enfonçais jusqu'à la cheville. Mais enfin j'arrivai à l'eau, et, y entrant jusqu'à mi-jambe, je réussis à déposer assez adroitement ma pirogue, la quille en bas, sur l'onde amère.

Comment je repris la mer.

XXIII

À marée descendante.

La pirogue de Ben Gunn, comme je devais avoir ample moyen de le vérifier, se trouva fort supérieure à sa mine, légère, admirablement adaptée à un navigateur de ma taille et de mon poids ; mais c'était bien l'embarcation la plus capricieuse et la plus fantasque à diriger. Quoi qu'on fît, elle avait toujours une tendance à s'en aller de côté, et la manœuvre où elle excellait, c'était à tourner sur elle-même comme une cuve. Ben Gunn lui-même a bien voulu reconnaître avec moi qu'elle était « un brin difficile à orienter, quand on ne savait pas ses habitudes ».

Ses habitudes étaient à coup sûr singulières. Elle tournait dans tous les sens, excepté celui où je désirais aller. La plupart du temps, nous progressions bâbord en avant, et il n'est pas douteux pour moi que sans le reflux je ne serais jamais arrivé au schooner. Heureusement, le jusant m'y portait, et, comment que je tinsse ma pagaie, il était à peu près impossible de manquer l'*Hispaniola*.

D'abord je la vis se dresser devant moi comme une tache plus noire sur l'obscurité générale. Puis je commençai à distinguer la coque et les agrès. Enfin, le courant m'entraînant toujours, je m'aperçus que j'allais passer sous la haussière, et je m'en saisis.

Cette amarre était tendue comme une corde d'arc, et le courant si fort, que le schooner virait sur son ancre. Tout autour de sa coque, dans la nuit, l'eau chantait en fuyant comme un ruisseau de montagne. Un coup de mon couteau, et l'*Hispaniola* s'en allait vers le large avec la marée. Rien de plus simple en apparence. Mais je me rappelai tout à coup qu'un grelin tendu et qu'on tranche net peut être chose dangereuse comme une ruade. Il y avait dix à parier contre un que la pirogue et moi, nous serions jetés en l'air si j'avais l'imprudence de couper l'ancre de l'*Hispaniola*. Celle réflexion m'arrêta, et si le hasard ne m'avait pas encouragé de la façon la plus formelle, il est fort probable que j'aurais abandonné mon projet.

Mais la brise avait sauté au Sud-Ouest ; pendant que je méditais ainsi, il arriva qu'elle frappa l'*Hispaniola* et la força contre le courant. À ma joie intense, je sentis le câble se relâcher sous mes doigts et la main dans laquelle je le tenais plongea dans l'eau pendant une seconde ou deux.

Robert-Louis Stevenson

Je pris aussitôt ma décision. Tirant mon coutelas, je l'ouvris avec mes dents, puis je me mis à scier un toron après l'autre jusqu'à ce qu'il n'en restât plus que deux sur l'épaisseur du câble, pour tenir le navire. Après quoi, je m'arrêtai, attendant, pour trancher ces deux derniers torons, que l'amarre fût de nouveau détendue par un souffle de vent.

Pendant tout ce temps, j'avais entendu des voix dans le salon ; mais à vrai dire, j'étais si occupé de mes pensées et de mon travail qu'à peine m'en étais-je inquiété. Maintenant, n'ayant plus rien à faire, je me pris à écouter. Je reconnus alors dans une de ces voix celle de Hands, le second maître, celui qui avait été jadis le canonnier de Flint. L'autre était naturellement celle de notre ami au béret rouge. Les deux hommes étaient pris de boisson, c'était clair, et continuaient probablement à boire ; car, pendant que j'écoutais, l'un deux, toujours en parlant d'une voix avinée, ouvrit la fenêtre de l'arrière et jeta à la mer quelque chose qui me parut être une bouteille vide.

Non seulement ils étaient ivres, mais ils semblaient être furieusement en colère. Les jurons volaient dru comme grêle, et de temps à autre il y avait une telle explosion que je les croyais sur le point d'en venir aux mains. Mais chaque fois la querelle s'apaisait, les deux voix se mettaient à grommeler des menaces plus sourdes, jusqu'à ce qu'une crise nouvelle se produisit, toujours sans résultat comme la précédente.

À terre, je voyais parmi les arbres du rivage la chaude lueur du grand feu allumé par les pirates. L'un d'eux chantait d'une voix monotone une vieille ballade de matelot, avec un trémolo à la fin de chaque couplet.

Enfin la brise adonna. Le schooner s'agita faiblement dans l'obscurité ; je senti le grelin se relâcher sous ma main. Aussitôt, d'un coup, je tranchai les dernières fibres de chanvre.

Le vent avait peu de prise sur la pirogue : aussi fut-elle rejetée presque instantanément par la marée contre l'*Hispaniola* ; presque en même temps le schooner se mit à tourner lentement sur son arrière, puis à dériver sous l'action du courant.

Je me mis aussitôt à travailler de la pagaie comme un diable, car je m'attendais à chaque instant à être coulé bas par cette masse. Mais, voyant qu'il m'était impossible d'en détacher la pirogue, je pris le parti de chercher uniquement à gagner l'arrière. J'y arrivai enfin et je me vis dégagé de mon redoutable voisin ; au moment même où je donnais la dernière impulsion qui allait m'en séparer, mes mains rencontrèrent

À marée descendante.

un bout de corde qui traînait à l'eau par-dessus bord. Je m'en saisis à l'instant. Pourquoi ? je serais fort en peine de le dire. Ce fut d'abord par un mouvement instinctif. Mais quand une fois j'eus cette corde en main, je m'aperçus qu'elle tenait solidement, et alors la curiosité fut la plus forte ; j'eus envie de m'en servir pour donner un coup d'œil au salon par la fenêtre de poupe. Je me suspendis donc à la corde, je me soulevai lentement, et non sans danger, jusqu'à la hauteur de la fenêtre, et je me trouvai bientôt à portée de voir, avec le plafond, une certaine étendue de la pièce.

À ce moment le schooner et sa minuscule compagne glissaient assez vite sur la baie ; nous étions déjà arrivés au niveau du feu allumé sur le rivage. Le navire bavardait, comme disent les matelots, en faisant route à travers les ondulations de l'eau avec un bouillonnement continu. Je ne parvenais pas à m'expliquer comment les hommes de garde n'avaient pas encore pris l'alarme. Mais quand mes yeux furent au niveau de la fenêtre, je compris tout. À peine eus-je le temps de glisser un regard, tant j'avais peur de lâcher du bout du pied mon esquif peu solide. Ce regard suffit pourtant à me montrer Hands et son camarade enlacés dans une lutte mortelle et se serrant mutuellement à la gorge.

Je me laissai retomber sur les bancs de la pirogue et il n'était pas trop tôt, car si j'avais attendu une seconde de plus, elle m'échappait. Pendant quelques minutes, je restai comme ébloui, avec l'image de ces deux faces violacées s'agitant sous la lampe fumeuse ; puis, mes yeux s'habituèrent à l'obscurité où j'étais retombé.

Sur le rivage, la ballade s'était arrêtée maintenant, et toute la compagnie réunie autour du feu venait d'entonner le refrain familier :

> *Ils étaient quinze matelots*
> *Sur le coffre du mort ;*
> *Quinze loups, quinze matelots...*

Tout à coup un plongeon subit de la même pirogue vint me tirer de ma rêverie. Elle venait de dévier brusquement et de changer de route. En même temps sa vitesse augmentait d'une façon singulière. Autour de moi, de petites vagues se poursuivaient avec un bruit de cascade, en se couronnant d'une écume phosphorescente.

Robert-Louis Stevenson

L'*Hispaniola*, dans le sillage de laquelle j'étais toujours entraîné, semblait vaciller de la quille au faîte de ses mâts et je vis ses agrès se balancer contre les ténèbres de la nuit ; en regardant plus attentivement, je me sentis convaincu qu'elle aussi virait vers le Sud.

Un coup d'œil jeté autour de moi m'en donna la certitude. On peut penser si mon cœur accéléra ses pulsations, quand j'aperçus le feu du camp derrière mon dos !... Le courant avait tourné à angle droit et maintenant, rapide, écumant, emporté, grondant plus haut de seconde en seconde, il entraînait vers la passe – vers la pleine mer – le schooner et la pirogue !...

Presque au même instant des cris éclatèrent à bord du navire. J'entendis des souliers ferrés se précipiter sur l'échelle du salon. Je compris que les deux ivrognes, faisant enfin trêve à leur querelle, venaient d'ouvrir les yeux à l'étendue de leur désastre.

Quant à moi, je m'étais déjà couché à plat au fond du misérable esquif, n'attendant plus que la mort. À la sortie de la passe, je savais que nous allions à peu près nécessairement nous précipiter sur la ligne des brisants et que j'y trouverais la fin de tous mes maux. Et quoique je fusse peut-être prêt à mourir, je ne l'étais pas à regarder en face l'épouvantable danger sur lequel je courais. Je fermai donc les yeux.

Longtemps j'attendis ainsi la mort, pensant à tout instant la voir arriver, emporté dans une course vertigineuse sur la cime des vagues, trempé jusqu'aux os par des gerbes d'écume. Puis, par degrés, la fatigue eut raison de l'épouvante. Une sorte de stupeur s'empara de moi ; de l'engourdissement je passai au sommeil ; bercé par les flots, je me mis à rêver de chez nous, de ma mère et de l'*Amiral-Benbow*.

À marée descendante.

XXIV
Le voyage de la pirogue.

Il était grand jour quand je me réveillai, pour me trouver flottant à l'extrémité sud-ouest de l'île. Le soleil était déjà au-dessus de l'horizon, mais la Longue-Vue me le cachait encore ; entre la montagne et moi, j'apercevais de hautes falaises. À une portée de fusil, vers ma droite, se dressait le cap de Tire-Bouline et, plus loin, le Mât-de-Misaine : la colline noire et nue, le cap bordé de rochers.

Ma première idée fut naturellement d'empoigner la pagaie et de m'en servir pour reprendre terre. Mais je ne tardai pas à abandonner cette pensée. En avant des rochers, les brisants écumaient et hurlaient ; de soudaines réverbérations, des gerbes d'écume s'élançant dans les airs et retombant à grand bruit, m'avertissaient du péril. Je me vis précipité sur les rochers, déchiré et mis en pièces par l'irrésistible puissance des vagues, ou m'épuisant en vains efforts pour leur échapper.

Et ce n'était pas tout, car, rampant sur les écueils ou se laissant retomber avec fracas dans les flots, je vis d'énormes monstres marins, des espèces de limaces molles et gluantes, d'une taille incroyable, réunis par groupe de trente à quarante et qui remplissaient l'air de leurs mugissements. On m'a dit depuis que c'étaient des veaux marins parfaitement inoffensifs. Mais leur aspect, ajouté aux difficultés que présentait l'approche du rivage, fut plus que suffisant pour m'ôter l'envie de débarquer là. Je crois que je serais plutôt mort de faim en pleine mer que de tenter l'aventure.

J'avais d'ailleurs dans la tête la carte de l'île, et je me rappelai fort bien qu'après le cap de Tire-Bouline la côte s'infléchissait en forme de golfe et laissait à découvert à marée basse une longue bande de sable jaune. Plus au Nord encore venait un autre cap, désigné sous le nom de cap des Bois, à cause des grands sapins verts qui le couvraient en descendant jusqu'à la mer. Je savais aussi qu'un courant longe la côte ouest de l'île, en se dirigeant vers le Nord ; et voyant, d'après ma position, que j'étais déjà sous l'influence de ce courant, je préférai laisser le cap de Tire-Bouline derrière moi et réserver mes forces pour tenter d'atterrir vers le cap des Bois.

La mer était assez grosse, mais, par bonheur, la brise soufflait du Sud, de sorte qu'il n'y avait pas lutte entre elle et le courant ; et que les vagues se soulevaient et retombaient sans se briser. S'il en eût été

Robert-Louis Stevenson

autrement, j'aurais infailliblement péri depuis longtemps. Mais, dans l'état des choses, mon petit bateau flottait avec une légèreté et une immunité surprenantes. Par instants, couché comme je l'étais au fond de la pirogue et ne laissant dépasser qu'un œil au-dessus du bord, je voyais une énorme montagne bleue se soulever tout près de moi ; mais la pirogue ne faisait que bondir un peu plus haut, danser comme sur des ressorts, et, légère, comme un oiseau, glisser dans la vallée.

Je finis par m'enhardir et m'asseoir pour m'essayer à la manœuvre de la pagaie. Mais le plus léger changement dans la répartition du poids peut produire d'étranges différences dans la manière dont se comporte une pirogue. À peine avais-je modifié mon assiette que l'esquif, abandonnant son doux balancement, se mit à descendre comme une flèche sur la pente liquide et, en se relevant, alla piquer sa pointe droit dans le flanc de la vague suivante.

Trempé et terrifié, je retombai sans plus tarder dans mon attitude première. Sur quoi, la pirogue retrouva immédiatement son équilibre et se remit à me porter aussi doucement qu'auparavant parmi les vagues. Je vis bien qu'il ne fallait pas songer à la guider. Et alors quel espoir me restait-il de jamais regagner la terre ?

Une frayeur nouvelle s'empara de moi. Malgré tout, pourtant, je ne perdis pas la tête. D'abord, en prenant soin d'éviter tout mouvement brusque, je commençai par vider le bateau, avec mon bonnet, de l'eau qu'il avait embarquée ; puis, replaçant mon œil au niveau du bord, je me mis à étudier comment s'arrangeait mon esquif pour naviguer si tranquillement sur une si grosse mer

Je remarquai alors que chaque vague, au lieu d'être la montagne lisse qu'elle paraît être du rivage, ou du pont d'un navire, ressemble parfaitement à une véritable montagne terrestre, avec ses pics, ses plateaux et ses vallées. La pirogue abandonnée à elle-même, tournait en rencontrant le moindre obstacle, enfilait pour ainsi dire son chemin dans ces vallées, évitait les pentes raides, les précipices et les pics sourcilleux.

« Il est donc évident, me disais-je, qu'il faut rester couché comme je le suis, pour ne pas déranger l'équilibre ; mais il est clair aussi que je puis mettre ma pagaie en dehors et, de temps en temps, dans les endroits bien choisis, donner à la pirogue une impulsion vers la terre. »

Aussitôt fait que pensé. Je me soulevai sur mes coudes, dans l'attitude

Le voyage de la pirogue.

la plus incommode, et je risquai à deux ou trois reprises un faible coup de pagaie dans la direction de la côte. Je n'obtins pas un énorme résultat, mais enfin j'obtins un résultat appréciable ; et quand j'approchai du cap des Bois, je vis que, quoique je dusse infailliblement le manquer, j'avais cependant gagné une centaine de mètres vers l'Est. En fait, j'étais très près du rivage ; je voyais la fraîche et verte cime des arbres se balancer sous la brise, et je me sentais presque sûr d'atteindre le promontoire suivant.

Il était temps, car je commençais à être torturé par la soif. L'ardeur du soleil, l'éclat des rayons réfléchis par les vagues comme par autant de miroirs à facettes, l'eau de mer qui séchait sur moi en couvrant de sel mes lèvres mêmes, tout cela se combinait pour mettre ma gorge en feu. La vue des arbres si près de moi me donnait une envie folle d'y arriver et de m'abriter sous leur ombre. Mais le courant m'emporta bientôt au-delà de la pointe et, comme je débouchais dans la baie suivante, j'aperçus un objet qui changea brusquement le cours de mes idées.

Tout droit devant moi, à moins d'un mille de distance, je voyais l'*Hispaniola*, sous voiles. Évidemment j'allais être pris ; mais j'étais dans une telle détresse, par besoin de boire, que je ne savais plus si je devais être content ou fâché de cette perspective ; et longtemps avant d'en venir à une conclusion, la surprise avait pris possession entière de mon esprit et je ne me trouvais capable que d'écarquiller les yeux d'étonnement.

L'*Hispaniola* portait sa voile de misaine, avec deux focs, et la toile blanche, frappée par le soleil, resplendissait comme de la neige ou de l'argent. Quand je la découvris, ces trois voiles étaient gonflées par le vent et elle allait vers le Nord-Ouest. J'en conclus que les hommes qui se trouvaient à bord cherchaient à faire le tour de l'île pour revenir au mouillage. Tout d'un coup, elle se mit à porter vers l'Ouest, ce qui me fit croire que j'avais été vu et qu'on se préparait à me donner la chasse. Mais finalement elle tomba droit contre le vent et, s'arrêtant court, elle resta un instant comme indécise, ses voiles battant les mâts.

« Les brutes ! me dis-je. Je gage qu'ils sont encore ivres-morts !... »

Et je me représentai comme le capitaine Smollett les aurait fait danser, en pareil cas.

Cependant, le schooner avait graduellement tourné sur lui-même et repris le vent ; ses voiles s'étant de nouveau gonflées, il vogua assez

Robert-Louis Stevenson

vite pendant deux ou trois minutes, puis s'arrêta court, comme la première fois. Cela se répéta à plusieurs reprises. Allant et venant, ici, de là, au Nord, au Sud, à l'Est, à l'Ouest, l'*Hispaniola* errait à l'aventure, et chaque mouvement se terminait de la même manière, les voiles retombant contre le mât. Il devint certain pour moi que personne ne tenait la barre. Et s'il en était ainsi, où se trouvaient donc les hommes ? Ou ils étaient ivres à ne plus avoir conscience de ce qui se passait, ou ils avaient abandonné le navire.

« Si je pouvais seulement l'aborder, me dis-je, peut-être arriverais-je à le ramener à son capitaine ! »

Le courant entraînait le schooner et la pirogue dans la même direction. Quand aux voiles du schooner, elles agissaient d'une façon si désordonnée et si intermittente, et à chaque temps d'arrêt le navire restait si indécis, qu'il ne gagnait assurément pas sur moi, si même il ne perdait pas. Si seulement j'osais m'asseoir pour pagayer, je me sentais sûr de le rejoindre. Le projet avait un air d'aventure qui me plut, et le souvenir du tonneau d'eau fraîche près de la porte du salon redoubla mon courage.

Je me relevai et je reçus immédiatement comme salut un nuage d'embruns en pleine figure. Mais cette fois, je ne cédai pas, et je me mis à pagayer de toute ma force vers l'*Hispaniola*. Une fois, un si gros paquet d'eau inonda mon embarcation, que je dus m'arrêter pour la vider, le cœur battant comme un oiseau en cage. Mais, par degrés, je me pénétrai de l'esprit de la chose et je finis par guider assez convenablement ma pirogue parmi les vagues, non sans recevoir de temps en temps un coup sur mon avant ou une gerbe d'écume sur la face. Peu m'importait, car j'avançais maintenant et je gagnais visiblement sur le schooner. Bientôt je vis étinceler les cuivres du gouvernail, comme il battait sur l'arrière. Et toujours personne sur le pont !... J'étais bien obligé de me dire qu'on avait déserté le navire. En tout cas, si les hommes s'y trouvaient encore, ils devaient être ivres dans le salon, et alors il serait peut-être possible de les y enfermer et de faire du schooner ce que je jugerais à propos.

Pendant assez longtemps, il était resté dans la pire position possible pour moi, – immobile, son avant tourné vers le Sud. Il dérivait alors, bien entendu. Bientôt son avant portait à l'Ouest, ses voiles se remplissaient à demi et le ramenaient en un moment droit sous le vent. Et le résultat était qu'il s'enfuyait devant moi au moment où je pouvais me croire sur

Le voyage de la pirogue.

le point de l'atteindre.

Mais enfin je crus avoir trouvé l'instant favorable. La brise était à peu près tombée pendant quelques secondes ; le courant faisant tourner l'*Hispaniola* sur elle-même, elle me présenta sa poupe, avec la fenêtre grande ouverte, et la lampe toujours allumée au-dessus de la table, en plein jour. La grande voile tombait le long du mât comme un drapeau. Sauf pour le lent mouvement de progression que lui imprimait le courant, le navire semblait être à l'ancre. Je redoublai d'efforts pour le rejoindre, et je n'en étais pas à cent mètres quand un souffle de brise arriva, tomba dans les voiles par bâbord, et le fit repartir en rasant l'eau comme une hirondelle.

Mon premier mouvement fut le désespoir. Le second fut la joie du triomphe. L'*Hispaniola* virait et me présentai le flanc ; elle virait encore et revenait sur moi ; elle franchissait la moitié, puis les deux tiers, puis les trois quarts de la distance qui nous séparait. Elle allait m'atteindre. Je voyais les vagues bouillonnant toutes blanches sous sa proue. D'en bas, dans ma pirogue, elle me paraissait effroyablement haute.

Et tout d'un coup je mesurai l'étendue du péril. Mais j'eus à peine le temps de penser, à peine le temps d'agir pour y échapper. J'étais sur le sommet d'une lame quand le schooner plongea son avant dans la plus proche. Son beaupré s'allongeait au-dessus de ma tête. Je me dressai debout et je pris mon élan en repoussant la pirogue sous mes pieds. D'une main je saisis le bâton de foc, tandis que mes jambes, pendues dans le vide, cherchaient et finissaient par trouver aussi un appui sur les barbes de beaupré. Et comme je restais accroché à l'avant, presque sans haleine, un coup sourd m'annonça que le schooner avait frappé et coulé la pirogue. Je restais sur l'*Hispaniola*, sans retraite possible.

Robert-Louis Stevenson

XXV
J'abats le drapeau noir.

J'avais à peine réussi à me hisser à califourchon sur le beaupré, quand le grand foc se remplit de vent et, se tendant d'un coup sec comme une détonation, nous emporta vers le Nord. Le schooner frémit jusqu'à la quille par l'effet de la secousse. Mais, l'instant d'après les autres voiles ayant pris le vent, le foc retomba. Je n'en avais pas moins manqué être précipité à la mer. Aussi m'empressai-je de quitter cette dangereuse position, et, rampant sur le beaupré, j'allai tomber la tête en avant sur le gaillard. Je me trouvais sur le côté du vent, et comme la grande voile était encore tendue, elle me cachait une partie de l'arrière. Le pont semblait être désert. Il n'avait pas été lavé depuis la révolte et portait de nombreuses traces de pieds. Une bouteille vide, le goulot cassé, roulait comme une chose encore vivante entre les datois.

Mais soudain l'*Hispaniola* arriva face au vent. Les focs craquèrent bruyamment derrière moi ; le gouvernail battit contre l'arrière ; tout le navire tressaillit et fit un plongeon à soulever le cœur ; en même temps, le boute-hors du grand mât tourna en dedans, la voile gémit sur ses poulies et me laissa voir l'arrière. J'aperçus alors les deux hommes de garde : l'un, celui qui avait un béret rouge, couché sur le dos, raide comme une pique, les bras étendus comme ceux d'un crucifix, montrant toutes ses dents entre ses lèvres tordues par une sorte de rictus sinistre ; l'autre, Israël Hands, accoté contre le bastingage, le menton sur la poitrine, les deux mains pendant ouvertes, la face pâle comme cire sous son hâle...

Pendant quelques minutes, le schooner continua à bondir et à courir de côté comme un cheval vicieux, les voiles prenant le vent tantôt à bâbord, tantôt à tribord, le boute-hors allant et venant, jusqu'à ce que le mât gémit sous l'effort. De temps en temps, une envolée d'embruns tombait sur le pont, ou les bossoirs se heurtaient comme un bélier contre la lame ; car la mer était moins clémente à ce grand et lourd navire qu'à ma pauvre pirogue informe, maintenant disparue à jamais.

À chaque soubresaut du schooner, l'homme au béret rouge glissait de côté et d'autre ; et, chose horrible à voir, ni son attitude ni son affreux rictus aux dents blanches n'étaient changés par ce mouvement ; à chaque soubresaut, encore, Hands semblait se replier sur lui-même et s'abaisser vers le pont, ses pieds glissant toujours plus loin et son corps

J'abats le drapeau noir.

penchant vers l'arrière, de sorte que sa figure devenait graduellement invisible pour moi, et que je finis par ne plus apercevoir que son oreille et le bout d'un de ses favoris. Je remarquai qu'auprès d'eux le pont était taché de larges plaques de sang, et je commençai à croire qu'ils s'étaient mutuellement tués dans leur rage d'ivrognes.

Tandis que je regardais ce terrible spectacle et que je réfléchissais, un moment de calme survint et, comme le schooner s'arrêtait, Israël Hands se retourna sur le côté ; puis, avec un gémissement sourd, il se souleva et reprit l'attitude dans laquelle je l'avais vu d'abord. Ce gémissement, qui indiquait une souffrance et une fatigue mortelle, et la manière dont sa mâchoire pendait, m'allèrent au cœur. Mais je me rappelai la conversation que j'avais entendue, du fond du tonneau aux pommes, et toute pitié m'abandonna. Je me dirigeai vers l'arrière et m'arrêtant au grand mât :

« Me voici de retour à bord, monsieur Hands », lui dis-je avec ironie.

Il tourna lentement les yeux vers moi ; mais sans doute il était trop épuisé pour marquer aucune surprise. Tout ce qu'il put faire fut d'articuler ces mots :

« De l'eau-de-vie !... »

Je vis qu'il n'y avait pas de temps à perdre. Évitant le boute-hors qui revenait une fois de plus en dedans, je me glissai à l'arrière et je descendis au salon.

Rien ne pourrait donner une idée exacte du désordre que j'y trouvai. Tous les coffres, tiroirs et réduits fermés à clé avaient été forcés, sans doute pour chercher la carte. Le plancher était couvert de boue, là où les coquins s'étaient assis pour boire ou se concerter après avoir pataugé dans le marais. Les boiseries, peintes en blanc et bordées de perles dorées, portaient çà et là des empreintes de mains sales. Des douzaines de bouteilles cliquetaient dans les coins au roulis du navire. Un livre appartenant au docteur était ouvert sur la table, la moitié des feuilles déchirées, probablement pour allumer des pipes. Sur tout cela, la lampe suspendue au plafond laissait tomber sa lueur fumeuse et mourante.

Je descendis à la soute aux vivres. Tous les barils avaient déjà disparu, avec un nombre inouï de bouteilles. Il est sûr que pas un des rebelles ne devait avoir cessé d'être ivre depuis le commencement de la révolte. Je finis pourtant par mettre la main sur une bouteille d'eau-de-vie pour Hands ; et pour moi je découvris un peu de biscuit, des fruits conservés,

Robert-Louis Stevenson

une grappe de raisin sec, un morceau de fromage. Je remontai aussitôt sur le pont, je plaçai mes provisions près du gouvernail, hors de portée des mains du blessé, et, me dirigeant vers le tonneau d'eau, je commençai par aller en boire une longue gorgée. Puis, je revins vers Hands et je lui remis la bouteille d'eau-de-vie.

Il en but au moins le quart sans respirer.

« Tonnerre ! dit-il enfin, ce n'était pas sans besoin !... »

Je m'étais déjà établi dans mon coin et j'avais commencé mon déjeuner :

« Vous êtes grièvement blessé ? » demandai-je.

Il fit entendre une sorte de grognement ou, pour mieux dire, d'aboiement.

« Bah ! répondit-il, si ce sacré docteur était à bord, il m'aurait bientôt remis sur pied. Mais je n'ai pas de chance, voilà ma grande maladie... Quant à ce requin-là, il est mort et bien mort, reprit-il en désignant l'homme au béret rouge... Un triste matelot, sur ma parole !... Mais d'où diable sortez-vous, Hawkins ?

– Ma foi, monsieur Hands, lui dis-je, je suis venu à bord pour prendre possession de ce navire, et vous voudrez bien jusqu'à nouvel ordre me considérer comme votre capitaine. »

Il me jeta un regard sombre, mais ne répliqua rien. Ses joues étaient un peu moins pâles, mais il paraissait encore bien faible et, chaque fois que le schooner donnait une secousse, il recommençait à glisser sur le pont, comme je l'avais déjà vu faire.

« À propos, repris-je, je ne puis pas tolérer ici ce drapeau noir, monsieur Hands. Avec votre permission, je vais l'abattre. Mieux vaut encore ne pas en avoir, qu'arborer une couleur pareille !... »

Je fis comme je disais, et, empoignant la ligne du maudit drapeau noir, je l'amenai, puis le jetai à la mer. Sur quoi, j'ôtai mon bonnet en criant :

« Bonsoir au capitaine Silver ! »

Hands me considérait d'un air attentif et rusé, le menton toujours appuyé sur sa poitrine.

« J'imagine, dit-il enfin, j'imagine, capitaine Hawkins, que votre idée est maintenant de revenir à terre ?... Si nous en causions un brin ?

– Volontiers, monsieur Hands, répondis-je. Causons. »

J'abats le drapeau noir.

Et je me remis à manger de grand appétit.

« Ce gaillard-là et moi, reprit-il en me montrant le cadavre d'un faible mouvement de tête, – ce gaillard-là et moi, – c'était un nommé O'Brien, un misérable Irlandais, – eh bien, lui et moi nous avions pris un peu de toile avec l'intention de rentrer au mouillage !... Mais il est mort, à présent, mort comme un sabot ; et je ne vois guère qui pourra se charger de diriger le navire... Ce ne sera toujours pas toi, je pense, à moins que je te dise ce qu'il y a à faire... Eh bien, voici ce que je propose : tu me donneras à boire et à manger, avec un vieux mouchoir pour bander ma blessure ; et moi je t'indiquerai la manœuvre... C'est ce qui s'appelle parler, pas vrai ?...

– Il faut que je vous dise une chose, répliquai-je. Je ne veux pas revenir au mouillage du capitaine Kidd. Mon intention est de pénétrer dans la petite rade du Nord et d'y échouer tranquillement le schooner.

– Bien sûr ! s'écria-t-il. C'est une excellente idée. Parbleu, mon fiston, je ne suis pas aussi mauvais diable que j'en ai l'air. J'ai des yeux pour voir, n'est-ce-pas ?... Je sais m'avouer vaincu quand il n'y a pas autre chose à faire. C'est toi qui es le maître, et je n'ai pas le choix... Va donc pour la petite rade du Nord !... Tu me dirais d'aller droit au quai des Pendus, il le faudrait bien, nom d'un tonnerre !... »

C'était faire de nécessité vertu et prendre la chose du bon côté. Le traité fut conclu sur l'heure. En trois minutes, sur les indications de Hands, j'avais mis l'*Hispaniola* en bonne route, et nous voguions tranquillement le long de la côte, avec vent arrière ; je pouvais espérer de doubler la pointe nord avant midi, de descendre au niveau de la petite rade avant la marée haute, et là, d'échouer le schooner en toute sûreté sur une plage de sable, pour attendre que le jusant le laissât à sec et nous permit de prendre terre.

Quand je vis tout en règle, j'attachai la barre du gouvernail avec un bout de corde et je descendis fouiller dans ma malle, où je pris un foulard de soie qui me venait de ma mère. Je le rapportai au blessé, que j'aidai de mon mieux à panser la large plaie béante qu'il avait à la cuisse ; puis je lui donnai à manger et il but encore une ou deux gorgées d'eau-de-vie. Le résultat fut une amélioration évidente dans son état : il se redressa, se mit à parler plus clairement et plus fort et devint de toute manière un autre homme.

La brise nous favorisait à souhait. Le schooner filait devant elle comme

Robert-Louis Stevenson

un oiseau ; je voyais fuir la côte à notre droite et le paysage se modifier de minute en minute. Nous eûmes bientôt dépassé les hautes terres, et nous commençâmes de longer un rivage bas et sablonneux, parsemé de sapins nains ; puis nous le laissâmes derrière nous pour doubler la pointe qui termine l'île vers le Nord.

Tout compte fait, j'étais enchanté de moi-même et de ma nouvelle dignité, mis en belle humeur par le beau temps, le soleil et le panorama changeant de la côte. J'avais de l'eau à discrétion, autant de bonnes choses à manger que je pouvais en désirer ; ma conscience, qui m'avait assez durement reproché ma désertion, était maintenant apaisée par la merveilleuse conquête qui en résultait. Mon bonheur aurait été complet, n'eussent été les yeux du second maître, qui me suivaient sur le pont avec une expression que je trouvais ironique, et aussi l'étrange sourire qui s'ébauchait par instant sur ses lèvres. Oui, je ne me trompais pas : il y avait, dans ce sourire, de la souffrance et de la faiblesse, comme dans celui d'un vieillard malade ; mais il y avait aussi un grain de dérision et peut-être de perfidie, quand il croyait que, tout entier à mon ouvrage, je ne le voyais pas m'observer en dessous.

J'abats le drapeau noir.

XXVI

Israël Hands.

La brise, qui semblait nous obéir, venait de tourner à l'Ouest. Il nous fut donc on ne peut plus aisé d'arriver du coin nord-est de l'île à l'entrée de la baie du Nord. Mais une fois là, comme nous étions dépourvus d'ancre, et comme il ne pouvait être question d'échouer le schooner avant que la marée fût au plus haut, nous n'avions plus qu'à nous croiser les bras. Le second maître m'avait dit comment je devais m'y prendre pour rester en panne.

Je finis par réussir après trois ou quatre essais infructueux ; et alors, pour passer le temps, nous nous remîmes à manger.

« Capitaine, me dit Hands quand il vit que je m'arrêtais, et mon vieux camarade O'Brien, que voilà... pourquoi ne le jetterions-nous pas à la mer ?... En général, je ne suis pas dégoûté... mais il n'est pas beau à voir, vrai !...

– Je ne suis pas assez fort et la besogne ne me sourit guère, répondis-je avec frisson. Il peut bien rester là, après tout !...

– Ah ! c'est un navire de malheur, cette l'*Hispaniola* ! reprit alors Israël Hands, sans insister sur sa proposition. C'est effrayant, ce qu'il en est mort, de ceux qui se sont embarqués à Bristol, avec toi et moi !... Pauvres gens ! cela fend le cœur d'y penser, tout de même...

Il resta quelques instants comme absorbé dans ses réflexions ; puis, relevant les yeux :

« Sais-tu ce que tu ferais, si tu étais bien aimable, Jim ? reprit-il. Tu descendrais au salon me chercher une bouteille de vin... Cette eau-de-vie est trop forte pour ma pauvre tête !... »

Il formula cette demande d'un ton doucereux qui ne me parut pas naturel. Et quant à l'histoire qu'il me contait, je n'y crus pas une minute. Hands, préférer du vin à l'eau-de-vie !... comme c'était vraisemblable !... Évidemment, il avait besoin d'un prétexte pour me faire quitter le pont pendant quelques minutes. Mais dans quel but ? c'est ce que je ne pouvais imaginer. Ses yeux évitaient maintenant les miens. Tantôt il les levait vers le ciel, tantôt il jetait un regard sur le cadavre d'O'Brien. Et tout le temps, il souriait d'un air embarrassé et honteux. Un enfant de sept ans aurait vu qu'il méditait quelque mauvais coup.

Robert-Louis Stevenson

145

Je lui répondis promptement, car je voulais profiter de mon avantage, et, avec un gaillard aussi stupide, il ne m'était pas difficile de cacher les soupçons que sa requête faisait naître en moi.

« Du vin vous vaudra, en effet, beaucoup mieux que l'eau-de-vie, lui dis-je. Le voulez-vous rouge ou blanc ?

– Ma foi, cela m'est absolument égal, camarade, répliqua-t-il.

– Eh bien, je vais vous chercher une bouteille de porto, monsieur Hands. J'espère que je n'aurai pas trop de peine à la trouver... »

Là-dessus, je pris l'escalier du salon et je le descendis en faisant autant de bruit que possible ; puis, ôtant mes souliers, je courus sur la pointe du pied le long de la coursive, jusqu'à l'échelle de l'avant, et je vins mettre mes yeux au niveau de l'écoutille. J'étais bien sûr que Hands ne pouvait s'attendre à me voir par là, mais je n'en prenais pas moins toutes les précautions possibles. Mes soupçons ne se trouvèrent que trop justifiés !

Hands s'était soulevé pour ramper sur ses mains et ses genoux. Sa jambe le faisait cruellement souffrir en se remuant, car il étouffait des plaintes involontaires ; mais il n'en réussit pas moins, en se traînant ainsi, à traverser assez vite toute la largeur du pont. En moins d'une demi-minute, il avait atteint les dalots de bâbord, et ramassé, au milieu d'un paquet de cordages, une espèce de long couteau ou de dirk écossais, ensanglanté jusqu'au manche. Il l'examina avec soin, allongea la lèvre inférieure, essaya la pointe du poignard sur un de ses doigts ; puis, le cachant sous sa jaquette, il revint à sa place...

J'en savais assez. Israël Hands pouvait se mouvoir ; il avait une arme ; et s'il s'était débarrassé de moi pour aller la chercher, c'est évidemment que cette arme m'était spécialement destinée. Ce qu'il se proposait de faire ensuite : comptait-il se traîner à travers l'île, de la baie du Nord au camp des révoltés, – ou bien se proposait-il de tirer un coup de canon pour avertir ses camarades et les faire venir à son aide ? Je ne me chargeais point de le décider.

Mais un point me paraissait à peu près certain : c'est que je n'avais rien à craindre tant que nous n'aurions pas mis le schooner en sûreté. Nos intérêts étaient à cet égard les mêmes. L'un et l'autre, nous voulions voir l'*Hispaniola* proprement échouée sur une plage bien abritée, de telle sorte qu'il fût aisé, le moment venu, de la remettre à flot. Et tant que ce plan n'était pas réalisé, je restais indispensable.

Israël Hands.

Tout en réfléchissant à ces choses, je n'étais pas inactif. Je revenais à pas de loup au salon, je reprenais mes souliers sans bruit, je mettais la main sur la première bouteille venue ; enfin, je remontais sur le pont.

Hands était à demi-couché à l'endroit où je l'avais laissé, les jambes repliées, les paupières closes, comme si la lumière était un poids trop lourd pour sa faiblesse. Il releva pourtant la tête quand j'arrivai près de lui, cassa le goulot de la bouteille en homme qui en avait l'habitude, et prit une bonne lampée, accompagnée de son toast favori :

« À mes souhaits ! »

Puis, il resta immobile pendant quelque temps. Et enfin, tirant de sa poche une corde de tabac, il me pria de lui en couper un morceau.

« Rien qu'une chique, dit-il. Je n'ai même pas de couteau sur moi et d'ailleurs pas plus de force qu'un poulet... Ah ! Jim, Jim, c'est fini, vois-tu !... et je crois bien que mon tour arrive... Coupe-moi une bonne chique, garçon ; ce sera peut être la dernière, car je suis lesté pour le grand voyage, cette fois !...

– Je veux bien vous couper du tabac », répondis-je en lui faisant bonne mesure.

Il prit le morceau que je lui tendais, l'introduisit dans sa bouche et retomba dans le silence.

Au bout d'un quart d'heure environ, il en sortit pour me faire remarquer que la marée était maintenant assez haute.

« Suivez maintenant mes instructions, capitaine Hawkins, reprit-il avec son sourire indéfinissable, et je vous garantis que le schooner sera bientôt en sûreté. »

Nous avions à peine deux mille à parcourir ; mais c'étaient deux milles de navigation difficile, d'abord parce que l'entrée de ce mouillage était fort étroite, puis parce qu'elle s'ouvrait de l'Ouest à l'Est, pour s'infléchir au Sud : il fallait donc gouverner avec une extrême précision pour éviter tout accident. Je puis dire que je m'acquittai bien de ma tâche, et il est certain que Hands devait être excellent pilote ; car nous allâmes à merveille, biaisant ici, là rasant un banc de sable, comme si nous n'avions de toute notre vie fait autre chose.

À peine avions-nous franchi la passe, que nous nous vîmes entourés de terres de toutes parts. Les bords de la baie du Nord étaient boisés comme ceux de l'autre mouillage, mais la forme de cette baie était

Robert-Louis Stevenson

toute différente, beaucoup plus allongée et beaucoup plus étroite. Elle ressemblait plutôt à un estuaire de petit fleuve, et en fait ce n'était pas autre chose. En face de nous, à l'extrémité sud se dressait la carcasse d'un navire naufragé, – un grand trois-mâts qui gisait là depuis bien des années, car il était comme drapé d'algues marines, et, sur le pont, des broussailles avaient déjà pris racine, parmi d'autres plantes ou herbes de terre, dont quelques-unes étaient en fleur. Spectacle mélancolique, qui témoignait au moins de la sûreté du mouillage.

« Allons, fit Hands, attention maintenant ; voici un endroit qui semble fait exprès pour s'y échouer. Du beau sable fin, pas ombre de roche, des arbres tout alentour, et, à deux pas, une vieille épave toute fleurie, – un vrai jardin, quoi !...

– Et une fois échoués, demandai-je, comment ferons-nous pour nous remettre à flot ?

– Oh ! ce n'est pas difficile, me dit-il. Nous voici échoués sur la rive droite, n'est-ce pas ?... Eh bien, à marée basse, on porte une amarre sur la rive gauche, en suivant la côte, si l'on n'a pas de chaloupe ; ou on passe cette amarre autour du tronc d'un de ces gros pins, on la rapporte à bord, on l'attache au cabestan, et il n'y a plus qu'à attendre l'arrivée de la marée. Le flot venu, tout le monde tire sur l'amarre, et le tour est fait... Mais assez causé, voici le moment critique ! Nous touchons ou peu s'en faut, et le schooner a trop de force... Barre à tribord ?... dur !... À bâbord, maintenant !... en douceur !... Là ! nous y voici...

J'exécutais ses ordres à la lettre et sans seulement prendre le temps de respirer. Tout à coup il cria :

« Et maintenant, mon garçon, arrive en grand !... ferme !... »

J'appuyai de toutes mes forces sur la barre, l'*Hispaniola* vira rapidement, courut droit vers la rive basse et boisée....

L'intérêt dramatique de ces manœuvres avait un peu relâché depuis quelques instants la surveillance que j'exerçais sur les mouvements d'Israël Hands. En ce moment, j'étais si absorbé, attendant d'une seconde à l'autre que le schooner touchât, que j'avais complètement oublié le péril suspendu sur ma tête. Je me penchais à tribord pour regarder les ondulations de l'eau qui s'élargissaient sur l'avant.

Un instant de plus, et j'aurais succombé sans avoir eu seulement le temps de me défendre, si je ne sais quelle inquiétude soudaine ne

Israël Hands.

m'avait fait tourner la tête. Peut-être avais-je entendu un craquement derrière moi, vu du coin de l'œil une ombre se mouvoir ; peut-être fut-ce un instinct pareil à celui qui avertit un jeune chat... Ce qu'il y a de sûr, c'est qu'en me retournant je vis Hands qui arrivait sur moi, son poignard à la main !... Il avait déjà fait la moitié du chemin.

Deux cris s'échappèrent à la fois de nos poitrines quand nos yeux se croisèrent : un cri de terreur de la mienne, un rugissement de rage de celle de Hands. Au même instant, il se jeta vers moi et je fis un bond de côté vers l'avant. Dans ce mouvement, je lâchai brusquement la barre, qui retomba vers bâbord, et, très probablement, c'est à cette circonstance que je dus la vie, car la lourde poutre frappa le misérable en pleine poitrine, et, du coup, l'étourdit net.

Avant qu'il eût pu se remettre, j'étais hors du coin où il s'en était fallu de si peu qu'il ne me prit comme dans une trappe, – et j'avais tout le pont devant moi pour lui échapper. Je m'arrêtai au grand mât ; je tirai un pistolet de ma poche et je le dirigeai froidement sur le scélérat qui revenait déjà sur moi... Je lâchai la détente ; le chien s'abattit... Hélas ! le coup ne partit pas. L'eau de mer avait mouillé la poudre du bassinet, et je n'avais à la main qu'une arme inutile !...

Ah ! combien je maudis alors ma négligence ! Il aurait été si simple de renouveler l'amorce de mes armes !... Et, du moins, je n'aurais pas été réduit au seul rôle qui me restât : celui d'un mouton qui fuit devant le boucher.

Je n'aurais jamais cru que cet homme pût se mouvoir aussi vite, blessé comme il était. Il faisait peur à voir, avec ses cheveux gris en désordre, sa face cramoisie de fureur et d'impatience. Mais je n'eus ni le temps ni l'envie d'essayer mon second pistolet : je savais d'ailleurs que ce serait inutile. Je voyais clairement une chose : c'est qu'il ne s'agissait pas simplement de battre en retraite, si je ne voulais pas me trouver pris sur l'avant comme une minute plus tôt j'avais failli l'être à l'arrière. Une fois acculé, dix à douze pouces de couteau dans le corps seraient ma dernière expérience en ce bas monde... Je plaçai donc les paumes de mes mains sur le grand mât, qui était d'une belle épaisseur, et j'attendis, les nerfs tendus, le cœur battant...

Voyant ma tactique, il s'arrêta. Quelques instants se passèrent en feintes de sa part et mouvements correspondants de la mienne. C'était un jeu que je connaissais pour l'avoir souvent pratiqué avec des galopins de

Robert-Louis Stevenson

mon âge dans les rochers de Black-Hill, quoique ma vie n'en dépendît pas alors, et je comptais bien en sortir vainqueur, cette fois, avec un vieux matelot blessé pour adversaire. Le fait est que je repris courage, et cela me permit de réfléchir sur la fin probable de l'affaire. Je voyais bien la possibilité de prolonger fort longtemps la lutte ; je n'en voyais guère de m'en tirer définitivement avec la vie sauve...

Sur ces entrefaites, l'*Hispaniola* toucha le banc de sable, vacilla sur sa quille et soudain s'arrêta, en tombant sur le flanc de bâbord, – le pont faisant avec l'horizon un angle de quarante-cinq degrés ; tout une masse d'eau rebondit par-dessus les bastingages, balaya ce qui se trouvait devant elle, puis forma une espèce de mare dans le creux.

Du coup, Hands et moi nous perdîmes simultanément notre équilibre, et nous allâmes rouler ensemble jusqu'aux dalots, – suivis de près par le mort au béret rouge, qui tomba derrière nous, tout raide et les bras étendus. Nous étions si près l'un de l'autre, que ma tête frappa le pied du second maître avec une violence dont mes dents furent ébranlées.

Mais je fus le premier à me relever, car Hands avait à se dégager du cadavre.

La chute soudaine du navire n'en faisait pas moins du pont un champ de course absolument impraticable. Il me fallait trouver, et sur l'heure, un autre moyen de salut, car mon ennemi n'avait qu'à allonger le bras pour m'atteindre. Avec la rapidité de l'éclair, je me jetai dans les haubans de misaine, je grimpai sans perdre une minute, et je ne m'arrêtai pour reprendre haleine qu'en me voyant arrivé à la grande vergue.

La rapidité de mon action m'avait sauvé la vie, car le poignard de Hands, lancé d'une main furieuse, vint frapper les haubans à un demi-pied à peine au-dessous de moi. En regardant en bas, je vis le brigand qui me considérait, la bouche grande ouverte, hébété de surprise et de désappointement, après quoi il ramassa son arme.

Cela me donnait un moment de répit. J'en profitai pour changer l'amorce de l'un de mes pistolets, et me mettre en devoir de recharger complètement l'autre.

Hands me vit faire. Il comprit qu'il était perdu s'il me laissait le temps d'achever cette opération. Et aussitôt, le poignard aux dents, il se hissa lourdement dans les haubans, puis commença de les monter, non sans une peine infinie et des gémissements continus.

Israël Hands.

Mais tandis qu'il traînait ainsi après lui sa jambe blessée, j'avais tranquillement achevé mes préparatifs. Il était à un tiers environ de son ascension, quand je m'adressai à lui, un pistolet de chaque main :

« Monsieur Hands, un pas de plus et je vous brûle la cervelle », lui dis-je.

Il s'arrêta. Je pus voir à l'expression de sa physionomie bestiale qu'il essayait de réfléchir, et cela lui coûtait évidemment tant de peine, que je ne pus m'empêcher de rire tout haut.

Enfin, avalant deux on trois fois sa salive avant de parler, il commença, sa figure portant toujours la même expression de perplexité extrême. Il fut obligé pour parler d'ôter le poignard de sa bouche, mais ne changea pas autrement sa position.

« Jim, me dit-il, m'est avis que nous sommes manche à manche, et qu'il vaut mieux signer un traité. Je t'aurais pincé, sans cette damnée secousse ; mais je n'ai pas de chance !... Me voici donc réduit à capituler, et c'est un peu dur, vois-tu, d'un maître marinier à un gamin comme toi ! »

Je buvais ses paroles, et je souriais d'une oreille à l'autre, fier comme un coq sur la crête d'un mur, quand soudain, rejetant sa main droite en arrière, il s'arrêta. Quelque chose siffla comme une flèche en fendant l'air. Je sentis un coup, puis une douleur aiguë, et je me trouvai cloué au mât par l'épaule...

Dans la douleur affreuse et la surprise de ce moment, – je puis à peine dire que ce fut par ma volonté, et je suis certain que ce fut sans viser, – mes deux pistolets partirent, puis s'échappèrent de mes mains.

Ils ne tombèrent pas seuls.

Avec un cri étouffé, le misérable lâcha les haubans qu'il tenait de la main gauche, et, la tête la première, s'abattit dans la mer...

Robert-Louis Stevenson

XXVII

« Pièces de huit ! »

La chute du schooner sur son flanc gauche avait eu naturellement pour conséquence d'incliner les mâts de telle sorte qu'au lieu d'être perpendiculaires à la surface de la mer ils fissent avec elle un angle aigu. Aussi, mon poste élevé dans la grande vergue se trouvait-il directement au-dessus de l'eau. Hands, arrivé moins haut que moi, était tombé entre le navire et la verticale de mon corps. Je le vis remonter un instant, dans un bouillonnement d'écume sanglante ; puis il s'enfonça pour toujours. Quand la tranquillité de l'eau fut rétablie, je pus le voir gisant sur le sable fin, dans l'ombre projetée par le flanc du navire. Un ou deux poissons frôlèrent son corps, et le frémissement de l'eau lui rendit l'apparence de la vie, comme s'il avait encore tenté de se soulever. Mais il était mort et bien mort, et devait servir de pâture aux poissons, à la place même où il avait voulu me mettre...

À peine eus-je acquis cette certitude, que je me sentis saisi d'un malaise et d'une terreur inexprimables. Mon sang coulait tout chaud sur mon épaule. Le poignard de Hands, qui m'avait cloué au mât, brûlait comme un fer rouge. Et cependant ce n'était pas la douleur physique qui me faisait trembler, – c'était l'horreur de me dire que si mes forces m'abandonnaient, j'allais tomber du haut de la vergue dans cette eau verte et tranquille, à côté du cadavre...

Un instant cette vision m'épouvanta au point que je fermai les yeux pour résister au vertige, en me retenant aux vergues avec une telle force, que les ongles m'entraient dans la paume des mains. Peu à peu le sang-froid me revint ; mon pouls battit plus calme, et je pus réfléchir sur ce que j'avais à faire.

Ma première pensée fut de me délivrer du poignard, en l'arrachant ; mais je le trouvai planté si profondément, et l'effort me coûta une douleur si vive, que je lâchai prise avec un violent tressaillement.

Chose bizarre, ce mouvement même me tira d'affaire. Le poignard avait été bien près de me manquer, car il ne me retenait que par une pincée de peau sur le dessus de l'épaule : le tressaillement la fit se déchirer, et je me trouvai débarrassé. Le sang coulait de plus belle, cela va sans dire ; mais enfin j'étais libre de mes mouvements et cloué seulement par ma veste et ma chemise.

« Pièces de huit ! »

Une secousse acheva de me dégager en déchirant ces vêtements. Il ne me resta plus qu'à redescendre sur le pont, par les haubans de tribord. Car, pour rien au monde, je n'aurais voulu, tremblant comme j'étais, m'aventurer sur ceux que les mains de Hands venaient à peine de lâcher.

Arrivé en bas, mon premier soin fut de panser tant bien que mal ma blessure, qui me faisait beaucoup souffrir et continuait à saigner. Elle était d'ailleurs sans gravité et ne m'empêchait pas de me servir de mon bras.

Me voyant maître du schooner, je songeai alors à le débarrasser de son dernier passager, – le cadavre d'O'Brien. J'ai déjà dit comment il était tombé sur le bastingage de bâbord, où il avait l'attitude d'une horrible et effrayante marionnette de grandeur naturelle. Cela me laissait peu de chose à faire pour achever de le pousser par-dessus bord. Mes aventures tragiques commençaient à m'avoir singulièrement aguerri contre la terreur des morts. Je pris le corps par la taille comme un sac de son, et avec un grand effort je réussis à le faire basculer. Il plongea avec un bruit sinistre et s'en alla lentement tomber sur le sable du fond, à deux pas du cadavre de Hands. Le béret rouge surnagea. Quand l'eau se fut calmée, je vis des poissons aller et venir autour de cette épave.

J'étais maintenant absolument seul à bord. La marée commençait à redescendre, et le soleil était déjà si bas sur l'horizon que les pins de la rive gauche allongeaient leur ombre presque sur le pont du schooner. La brise du soir se levait, et, quoique bien abrités par la colline et les pins de l'Est, les cordages se mettaient à gémir doucement et les voiles à palpiter. Cela pouvait devenir un danger pour le navire. Aussi m'empressai-je de courir aux deux focs et de les abattre. Mais la voile de misaine était plus difficile à manier. Son boute-hors avait naturellement suivi le mouvement du schooner, au moment où il tombait sur le flanc, et trempait maintenant dans l'eau avec deux ou trois pieds de toile. Je pensais bien que cette circonstance même rendait mon intervention plus nécessaire ; mais la tension de la voile sous l'action de la brise était déjà si forte que je n'osais plus entamer la lutte. Je me déterminai à tirer mon couteau et à couper les drisses. Tout s'abattit à la fois, et une bonne moitié de la voile, tombant à la surface de l'eau, y forma une masse flottante par l'effet de l'air qui se trouvait emprisonné ; j'eus beau tirer de toutes mes forces, il me fut impossible de la ramener à bord. J'y renonçai donc. J'avais fait tout ce qui dépendait de moi, et l'*Hispaniola*

Robert-Louis Stevenson

devait maintenant s'en remettre à sa bonne étoile.

Déjà le mouillage était plongé dans l'ombre ; les derniers rayons du couchant, passant à travers une éclaircie dans la masse des bois, brillaient comme des rubis et des émeraudes sur les fleurs et les buissons du navire naufragé ; le froid commençait à se faire sentir ; la marée fuyait rapidement vers le large, et le schooner s'enfonçait de plus en plus dans le sable. Je grimpai à l'avant et regardai au-dessous de moi. L'eau semblait tout à fait basse. Empoignant à deux mains l'amarre toujours pendante depuis que je l'avais coupée, je me laissai doucement glisser et je pris pied sur le fond ; le sable était ferme et ondulé par le jusant, de sorte que je n'eus aucune difficulté à marcher, avec de l'eau jusqu'à mi-corps. Ainsi je quittai l'*Hispaniola*, couchée sur le flanc avec sa voile de misaine étendue à côté d'elle. Le soleil venait de disparaître et la brise soufflait doucement dans les pins.

Je me sentais de la meilleure humeur du monde en prenant terre. Quoi qu'il arrivât désormais, je laissais enfin la mer derrière mes talons. Et je ne revenais pas les mains vides. Le schooner était là, débarrassé des pirates et prêt à repartir avec les fidèles. Il ne me manquait plus maintenant que de les rejoindre et de leur conter mes exploits. Je pouvais m'attendre sans doute à être quelque peu grondé pour mon escapade ; mais je ne doutais pas que la capture de l'*Hispaniola* ne fût la meilleure des excuses et que le capitaine Smollett lui-même ne fût le premier à convenir que je n'avais pas perdu mon temps. Dans ces dispositions, je me mis en route pour le blockhaus. Me souvenant que le ruisseau qui débouchait à l'Est, dans le mouillage du capitaine Kidd, venait de la colline aux deux pics sur ma gauche, je me dirigeai d'abord de ce côté, afin de pouvoir le franchir plus aisément près de la source. Le bois était peu touffu ; j'eus bientôt tourné les contreforts inférieurs de la colline, et traversé le cours d'eau, en me mouillant à peine jusqu'au genou.

Je me trouvai alors près de l'endroit où j'avais rencontré Ben Gunn, et je commençai à marcher avec plus de précaution. La nuit était tout à fait tombée quand je sortis de la vallée qui séparait les deux pics. J'aperçus à ce moment sur le ciel une lueur que je supposai projetée par le feu de mon homme, en train de préparer son dîner ; et je m'étonnai même un peu qu'il ne craignît pas d'attirer par cette imprudence l'attention toujours en éveil de Silver. Puisque je remarquai cette lueur, pourquoi les gens campés dans le marais ne la verraient-ils pas aussi ?

« Pièces de huit ! »

L'obscurité devenait de plus en plus profonde, et c'est à peine si je pouvais me diriger. La double colline derrière moi et la Longue-Vue sur ma droite s'effaçaient de plus en plus dans les ténèbres. Les étoiles étaient encore pâles et peu nombreuses. Il m'arrivait à tout instant de trébucher dans des fondrières ou de m'embarrasser en des broussailles.

Soudain, une lumière argentée se projeta sur le bas-fond. La lune s'élevait lentement au-dessus de la Longue-Vue et, me suivant à travers les arbres, semblait venir éclairer ma route. Dès lors, il me fut aisé d'avancer, et mon voyage s'acheva promptement. Tantôt courant à perdre haleine, tantôt allant d'un pas moins rapide, je finis par arriver en vue du bosquet qui entourait le blockhaus.

Aussitôt je ralentis mon allure et je n'avançai plus qu'avec prudence. Ce serait couronner tristement mes exploits, me disais-je, que de recevoir par méprise une balle envoyée par mes amis. La lune montait toujours, et sa lumière tombait maintenant presque à pic dans les éclaircies du bois. Je fus surpris de voir tout à coup à travers les arbres une lueur toute différente, ardente et rouge comme celle d'un feu de joie. D'où elle venait, je ne pouvais le comprendre. Il fallut, pour me l'expliquer, que j'arrivasse au bord même de la clairière où s'élevait le blockhaus.

Je vis alors, de l'autre côté de l'édifice, et dans l'intervalle qui le séparait de la palissade, un immense brasier en plein air, d'où provenait cette lueur d'incendie. Je m'arrêtai surpris et inquiet. Jamais nous n'avions allumé un feu pareil. Nous étions même avares de bois à brûler, par ordre du capitaine... Était-il, par hasard, survenu du nouveau, pendant mon absence ?... Rien ne bougeait et je n'entendais d'autre bruit que le murmure de la brise. Cela me rassura. Je tournai la palissade par le côté est, en ayant soin de me tenir dans l'ombre, et, trouvant un point où je pouvais la franchir sans être vu, à cause de l'obscurité profonde, je me trouvai bientôt dans l'enclos.

Afin de ne négliger aucune précaution, je poussai la prudence jusqu'à me mettre sur les mains et les genoux pour monter la pente, et c'est en rampant ainsi que j'arrivai au coin du blockhaus. Un bruit familier vint tout à coup me rassurer. Ce n'est pas que ce bruit fût bien harmonieux ; il m'est arrivé souvent de le trouver désagréable en d'autres circonstances. C'était le ronflement sonore de deux ou trois dormeurs – et ce témoignage du paisible sommeil que goûtaient mes amis me fut la plus délicieuse des musiques. Le cri de la vigie en mer,

Robert-Louis Stevenson

le glorieux : *All right !* « Tout va bien ! » n'est jamais tombé dans mon oreille avec un accent plus rassurant.

« N'empêche qu'ils ont une drôle de façon de monter la garde ! me disais-je. Si Silver et ses hommes se trouvaient à ma place, ces beaux dormeurs auraient un joli réveil !... Voilà ce que c'est d'avoir le capitaine blessé !... »

Et je me blâmais intérieurement de les avoir abandonnés dans un danger pareil, quand ils étaient si peu nombreux pour se garder.

Cependant, j'étais arrivé à la porte et je m'arrêtai sur le seuil. À l'intérieur tout était sombre et je ne pouvais rien distinguer. J'entendais mieux que jamais la basse continue des ronflements et de temps en temps une espèce de frôlement, suivi d'un coup sec, qu'il me fut impossible de m'expliquer. Les bras en avant pour ne pas me heurter, je pénétrai dans la salle. Je me disais en riant tout seul qu'il serait drôle de me coucher tranquillement à ma place et de voir la figure que feraient les braves gens en me trouvant là le lendemain matin. En marchant, mon pied toucha la jambe d'un des dormeurs, qui se retourna en grommelant, sans se réveiller.

Mais tout à coup une voix perçante éclata dans les ténèbres.

« Pièces de huit !... criait-elle. Pièces de huit ! pièces de huit !... pièces de huit ! pièces de huit !... »

Et ainsi de suite, sans une pause, sans un changement. C'était le perroquet de Silver, le *capitaine Flint* !... C'est lui que je venais d'entendre picotant un morceau d'écorce ! C'est lui qui montait mieux la garde que des êtres humains et qui annonçait mon arrivée, de sa voix stridente, avec son cri habituel.

Tous les dormeurs s'étaient réveillés en sursaut. Ils étaient déjà debout avant que je fusse revenu de ma surprise.

« Qui vive ? » demanda la voix de stentor de Silver.

Je me retournai pour fuir. Mais je me heurtai violemment contre quelqu'un qui me repoussa et je retombai dans les bras d'un autre, qui les referma sur moi et me maintint.

« Apporte de la lumière, Dick ! » cria Silver.

Un des hommes sortit et revint presque aussitôt avec un tison enflammé.

« Pièces de huit ! »

XXVIII

Aux mains de l'ennemi.

La torche, en éclairant l'intérieur du blockhaus, me montra un spectacle qui justifiait trop mes appréhensions. Les pirates étaient en possession du fort et des approvisionnements. Tonneau d'eau-de-vie, quartiers de porc salé, sacs de biscuits, étaient à leur place, comme avant mon départ. Mais ce qui me glaça d'horreur fut de n'apercevoir aucune trace de prisonnier. Mes amis avaient donc tous péri, jusqu'au dernier !... Et je n'étais pas là pour me battre à leurs côtés !...

Il n'y avait que six hommes. Pas un autre ne survivait. Cinq d'entre eux s'étaient levés, la figure rouge et gonflée, sortis en sursaut du lourd sommeil de l'ivrogne. Le sixième, resté couché, se levait sur son coude. Il était d'une pâleur mortelle et sa tête était entourée d'un bandage taché de sang. Je me souvins de l'homme qui avait été blessé à l'assaut et qui s'était enfui dans le bois ; je ne doutais pas que ce ne fût lui.

Le perroquet avait enfin cessé de crier et lissait ses plumes sur l'épaule de son maître. Il me sembla que Silver était plus pâle et plus sérieux qu'à l'ordinaire. Il portait encore l'habit de drap sous lequel il était venu parlementer : mais cet habit était déjà déchiré, couvert de boue et de taches.

« Eh donc ! c'est Jim Hawkins qui vient nous faire une petite visite ! dit-il en me reconnaissant. Que le diable m'emporte si je t'attendais !... Mais grand merci de la politesse, tout de même !... »

Il s'assit sur le tonneau d'eau-de-vie et se mit à bourrer sa pipe.

« Approche la torche, Dick », reprit-il.

Et quand il eut allumé son tabac :

« C'est bien, merci... Fixe le tison dans ce tas de bois. Et vous, messieurs, ne vous gênez pas : inutile de rester debout pour M. Hawkins ; il vous excusera sûrement... Eh donc, Jim, c'est bien toi en chair et en os ?... L'aimable surprise pour ton vieil ami ! Je savais bien que tu étais un finaud. Je te l'ai dit la première fois que je t'ai vu. Mais ceci, je l'avoue, passe mes prévisions... »

Je ne soufflais mot, on peut le supposer, et je restais immobile, le dos collé au mur, comme on m'avait placé, regardant Silver bien en face et sans montrer de faiblesse, – je l'espère au moins, – mais avec un affreux désespoir au cœur.

Silver tira une ou deux bouffées de sa pipe, avec le plus grand calme, puis il reprit :

« Puisque tu es ici, Jim, j'en profiterai pour te parler franchement. J'ai toujours eu de l'affection pour toi, garçon, car tu es mon portrait vivant, de l'époque où j'étais jeune et beau ; j'ai toujours souhaité te voir avec nous, afin que tu prennes ta part du magot et que tu puisses mourir un jour dans la peau d'un gentleman. Or, te voilà ici, mon poulet. Ne perds pas cette occasion. Le capitaine Smollett est un marin de vieille roche, ce n'est pas moi qui dirai le contraire, mais un peu dur sur la discipline, un peu dur... « Le devoir avant tout », il ne sort pas de là. Et il n'a pas tort. Fais attention au capitaine, Jim. Si tu m'en crois, tu te tiendras à distance respectueuse de ses eaux... Le docteur lui-même est enragé contre toi. « Ce déserteur ! » voilà comment il t'appelle... Bref, mon garçon, tu ne peux pas revenir à eux, car ils ne veulent plus de toi. À moins donc de former un tiers parti à toi tout seul, ce qui ne sera pas très gai, il ne te reste plus qu'à t'enrôler sous le capitaine Silver. »

Il y avait dans tout cela au moins une bonne nouvelle. Mes amis étaient encore vivants !... À la vérité, s'il fallait en croire Silver, leur irritation contre moi semblait être plus grande que je ne l'avais supposé. Mais n'importe ! j'avais un énorme poids de moins sur la poitrine.

« Je n'ai pas besoin de le faire remarquer que tu es à notre merci, Jim, continua Silver. Je suis trop poli pour cela, et j'ai toujours été pour la discussion tranquille. Rien qui me répugne comme les menaces. Si ma proposition te convient, fort bien, tu n'as qu'à le dire. Sinon, réponds sans te gêner, camarade ! Je ne puis te parler plus gentiment, n'est-ce pas ?

– Vous voulez que je réponde ? demandai-je d'une voix tremblante, car, à travers l'ironie de John Silver, je sentais bien une menace de mort suspendue sur ma tête ; mes joues étaient brûlantes et, mon cœur battait douloureusement dans ma poitrine.

– Mon gars, dit Silver, personne ne te presse. Prends ton temps. Les heures ne nous paraîtront jamais longues en ta compagnie....

– Eh bien, si je dois faire un choix, repris-je d'un ton assuré, j'ai le droit de savoir d'abord pourquoi vous êtes ici et où sont mes amis.

– Ah ! ah !... grommela un des pirates. Il serait fin, celui qui pourrait te

Aux mains de l'ennemi.

dire le pourquoi !...

– Toi, tu vas me faire le plaisir de taire ton bec jusqu'à ce qu'on te donne la parole ! cria Silver à l'interrupteur, d'un ton furieux.

Puis reprenant son air le plus gracieux pour s'adresser à moi :

« Je suis à la disposition de M. Hawkins pour les explications qu'il désire.... Sachez donc, monsieur Hawkins, qu'hier matin, à la première heure, le docteur Livesey nous est arrivé sous pavillon parlementaire. « Capitaine Silver, vous êtes trahi : le navire a disparu », m'a-t-il dit. C'est vrai que nous avions bu quelques verres de trop pendant la nuit, et chanté à perdre haleine. Bref, nous n'avions plus pensé au navire. Nous tournons tous nos yeux vers le mouillage. Le schooner n'y était plus... Tu vois d'ici la tête que nous avons faite, moi tout le premier... Là-dessus, le docteur propose un arrangement. « Va pour l'arrangement », lui dis-je. Et le résultat, c'est que nous sommes où tu nous vois, avec les provisions, le cognac, le blockhaus, le bois que vous avez eu l'obligeance de couper pour nous, – bref, toute la boutique... Quant à eux, ils ont déguerpi et nous ne savons pas où ils sont... »

Silver s'arrêta pour tirer deux ou trois bouffées de sa pipe, puis il poursuivit :

« Ne va pas au moins te mettre en tête que tu as été compris dans le traité, Jim !... Voici les derniers mots qui ont été échangés : « Combien êtes-vous à évacuer le blockhaus ? » ai-je demandé ? – Nous sommes quatre hommes valides et un blessé, m'a répondu le docteur. Quant au mousse, que le diable l'emporte, je ne sais ce qu'il est devenu, ni ne tiens à le savoir. Nous sommes las de lui et de ses escapades. » Ce sont ses propres paroles.

– Est-ce tout ? demandai-je.

– C'est tout ce que j'ai à te dire, mon fils.

– Et maintenant, il faut que je fasse mon choix ?

– Assurément.

– Eh bien, m'écriai-je, je ne suis pas assez sot pour ne pas deviner à peu près ce qui m'attend... Advienne que pourra !... J'ai vu trop souvent la mort, depuis quelques jours, pour beaucoup la craindre... Mais il y a une chose ou deux que je suis bien aise de vous dire, repris-je en m'animant. La première, c'est que votre position n'a rien pour me tenter : vous voilà sans navire, sans trésor, réduits à cinq, ayant, en un mot, absolument raté votre affaire... Et si vous voulez savoir quel est celui qui vous l'a fait manquer, je vais vous l'apprendre. C'est moi !... J'étais caché dans le tonneau aux pommes, le soir où nous sommes arrivés en vue de cette île. Je vous ai entendu, Silver, et vous aussi Dick, et Israël Hands qui est maintenant au fond de la mer. Une heure ne s'était pas écoulée que j'avais tout dit au capitaine, au docteur et au squire... Quant au schooner, c'est moi qui ai coupé son amarre ; c'est moi qui ai tué les hommes qui le gardaient ; c'est moi qui l'ai conduit où vous n'irez pas le chercher, ni les uns ni les autres !... J'ai le droit de rire, allez, car j'ai tout dirigé depuis le commencement jusqu'à la fin !... Je ne vous crains pas plus que je ne crains une mouche. Tuez-moi si vous voulez, ou épargnez ma vie, cela m'est parfaitement égal... Je n'ajouterai qu'un mot. Si vous m'épargnez, je vous ménagerai à mon tour, quand vous comparaîtrez en cour martiale pour piraterie, et je ferai mon possible pour vous sauver. À vous de choisir. Si vous me tuez, cela ne vous servira pas à grand-chose. Si vous me laissez la vie, peut-être pourrai-je empêcher que vous soyez pendus... »

Je m'arrêtai, hors d'haleine. Pas un homme n'avait bougé. Assis en rond autour de moi, ils me regardaient l'air hébété. Je repris donc :

« Monsieur Silver, vous êtes le meilleur de tous. Si les choses finissent mal pour moi, je compte que vous direz au docteur comment j'ai pris votre proposition.

– Je n'y manquerai pas », répondit cet homme singulier, d'un ton qui me laissa indécis sur sa véritable pensée. – Se moquait-il de moi, ou au contraire était-il favorablement impressionné par mon courage ? Je n'aurais pu le dire.

Ici, un nommé Morgan, ce même matelot à la face couleur d'acajou que j'avais vu à Bristol dans la taverne de Silver, jugea à propos d'intervenir :

« C'est lui aussi qui a reconnu Chien-Noir ! s'écria-t-il.

– Sans compter que c'est lui qui a pris la carte dans le coffre de Billy Bones ! ajouta Silver. Mais cette fois nous le tenons, Jim Hawkins.

– Et je vais l'expédier sans plus tarder ! » rugit Morgan en tirant son coutelas.

Il s'élançait sur moi, mais Silver l'arrêta court.

« Tout beau, Tom Morgan ! tu n'es pas encore capitaine ! lui dit-il rudement. Fais attention, je te le conseille, si tu n'as pas envie d'aller où

Aux mains de l'ennemi.

j'en ai envoyé depuis trente ans plus d'un qui valait mieux que toi, – soit à la grande vergue, soit par-dessus bord !... Rappelle-toi bien que pas un homme ne m'a encore regardé entre les yeux sans qu'il lui en ait coûté cher, Tom Morgan ! »

L'homme s'était arrêté. Mais un murmure s'éleva parmi les autres :

« Tom a raison, dit l'un.

– J'en ai assez d'être embêté ! reprit un autre. Je veux être pendu si je me laisse faire plus longtemps la loi !...

– Est-ce qu'un de ces messieurs éprouve le besoin d'avoir affaire à moi ? demanda John Silver en se redressant sur son tonneau, la pipe à la main. Qu'il le dise !... mais qu'il le dise donc !... Vous n'êtes pas muets, que je sache ! Son compte sera bientôt réglé... Il n'a qu'à parler...

Pas un homme ne bougea. Personne ne dit mot. Silver remit sa pipe entre ses dents.

« Les voilà, mes héros ! reprit-il. Ah ! vous êtes encore de jolis merles ! Il paraît que cela ne vous dit pas, de vous aligner avec John Silver !.., Mais peut-être comprendrez-vous ce que parler veut dire. Je suis le capitaine, ici, parce que j'en vaux vingt comme chacun de vous... Et sacrebleu, puisque vous ne savez pas vous battre comme des chevaliers de fortune, quand on vous offre de dégainer, je fais mon affaire de vous forcer à obéir, vous pouvez y compter !... Pour commencer, vous allez laisser cet enfant tranquille. C'est un brave garçon, plus brave qu'aucun de vous, vieux rats que vous êtes !... Qu'on ose lever la main sur lui, et nous rirons, je le jure ! »

Il y eut un long silence. J'étais toujours debout contre le mur, mon cœur battait lourdement comme un marteau sur une enclume, mais repris d'un vague espoir. Silver, les bras croisés, la pipe au coin des lèvres, semblait absorbé dans ses réflexions, mais ne perdait de vue aucun des mouvements de la bande indisciplinée. Peu à peu les hommes s'écartaient au fond de la salle ; ils chuchotaient, et le sifflement de leurs paroles m'arrivait comme dans un rêve. Je crus comprendre pourtant qu'il n'était plus question de moi, car, à la lueur rouge de la torche, je les voyais l'un après l'autre tourner leurs regards vers Silver.

« Vous semblez avoir beaucoup à dire, remarqua celui-ci en crachant devant lui. Voyons un peu ce que c'est ; je vous écoute.

– Faites excuse, capitaine, répondit un des hommes ; mais vous en prenez à l'aise avec le règlement... Cet équipage est mécontent... Cet équipage n'aime pas être traité comme un tas de vieux fauberts... Cet équipage a ses droits comme tout autre équipage, si j'ose ainsi dire... D'après les règles que vous avez établies vous-même, nous avons le droit de nous concerter librement et de tenir conseil... C'est ce que nous allons faire, en sortant à cet effet, capitaine, sauf votre respect. »

En finissant ce discours, l'orateur salua John Silver avec un singulier mélange d'humilité et de bravade, puis il quitta la salle.

Les autres suivirent. Et tous, en passant devant leur capitaine, ils le saluaient de quelques excuses :

« Selon le règlement, disait l'un.

– Le conseil du gaillard d'avant », ajoutait l'autre.

Je restai seul avec Silver. Aussitôt, il ôta sa pipe de ses lèvres :

« Écoute-moi, Jim Hawkins, me dit-il à demi-voix. Tu es en danger de mort, et, qui pis est, en danger d'être mis à la torture. Ils vont me déposer, c'est clair. Mais je ne veux pas t'abandonner, quoi qu'il arrive... Pour dire la vérité, j'étais autrement disposé jusqu'au moment où tu as parlé. Ce n'est pas drôle, vois-tu, d'avoir manqué cette affaire et d'être pendu par-dessus le marché !... Mais je vois maintenant de quelle pâte tu es fait. Je me dis : « Sauve Jim Hawkins, John Silver, et Jim Hawkins te sauvera !... Tu es sa dernière carte, comme il est ton dernier atout... Donnant donnant... Ménage-toi un témoin, et peut-être empêchera-t-il que tu n'ailles à la potence !... » Voilà ce que je me dis.... »

Je commençais à comprendre.

« Voulez-vous dire que tout est perdu ? demandai-je.

– Parbleu ! répondit-il. Le navire est parti, il y va de la corde, ni plus ni moins !... Oh ! je l'ai bien compris tout de suite !... Quand j'ai levé le nez sur la baie, Jim Hawkins, et que je n'ai plus vu le schooner, eh bien ! je suis pourtant un dur à cuire, mais je me suis dit : Il n'y a plus qu'à mettre les pouces... Quant à ces ânes-là et à leur conseil, je vais faire de mon mieux pour te tirer de leurs griffes, mon petit Jim... Mais, à ton tour, le moment venu, tu tâcheras d'empêcher que je ne danse au bout de la corde, hein ?... »

J'étais stupéfait de cette demande. Comment le vieux pirate, celui qui avait tout mené, pouvait-il conserver une lueur d'espoir ?

« Ce que je pourrai, je le ferai, dis-je enfin.

Aux mains de l'ennemi.

– Affaire conclue ! s'écria Silver. Ah ! tu n'as pas froid aux yeux, petit !... Et mille tonnerres, nous verrons si John Silver ne sait pas jouer sa dernière carte !... »

Il alla en sautillant jusqu'à la torche et ralluma sa pipe.

« Comprends-moi bien, Jim, dit-il en revenant vers moi. Je ne suis pas une bête, n'est-ce-pas ?... Et c'est pourquoi, de ce moment, je me remets du côté du squire... Tu sais évidemment où est le schooner et où aller le retrouver... Comment cela s'est fait ? je n'en ai pas la moindre idée... Sans doute Hands et O'Brien ont tourné casaque. Je n'ai jamais eu grande foi dans leur poudre... Mais il ne s'agit pas de cela. Je ne te demande rien, et je ne te dirai rien de mes affaires... Je sais reconnaître quand la partie est perdue, voilà tout, comme je sais rendre justice à qui le mérite... Ah ! Jim, si nous avions su nous entendre, que de choses nous aurions pu faire, toi et moi !... »

Il tira un peu de rhum du tonneau, dans un gobelet d'étain.

« En veux-tu, petit ? » me demanda-t-il.

Et sur mon refus :

« Ma foi, je vais toujours boire une goutte, reprit-il. Il faut prendre des forces, j'en aurai besoin tout à l'heure. Mais dis-moi un peu, Jim, pourquoi diable le docteur m'a donné la carte de l'île ?...

À cette nouvelle, ma physionomie exprima sans doute une si profonde surprise, que Silver jugea inutile de m'interroger davantage.

« Cela t'étonne aussi ? dit-il. C'est pourtant l'exacte vérité. Et il y a sûrement quelque chose là-dessous, Jim, quelque chose que je ne m'explique pas ! »

Et il secoua sa grosse tête ébouriffée, avant d'avaler son rhum, en homme qui n'attend rien de bon d'une pareille concession.

Robert-Louis Stevenson

XXIX

Encore la marque noire.

Le conseil des pirates avait déjà duré un certain temps, quand l'un d'eux rentra, et répétant ce salut qui avait, à mes yeux, quelque chose d'ironique, demanda qu'on lui prêtât la torche pour un instant. Silver y consentit et l'émissaire se retira, nous laissant dans l'obscurité.

« Nous touchons au dénouement, Jim », me dit Silver d'un ton de familiarité tout amical.

J'eus la curiosité de jeter un regard par la meurtrière la plus rapprochée de moi. Le grand feu que j'avais vu en arrivant était maintenant tombé en braise, et je m'expliquai aisément pourquoi les conspirateurs avaient besoin d'une torche. À peu près à mi-côte, ils étaient réunis en groupe. L'un tenait la lumière ; un autre s'était agenouillé à terre, et je voyais la lame d'un couteau briller dans ses mains. Tous les autres se penchaient pour suivre avec intérêt son opération. Je vis alors qu'il tenait un livre, en même temps que son couteau, et je me demandais même comment ce livre pouvait se trouver là, quand l'homme qui était à genoux se releva et toute la bande revint vers la porte.

« Ils rentrent », dis-je à Silver.

Et je repris ma place contre le mur, car il me parut au-dessous de ma dignité d'être trouvé par eux en train de les guetter.

« Eh bien, qu'ils rentrent, mon garçon ! me répondit tranquillement Silver. J'ai encore plus d'une corde à mon arc. »

Les cinq hommes se montrèrent sur le seuil, pressés les uns contre les autres comme des moutons, et poussèrent devant eux celui que j'avais vu agenouillé. Dans toute autre occasion, il aurait été comique à voir, s'avançant gauchement, hésitant avant de poser un pied devant l'autre, et tenant sa main droite fermée.

« Avance, mon garçon, lui dit Silver. Je ne te mangerai pas... Donne un peu ça, petit loup !... Je connais la civilité puérile et honnête, sois tranquille ! Et je ne ferai pas de mal à un délégué... »

Encouragé de la sorte, le pirate avança jusqu'au bout. Il passa quelque chose à Silver, de la main à la main, puis se replia au plus vite sur ses camarades.

L'autre regarda ce qu'on venait de lui remettre.

Encore la marque noire.

« La *marque noire* !... Je m'en doutais, dit-il... Où diable avez-vous pêché ce papier ?... Mais voyons ! je ne me trompe pas ! Oh ! oh !... voilà qui porte malheur... Vous avez été couper ce rond dans une Bible !... Quel est l'idiot qui a déchiré une Bible ?...

– Là !... s'écria Morgan. Là !... qu'est-ce que je disais ?... C'est fait pour nous gâter la chance, je vous ai avertis !...

– Ma foi, vous avez fait une belle affaire tous tant que vous êtes ! reprit Silver. Ah ! ah !... je ne vous vois pas blancs !... Tous pendus pour le moins... Quel bêta de marsouin avait une Bible à lui ?...

– C'est Dick, dit quelqu'un.

– Dick ?... Eh bien, Dick peut faire son testament, le pauvre garçon !... Ce qu'il aura de chance maintenant ne l'étouffera pas. »

Ici, l'homme qui était sorti le premier prit la parole.

« Assez de balivernes, John Silver, dit-il. Cet équipage vous a envoyé la *marque noire* en plein conseil, comme cela se doit. Commencez par la retourner et voir ce qu'il y a d'écrit, comme cela se doit aussi. Alors vous pourrez parler.

– Grand merci, George, répliqua Silver. Vous connaissez les règles, c'est ce qui me plait en vous... Eh bien, voyons, qu'est-ce donc qu'il y a d'écrit ?... Ah !... Déposé... Voilà la chose. Et fort joliment moulée, ma parole !... Tout comme de l'imprimé... C'est vous qui écrivez ainsi, George ?... Mais, sapristi, vous voici en passe de devenir un personnage ?... Vous seriez élu capitaine que cela ne m'étonnerait pas... En attendant, voulez-vous me donner le tison ? Ma pipe s'est éteinte.

– Allons, allons, dit George, trêve à tout ceci. Nous savons que vous êtes farceur, ou que vous croyez l'être. Mais votre rôle est fini, maintenant. Il ne vous reste plus qu'à descendre de ce tonneau et à venir voter avec nous.

– Tiens, moi qui m'imaginais que vous connaissiez les règles ! répliqua Silver avec dédain. Je vois qu'il faut vous les apprendre. Eh bien donc, sachez-le, je resterai ici. Et je suis toujours votre capitaine, vous m'entendez, – jusqu'à ce que vous m'ayez présenté vos griefs et que je vous aie répondu... En attendant, votre marque noire ne vaut pas un vieux biscuit !... Après, on verra.

– Oh ! n'ayez crainte, reprit George, nous savons ce que nous voulons... Et d'abord, vous avez gâché notre affaire. Vous seriez bien hardi de le nier... Puis, vous avez laissé sortir de ce blockhaus l'ennemi qui s'y trouvait pris comme dans une trappe. Pourquoi ces gens ont-ils voulu s'en aller ? je l'ignore ; mais il est clair qu'ils y avaient intérêt... Après cela, vous avez empêché que nous tombions sur eux quand ils battaient en retraite. Oh ! nous savons quel est votre jeu, John Silver : vous voulez vous ménager une porte de sortie, si les choses tournent tout à fait mal. Et c'est ce que nous ne permettrons pas... Enfin, notre dernier grief, c'est ce garçon-là.

– C'est tout ? demanda froidement Silver.

– Et c'est bien assez, répliqua George. Nous irons tous sécher au soleil au bout d'une corde à cause de vos bêtises.

– Eh bien, voyons, je vais vous répondre à vos quatre points, en les prenant l'un après l'autre. J'ai gâché cette expédition, dites-vous ? Êtes-vous bien sûr que ce soit moi ? Vous savez tous quel était mon plan et vous n'ignorez pas qu'il aurait suffi de le suivre pour que nous fussions tous actuellement à bord de l'*Hispaniola*, vivants et en bonne santé, avec du pudding à bouche que veux-tu, et de l'or plein notre cale, mille millions de tonnerres ! Or, qui n'a pas voulu m'écouter ? Qui m'a forcé la main, à moi le capitaine élu ? Qui m'a flanqué la marque noire le jour même où nous avons pris terre et a refusé d'attendre pour commencer la danse ? Ah ! c'est une belle danse, parlons-en ! Une danse qui m'a tout l'air de vouloir finir par une gigue au bout de la corde sur le quai des Pendus de la bonne ville de Londres... Mais à qui la faute ? C'est la faute d'Andersen, celle de Hands et la vôtre, George Merry. Et vous êtes le dernier survivant de ce trio de faiseurs d'embarras ! Et vous avez encore l'impudence de vouloir être notre capitaine, à ma barbe ! Par le diable, ceci enfonce ce que j'ai jamais vu de plus fort ! »

Silver s'arrêta et je vis bien à la figure de George et de ses camarades que ce petit discours portait coup.

« Voilà pour le grief numéro un ! reprit l'accusé en essuyant d'un revers de main son front baigné de sueur, car il parlait avec une véhémence à faire trembler la maison. Ma parole, cela me donne un haut-le-cœur, de revenir sur ces choses. Vous n'avez pas plus de mémoire que de raison, et je me demande où vos mères avaient la tête quand elles vous ont laissés prendre la mer. Vous, des matelots ?... vous, des chevaliers de fortune ?... allons donc ! Vous étiez faits pour auner du drap !...

– Continue, John, dit Morgan. Parle-nous des autres griefs.

Encore la marque noire.

– Ah ! les autres griefs !... Encore du propre !... Vous dites que nous avons gâché cette affaire !... Je vous crois. Si vous saviez seulement à quel point elle est gâchée !... À dire vrai, nous sommes si près du gibet que mon cou se raidit, rien que d'y penser... Vous n'êtes pas sans en avoir vu des pendus, le long de la Tamise, se balançant aux chaînes, avec des vols de corbeaux tout alentour !... Les matelots se les montrent en descendant la rivière avec le jusant. « Quel est celui-là ? » dit l'un. « Celui-là ? Eh ! c'est John Silver. Je l'ai bien connu », répond l'autre. Et vous entendez les chaînes s'entrechoquer comme vous arrivez à la bouée... Eh bien, voilà où nous en sommes, grâce à ce beau parleur-là, à Hands, à Andersen et à tous les idiots qui ont voulu se mêler de ce qui ne les regardait pas... Et si vous êtes curieux de savoir ce que j'ai à dire du numéro quatre, – de ce garçon-là, – eh ! par tous les diables, est-ce que ce n'est pas un otage ? Croyez-vous qu'un otage n'ait pas son prix par le temps qui court, pour que j'aille m'amuser à le gâcher aussi ? Non, pas si bête. C'est peut-être notre dernière chance de salut. Je la garde. Tuer ce garçon ? Ah ! mais non, camarades. Quant au numéro trois... il y a beaucoup à dire au sujet du numéro trois. Peut-être comptez-vous pour rien d'avoir un docteur, un vrai docteur, qui vient vous voir chaque jour, – toi, Bill, avec ta tête cassée, et vous, George Merry, qui trembliez la fièvre il n'y a pas six heures et qui en ce moment même avez les yeux couleur jaune citron ?... Peut-être aussi ignorez-vous qu'il y a un autre navire en route vers cette île ?... Pourtant il y en a un, qui ne tardera pas à paraître. Et nous verrons alors qui sera bien aise d'avoir un otage, quand nous en serons là... Reste le numéro deux. Pourquoi j'ai traité avec les gens du blockhaus ? M'est avis que vous le savez bien un peu, vous qui êtes venus me lécher les bottes, pour que je le fisse, – oui, me lécher les bottes, vous étiez si découragés, – sans compter que vous seriez morts de faim sous deux ou trois jours... Mais tout cela n'est rien. Vous voulez savoir pourquoi j'ai traité ?... Tenez, le voilà, le pourquoi !... »

Et ce disant, il jeta sur le plancher un papier que je reconnus à l'instant, – la carte même, la carte jaunie, avec ses trois croix rouges, que j'ai trouvée dans le coffre du Capitaine !... Il m'était impossible de comprendre que le docteur s'en fût dessaisi.

Mais, si c'était une énigme pour moi, les rebelles ne songèrent même pas à en demander l'explication. Ils sautèrent sur ce papier comme des chats sur une souris. Je le vis passer de main en main. On se l'arrachait. Et c'étaient des cris, des rires enfantins... À peine auraient-ils témoigné

Robert-Louis Stevenson

plus de joie s'ils avaient tenu le trésor et s'ils s'étaient vus en mer, avec leur butin, dans un bon navire.

« Oui, dit l'un, c'est bien la griffe de Flint : J. F. avec un paraphe et un point au milieu. C'est ainsi qu'il signait toujours.

– C'est très joli, répondit George. Mais comment ferons-nous pour nous tirer d'ici sans navire ? »

Silver ne fit qu'un bond et, s'appuyant d'une main contre le mur :

« George, cria-t-il, vous ne direz pas que vous n'êtes pas averti !... Si vous articulez encore un mot, il faudra en découdre avec moi, je vous préviens... Comment ferons-nous ? c'est à moi de vous le dire à présent ? Que n'y pensiez-vous plus tôt, vous et les autres qui m'avez perdu mon schooner, en vous mêlant de mes affaires ?... Ce n'est pas vous qui saurez me le dire, comment, car vous avez à peu près autant d'esprit qu'une taupe ! Mais vous pourriez parler poliment, George Merry, et vous le ferez ou il vous en cuira !...

– Ça, c'est assez juste, dit le vieux Morgan.

– Juste ? je le crois, reprit Silver. Vous avez perdu le schooner. Moi, j'ai trouvé le trésor... Quel est le moins sot ?... Mais j'en ai assez, nom d'un tonnerre !... Je donne ma démission. Choisissez qui vous voudrez pour votre capitaine. Je m'en lave les mains.

– Silver !... crièrent les hommes. Silver, notre capitaine !... Vive Silver !...

– Ah ! voici la chanson nouvelle ? répliqua le cuisinier. Allons mon pauvre George, votre tour viendra une autre fois... Et vous avez de la chance que je n'aie pas de rancune. Mais ce n'est pas mon genre... Quant à cette marque noire, camarades, vous voyez ce qu'elle vaut. Pas grand-chose, n'est-ce pas ? Dick a gâté sa Bible et sa bonne chance avec. C'est tout le résultat.

– Le livre sera toujours bon pour prêter serment, je pense ? demanda Dick, évidemment fort inquiet de l'imprudence qu'il avait commise.

– Une Bible déchirée ? répondit Silver. Non, mon gars. Cela ne vaut pas mieux qu'un vieux livre de chansons... Tiens, Jim, voici une curiosité pour toi », ajouta-t-il en me passant la marque noire.

C'était un rond de papier du diamètre d'un écu de cinq shillings, découpé sur le dernier feuillet du livre. Un des côtés, assez grossièrement noirci avec du charbon, laissait encore lire deux ou trois lignes imprimées, – ces mots entre autres, qui frappèrent vivement

Encore la marque noire.

mon esprit : « Dehors sont les chiens et les meurtriers. » Sur l'autre côté, resté en blanc, on avait écrit, toujours au charbon, le mot DÉPOSÉ, en majuscules (et avec deux P). Je possède encore, à l'heure où j'écris, ce curieux trophée. Mais il n'y reste pas trace d'écriture, – à peine une égratignure comme on peut en faire une du bout de l'ongle.

Ainsi se termina l'affaire. Chacun but un coup, puis nous nous couchâmes par terre pour dormir jusqu'au jour. Toute la vengeance de Silver contre George Merry fut de le mettre en sentinelle à la porte, avec la promesse d'une balle dans la tête s'il ne montait pas bien sa garde.

Il se passa longtemps avant que je pusse fermer l'œil. Dieu sait que j'avais de quoi penser, avec l'homme que j'avais tué dans l'après-midi, la position périlleuse où je me trouvais encore, et surtout l'étrange partie où je voyais s'engager Silver, – gardant les rebelles en main, d'un côté, de l'autre tâtant tous les moyens possibles et impossibles d'obtenir son pardon et de sauver sa misérable peau... Il dormait déjà paisiblement, le malheureux. Et moi, las comme je l'étais, je ne pouvais m'empêcher de le plaindre, tout pervers qu'il était, du sort affreux qu'il avait attiré sur sa tête et de la mort honteuse qui l'attendait.

Robert-Louis Stevenson

XXX
Sur parole.

Je fus réveillé – ou, pour mieux dire, nous fûmes tous réveillés, car je vis la sentinelle elle-même se redresser contre la porte où elle était tombée affaissée – par une voix claire et vibrante qui nous hélait de la lisière du bois :

« Eh !... les gens du blockhaus !... criait-on. Voilà le docteur !... »

Et c'était bien le docteur, en effet. Quoique sa voix me fit plaisir, ma joie n'était pas sans mélange. Je me rappelais avec confusion ma conduite sournoise et insubordonnée, et en voyant où elle m'avait mené, – parmi quels compagnons et au milieu de quels dangers, – j'avais honte de regarder le docteur en face.

Il devait s'être levé avant le jour, car le soleil n'était pas encore sur l'horizon. En courant à la meurtrière pour regarder au dehors, je vis l'excellent homme, comme une fois j'avais vu Silver, émergeant des vapeurs humides qui traînaient à terre.

« C'est vous, docteur ?... Bien le bonjour, monsieur, lui cria Silver, immédiatement debout et rayonnant de belle humeur. Toujours le premier levé, donc ?... On a bien raison de dire : C'est l'oiseau matinal qui trouve le ver !... George, joue un peu des quilles, mon fils, et donne la main au docteur Livesey pour venir à bord. Tous vos malades vont bien, ce matin, et sont frais comme des roses... »

Il bavardait ainsi, debout près de la porte, sa béquille sous le bras, une main contre le mur. Je croyais revoir le John Silver des anciens jours, avec sa gaieté et son insouciance.

– Et nous avons une surprise pour vous, monsieur, reprit-il. Un petit étranger, qui nous est venu... Hi ! hi ! hi !... Un pensionnaire qui a ronflé comme un subrécargue[1], toute la nuit, à côté de John !... »

Le docteur Livesey avait franchi la palissade et arrivait au blockhaus. J'entendis sa voix s'altérer, comme il demandait :

« Ce n'est pas Jim ?...

– C'est Jim lui-même, répondit Silver.

Le docteur s'arrêta court, et sembla pendant quelques secondes

---

1   Le *Subrécargue* était le représentant de l'armateur, sur les navires de jadis. Il n'avait pas grand-chose à faire pendant les traversées, et pouvait dormir à l'aise.

incapable de faire un pas de plus, mais il ne dit rien.

– Enfin, enfin, murmura-t-il après un instant, le devoir avant le plaisir, comme vous diriez vous-même, Silver. Voyons un peu ces malades... »

Il pénétra dans le blockhaus, me chercha des yeux, m'adressa un petit signe de tête et se dirigea vers le blessé. Il semblait n'éprouver aucune appréhension, et cependant il devait bien savoir que sa vie ne tenait pas à un cheveu au milieu de ces démons incarnés. Mais il n'en bavardait pas moins avec ses malades comme s'il eût été en train de faire une visite ordinaire dans la famille la plus tranquille. Son air réagissait sur les hommes, je suppose, car ils se conduisaient avec lui comme si rien n'était arrivé, comme s'il eût été encore le médecin du bord et eux les matelots les plus fidèles.

« Tout va bien, mon ami, dit-il à celui qui avait la tête bandée, et vous pouvez vous flatter de l'avoir échappé belle. Votre tête doit être en acier... Eh bien, George, comment nous trouvons-nous ce matin !... Pour un beau jaune, c'est un beau jaune que vous nous montrez là, il n'y a pas à dire... Votre foie doit être sens dessus dessous, mon brave... Avez-vous pris votre médecine ?... A-t-il pris sa médecine, garçon ?...

– Oui, docteur, il l'a prise, bien sûr, dit Morgan.

– C'est que, voyez-vous, quand je suis médecin de rebelles, ou médecin de prison, si vous l'aimez mieux, reprit le docteur de son air le plus aimable, je mets mon point d'honneur à ne pas laisser perdre un homme à la potence... »

Les coquins se regardèrent, mais n'osèrent pas souffler mot.

« Dick ne se sent pas bien, docteur, dit l'un d'eux.

– Vraiment ?... Allons, avancez, Dick, et montrez-moi cette langue... Ma foi, je serais surpris qu'il se sentît bien ! Sa langue ferait peur à un Français... Encore un fiévreux.

– Voilà ce que c'est d'avoir déchiré sa Bible ! s'écria Morgan.

– Voilà ce que c'est d'être des ânes bâtés, répliqua le docteur, et de ne pas avoir assez de bon sens pour préférer le bon air à l'air des marais, et la terre sèche à la terre humide... Ah ! vous en aurez tous, de la peine, à vous débarrasser de cette *mal'aria* !... S'en aller camper en plein marécage !... Silver, je ne vous comprends vraiment pas. Vous êtes moins bête que beaucoup d'autres à tout prendre ; mais, assurément, vous n'avez pas la moindre idée des règles de l'hygiène. »

Robert-Louis Stevenson

Là-dessus, il prescrivit et administra à chacun une médecine qu'ils prirent avec une humilité risible, comme auraient pu faire des enfants dans un asile de charité, plutôt que des rebelles souillés de meurtres et de sang, – puis, se retournant vers moi :

« Voilà qui est fait pour aujourd'hui, dit-il. Et maintenant je ne serais pas fâché de causer un brin avec ce garçon-là, s'il vous plaît. »

George Merry était près de la porte, en train de cracher et de jurer sur quelque médecine amère. Mais en entendant la requête du docteur, il se retourna tout rouge de colère pour crier :

« Ah ! non, par exemple !... »

Silver frappa le tonneau de la paume de sa main :

« Silence ! rugit-il, en promenant autour de lui un regard léonin. Docteur, reprit-il de son air courtois, j'avais déjà pensé à vous faire ce plaisir, sachant que vous avez de l'affection pour l'enfant. Nous vous sommes tous humblement reconnaissants de vos bontés, et nous avons confiance en vous, puisque nous avalons vos drogues comme si c'était du grog. Ainsi ai-je trouvé un moyen d'accommoder tout le monde... Hawkins, veux-tu me donner ta parole d'honneur de ne pas nous brûler la politesse ? »

Je donnai de bon cœur la promesse requise.

« Eh bien, docteur, prenez la peine de repasser la palissade, continua Silver ; quand vous y serez, je vous amènerai le gamin, qui restera en dedans, et vous pourrez causer tout à votre aise... Sans adieu, docteur ! Tous nos compliments au squire et au capitaine Smollett... »

Le froncement de sourcils de Silver avait suffi à contenir la colère de ses hommes, mais cette colère n'en éclata que plus violente dès que le docteur fut sorti. On accusait Silver, tout haut, de jouer double jeu, de vouloir traiter pour lui seul, de sacrifier les intérêts de ses complices, – bref, de ce qu'il était précisément en train de faire. Cela me paraissait si clair, que je me demandais comment il arriverait à détourner leur colère. Mais il avait deux fois plus de cervelle qu'eux tous, et sa victoire de la nuit lui donnait sur eux un ascendant irrésistible. Il se contenta de les traiter de crétins et d'idiots, déclara qu'il était indispensable de me laisser parler au docteur, et, leur faisant passer la carte sous le nez, demanda violemment s'ils étaient d'avis de rompre le traité le jour même où il s'agissait de se mettre en quête du trésor.

Sur parole.

« Non, tonnerre ! criait-il. Nous saurons le rompre quand il le faudra, le traité ! mais, en attendant, il s'agit d'amuser le docteur, et je le ferai, par tous les diables, quand je devrais cirer ses bottes avec de l'eau-de-vie !... »

Sur quoi, il donna l'ordre qu'on s'occupât du feu, et sortit, appuyé d'une main sur sa béquille, de l'autre sur mon épaule, les laissant en désarroi et le bec clos par sa volubilité plutôt que par sa raison.

« Doucement, petit, doucement, me disait-il à voix basse : qu'ils nous voient presser le pas, et ils nous tombent sur le dos !... »

Nous descendîmes donc très lentement à l'endroit où le docteur m'attendait de l'autre côté de la palissade, et dès que nous fûmes assez près pour pouvoir causer à l'aise, Silver s'arrêta :

« Vous pouvez prendre note de ceci, n'est-ce pas, docteur ?... Et le petit homme pourra vous dire si je ne lui ai pas sauvé la vie. Ils m'ont même déposé, à cette occasion !... Ah ! docteur, quand un homme gouverne aussi près du vent que je le fais, – quand il met au jeu le dernier souffle qui lui reste, c'est le cas de le dire, – il mérite qu'on dise un mot pour lui, et vous le direz, ce mot, n'est-il pas vrai ? et vous n'oublierez pas qu'il ne s'agit plus seulement de ma vie, maintenant, mais de celle de ce garçon, par-dessus le marché... Et vous me parlerez avec douceur, et vous me donnerez bien un peu d'espoir, pour l'amour de Dieu... »

Ce n'était plus le même homme, depuis qu'il avait tourné le dos au blockhaus et à ses complices. Ses joues s'étaient creusées, sa voix tremblait ; il faisait mal à voir.

« Est-ce que vous auriez peur, John ? demanda le docteur.

– Ma foi, docteur, je ne suis pas un capon, je ne l'ai jamais été, répondit Silver ; mais, je l'avoue franchement, l'idée du gibet me fait dresser les cheveux sur la tête. Et c'est pourquoi je vous demande de ne pas oublier ce que j'ai fait de bien, – pas plus que vous n'oublierez le mal, je le sais, car vous êtes un brave homme, un honnête homme – le plus honnête homme que je connaisse... Allons, je me retire, je vous laisse avec Jim... Et je suis sûr que vous noterez aussi cela, car, sur ma foi, c'est quelque chose !... »

Il se retira assez loin pour se mettre hors de portée de nos paroles, et s'assit sur un tronc d'arbre en sifflotant. De temps à autre, il se retournait un peu pour jeter un coup d'œil soit à moi, soit au docteur, soit à ses gredins indisciplinés, qui allaient et venaient devant la porte, allumant le feu ou apportant du porc et du biscuit pour le déjeuner.

« Te voilà donc, mon pauvre Jim, me dit le docteur avec un profond sentiment de tristesse. Comme on fait son lit on se couche, mon enfant. Dieu sait que je n'ai pas le cœur à te blâmer. Mais il y a une chose que je suis obligé de constater : c'est que jamais tu n'aurais osé t'enfuir si le capitaine avait été debout, et que tu l'as fait aussitôt que tu l'as vu blessé... Voilà ce qui m'attriste dans ta conduite... »

Il n'en fallut pas plus pour me faire sangloter.

« Docteur, lui répondis-je au milieu de mes larmes, vous pourriez m'épargner. Dieu sait que je me suis assez blâmé. Je paie ma faute assez chèrement, car je serais déjà mort sans la protection de Silver, – et sans doute il ne pourra pas me protéger longtemps... Mais n'ayez crainte, je saurai mourir, si je le mérite... La seule chose que je redoute, c'est la torture. S'ils commencent à me torturer...

– Jim ! interrompit le docteur, – et sa voix était toute changée, Jim, je ne puis pas supporter une idée pareille. Saute-moi cette palissade, et nous prendrons nos jambes à notre cou !...

– Docteur, répondis-je, j'ai donné ma parole !

– Hé ! je le sais !... je le sais !... Mais qu'y faire ?... Je prends tout sur moi, – le blâme et la honte, – mon garçon. Je ne puis pas te laisser là : c'est plus fort que moi. Allons, saute, – et jouons des pieds...

– Non, répliquai-je. Vous savez bien que vous ne le feriez pas vous-même, ni le squire, ni le capitaine. Je ne le ferai pas non plus. Silver a eu confiance en moi. J'ai donné ma parole. Il faut que je la respecte... Mais vous ne m'avez pas laissé finir, docteur. S'ils commencent à me torturer, je pourrai laisser échapper un mot sur l'endroit où est le schooner, – car j'ai repris le schooner, moitié par chance, moitié autrement, et je l'ai conduit dans la baie du Nord, où je l'ai échoué à marée basse.

– Le schooner ! » s'écria le docteur.

En deux mots je lui contai l'aventure. Il m'écouta en silence.

« Il y a un sort sur tout ceci ! dit-il enfin. À chaque pas, c'est toi qui nous sauves la vie ! Tu n'imagines pas, je pense, que nous allons renoncer à sauver la tienne... Ce serait mal te récompenser, mon enfant !... Tu as éventé le complot, – tu as découvert Ben Gunn, et c'est le plus beau coup que tu aies fait ou que tu feras jamais, quand tu vivrais cent ans...

Sur parole.

Oh ! mais, par Jupiter ! à propos de Ben Gunn... Silver ! cria-t-il, Silver, j'ai un conseil à vous donner : ne vous pressez pas trop de chercher ce trésor, reprit-il à demi-voix, comme le cuisinier se rapprochait.

– Ma foi, monsieur, je fais tout mon possible, répondit Silver. Mais, entre nous, sauf votre respect, vous savez bien que je n'ai qu'un moyen de sauver ma peau et celle de ce garçon, – c'est de trouver le trésor.

– Eh bien, Silver, puisqu'il le faut, j'ajouterai encore un mot : attendez-vous à un *coup de chien* quand vous le trouverez.

– Monsieur, reprit Silver très sérieux, parlant d'homme à homme, vous m'en dites trop ou trop peu... Ce que vous voulez, – pourquoi vous avez quitté le blockhaus, – pourquoi vous m'avez cédé cette carte, – je l'ignore, n'est-ce pas ? Et pourtant je vous ai obéi les yeux fermés, sans jamais un mot d'espoir. Mais, cette fois, c'est trop. Si vous ne m'expliquez pas clairement ce que vous voulez dire, – tant pis, je m'en lave les mains.

– Non, dit le docteur pensif. Je n'ai pas le droit de vous en dire davantage. Ce n'est pas mon secret, Silver, voyez-vous, car, ma parole, je vous le dirais. Mais j'irai aussi loin que possible, – et même un peu plus loin, – car le capitaine va me laver la tête quand il le saura, ou je me trompe fort... Et d'abord, un mot d'espérance : Silver, si nous nous tirons tous deux en vie de ce piège à loups, je ferai de mon mieux pour sauver votre cou, sauf le parjure. »

La figure de Silver devint radieuse.

« Vous ne pourriez pas dire davantage, docteur, si vous étiez ma mère ! s'écria-t-il.

– C'est ma première concession. La seconde sera un conseil. Gardez le petit près de vous, et, quand vous aurez besoin d'aide, appelez. Je vais de ce pas vous en chercher, et cela même peut vous dire si je parle au hasard... Adieu, Jim ! »

Le docteur Livesey me donna une poignée de main, par-dessus la palissade, fit un signe de tête à Silver, et partit lestement à travers bois.

Robert-Louis Stevenson

XXXI

La chasse au trésor.

« Jim, me dit Silver dès que nous fûmes seuls, si j'ai sauvé ta vie, tu sauves la mienne, et je ne l'oublierai pas. J'ai bien vu le docteur te faire signe de prendre la clef des champs, du coin de l'œil. J'ai vu ça, et je t'ai vu dire non, aussi clairement que si j'avais entendu ta réponse. Jim, cela te comptera... Voici le premier rayon d'espoir qui m'arrive depuis l'insuccès de l'assaut, et c'est à toi que je le dois... Mais assez causé. Maintenant il s'agit d'aller à la chasse de ce bienheureux trésor, sans trop savoir où cela nous mènera, et je m'en passerais bien. Tenons-nous l'un près de l'autre, puisque c'est la consigne, et nous nous en tirerons, en dépit de tout... »

À ce moment, un homme nous héla près du feu pour nous annoncer que le déjeuner était prêt ; et bientôt nous fûmes installés çà et là sur le sable, mangeant notre porc grillé et nos biscuits. Les pirates avaient allumé un feu à rôtir un bœuf ; il faisait si chaud qu'on ne pouvait en approcher que du côté du vent, et même avec précaution. Dans le même esprit de gaspillage, ils avaient préparé au moins trois fois plus de grillade que nous ne pouvions en consommer ; et l'un d'eux, avec un rire bête, jeta ce qui restait dans les flammes, qui rugirent et pétillèrent de plus belle. Je n'avais de ma vie vu des gens aussi insoucieux du lendemain. Le courage ne leur manquait pas, à coup sûr ; mais, avec cette imprévoyance absolue, avec cette habitude de s'endormir quand ils étaient de garde, comment auraient-ils pu soutenir seulement une campagne de huit jours ?

Silver lui-même mangeait et buvait autant qu'un autre, le *capitaine Flint* sur l'épaule, et ne semblait pas s'offusquer de ces prodigalités. Cela me paraissait d'autant plus étrange qu'il était précisément en train d'exhiber ce jour-là un véritable génie de diplomate.

« Vous pouvez vous vanter d'avoir de la chance, camarades, disait-il, que je sois là pour penser à vos affaires avec cette caboche-ci !... Ce que je voulais d'eux, je le tiens... Bien sûr ils ont le schooner, quoique je ne sache pas exactement en quel endroit. Mais une fois ce fameux trésor découvert, nous nous dégourdirons et nous finirons bien par savoir le fin mot. Et alors, camarades, m'est avis que la victoire sera pour qui a les chaloupes... »

Ainsi il bavardait, la bouche pleine, autant, je pense, pour leur redonner espoir que pour ranimer sa propre confiance.

« Quant à notre otage, reprit-il, voici la dernière fois qu'il a causé avec ses amis. J'ai obtenu un renseignement qui a son importance, et je l'en remercie sincèrement, mais c'est fini maintenant. Je le prendrai avec moi à la chasse au trésor, et nous le garderons comme la prunelle de nos yeux en cas d'accident, vous savez !... Mais une fois que nous aurons pris le large comme de bons compagnons, le tour de M. Hawkins viendra ! Et nous lui donnerons sa part, il peut être tranquille, nous lui rembourserons toutes ses bontés à la fois... »

Tout cela avait évidemment le don de plaire singulièrement aux brigands, car ils riaient à gorge déployée. Pour moi, je me sentais de plus en plus inquiet. Si le plan qu'il venait d'esquisser était réalisable, j'étais bien sûr que Silver, deux fois traître, n'hésiterait pas à l'exécuter. Il avait maintenant un pied dans les deux camps, et je ne pouvais douter qu'il ne préférât mille fois la liberté et la richesse à l'espoir d'éviter la potence qui était le mieux qu'il pût attendre avec nous.

Et même, si les choses s'arrangeaient de telle sorte qu'il se trouvât obligé de rester fidèle à son pacte avec le docteur Livesey, – même alors, que de dangers en perspective ! Quel moment à passer, quand les soupçons de la bande se changeraient en certitude, et quand nous aurions à combattre pour notre vie, lui et moi, – un infirme et un enfant, – contre cinq matelots forts et résolus !...

Qu'on ajoute à ces appréhensions le mystère qui entourait encore la conduite de mes amis, leur départ du blockhaus, leur inexplicable abandon de la carte, l'avertissement donné par le docteur à Silver : « Prenez garde au *coup de chien*, quand vous trouverez le trésor » ; – et l'on s'expliquera sans peine le peu de goût que je pris à mon déjeuner, le peu d'entrain que je mis à suivre mes geôliers, en route pour aller chercher la cachette.

Nous faisions une file étrange, s'il y avait eu là quelqu'un pour nous observer. Ces hommes à la barbe inculte et aux vêtements souillés de boue, tous armés jusqu'aux dents ; Silver en tête, avec deux fusils en bandoulière, sans compter, un grand coutelas à sa ceinture et un pistolet dans chaque poche de son habit à queue de morue ; le *capitaine Flint* sur son épaule, marmottant des phrases sans suite ; moi-même venant à la suite, une corde serrée autour de la taille et tenue à l'autre bout par

Robert-Louis Stevenson

le cuisinier. Puis, les uns portant des pics et des pelles débarqués de l'*Hispaniola* dès la première heure, les autres chargés de porc salé, de biscuit et d'eau-de-vie, pour le repas de midi.

Je reconnus aisément la vérité de ce que disait Silver dans la discussion de la nuit : toutes ces provisions venaient de nos réserves. Sans le traité conclu avec le docteur, les rebelles, privés des magasins du navire, eussent probablement été déjà réduits à boire de l'eau et à vivre du produit de leur chasse. Or, l'eau était peu de leur goût, et le matelot est rarement bon tireur ; sans compter que, s'ils manquaient de vivres, il était peu probable qu'ils fussent bien approvisionnés de poudre. Tout cela rendait encore plus obscure pour moi la décision prise par mes amis.

Nous marchions donc tous ensemble, même l'homme à la tête cassée, qui aurait assurément mieux fait de rester à l'ombre, et nous arrivâmes ainsi, en file indienne, à la grève où se trouvaient les deux chaloupes. Là aussi, les marques de la folie de ces gens étaient visibles. L'une des embarcations avait ses bancs cassés ; toutes deux étaient à demi pleines d'eau et de boue.

Il était convenu que nous les emmènerions avec nous pour plus de sûreté. La bande se partagea donc en deux et, nous embarquant dans les chaloupes, nous mîmes le cap sur le fond de la baie.

Comme nous avancions, on commença de discuter sur la carte. La croix rouge était naturellement une indication beaucoup trop vague pour pouvoir nous mener droit au but ; quant à la note inscrite au revers, elle n'était pas non plus sans obscurité. On se rappelle qu'elle disait :

« Grand arbre sur la croupe de la Longue-Vue, un point au N. de N.-E.-E.

« Île du Squelette E.-S.-E. par E.

« Dix pieds. »

Un grand arbre était donc le repère principal. Or, droit devant nous, la baie se trouvait bornée par un plateau de deux à trois cents pieds de haut, qui rejoignait au Nord la croupe méridionale de la Longue-Vue et se relevait au Sud pour former l'éminence abrupte du Mât-de-Misaine. Ce plateau était couvert de pins de toute grandeur. De loin en loin, il y en avait un d'espèce différente, qui s'élevait à trente ou quarante pieds au-dessus des autres ; mais lequel de ces géants était le « grand arbre » du

La chasse au trésor.

178

capitaine Flint ? C'est une question qu'on pourrait seulement trancher sur le lieu même et à l'aide de la boussole. Mais cela n'empêchait pas chaque homme d'avoir choisi un favori parmi les arbres, avant même que nous fussions à moitié chemin. Seul, John Silver haussait les épaules et leur disait d'attendre au moins d'être arrivés.

Nous ramions lentement par ordre de Silver, afin de ne pas nous harasser avant d'aborder. Aussi fûmes-nous assez longtemps à prendre terre près de l'embouchure du second cours d'eau, celui qui descend le long d'une vallée ombreuse formée par deux contreforts de la Longue-Vue. De là, tournant à gauche, nous commençâmes à monter la pente vers le plateau.

Tout d'abord, une terre, lourde et boueuse, couverte de roseaux et de broussailles, retarda beaucoup notre marche ; mais petit à petit la pente devint plus raide et pierreuse, les buissons s'espacèrent en changeant d'aspect ; nous ne tardâmes pas à atteindre ce qui était tout simplement la zone la plus agréable de l'île. Des bruyères parfumées, des arbustes couverts de fleurs avaient succédé aux produits marécageux de la côte. L'arbre à cannelle mêlait sa senteur épicée à l'arôme des grands pins. L'air était frais et léger, en dépit des rayons du soleil qui tombaient d'aplomb sur nous. Toute la bande en subit l'influence et bientôt s'espaça en forme d'éventail, criant et bondissant comme une troupe d'écoliers. Vers le centre, assez loin des autres, Silver suivait avec moi, – moi toujours tenu en laisse, – lui se traînant avec peine et soufflant bruyamment, parmi ces pierres roulantes. Par moments, j'étais obligé de lui donner la main pour l'empêcher de perdre pied et de tomber.

Nous avions fait environ un demi-mille dans cet ordre, et nous approchions du plateau, quand l'homme le plus avancé sur la gauche se mit à pousser des cris d'épouvante. Ces cris se succédèrent si rapidement sur ses lèvres, que tout le monde se mit à courir vers lui.

« Il ne peut pourtant pas avoir déjà trouvé le trésor ! » dit le vieux Morgan en passant près de nous, au pas de course.

En vérité, nous trouvâmes en arrivant qu'il s'agissait de quelque chose de tout différent... Au pied d'un assez grand sapin était couché par terre un squelette humain, à peine vêtu de quelques haillons, mais entouré de tous côtés par une plante grimpante qui avait même soulevé les plus petits os... Pendant une minute ou deux, nous restâmes tous glacés de ce spectacle.

Robert-Louis Stevenson

« C'était un marin, dit George Merry, qui s'était le premier penché sur le squelette pour examiner les restes de vêtements. Au moins, voici du bon drap de matelot !...

– Parbleu, répliqua Silver, c'est assez probable. Vous ne vous attendez pas, sans doute, à trouver un évêque par ici !... Mais quelle étrange attitude ont ces ossements ! Cela me semble peu naturel... »

L'attitude était en effet des plus bizarres. Le mort était bien allongé dans une position rectiligne, sauf dans les parties que les oiseaux du ciel ou le lent travail de la plante grimpante pouvaient avoir dérangées. Mais les pieds étaient réunis et soulevés comme pour désigner une direction déterminée ; tandis que les mains, placées au-dessus de la tête comme celles d'un homme qui se prépare à plonger, pointaient du côté précisément opposé. L'ensemble donnait assez bien l'impression d'une de ces flèches qu'on trace sur les cartes pour indiquer l'orientation. Silver l'eut avec moi, car il dit :

« J'ai comme une idée que je devine ce que cela signifie. Voici la boussole. Voilà le sommet de l'île du Squelette qui ressort sur le ciel comme une dent ébréchée... Relevez-moi le point, dans la ligne de ces os-là et du sommet... »

On exécuta son ordre. Les pieds et les mains du squelette se trouvaient bien en ligne avec le sommet de l'île, et le compas, placé dans cette ligne, donna E.-S.-E, par E.

« J'en étais sûr ! s'écria le cuisinier. En voilà un repère !... Et une étoile polaire pour trouver les bons dollars !... Par tous les diables, cela m'a fait froid, de penser à ce Flint !... C'est bien dans sa manière, ce genre de plaisanteries !... Il était seul ici avec six hommes, voyez-vous, et il a commencé par les tuer jusqu'au dernier ; puis il a pris celui-ci, il l'a hissé où vous le voyez et mis au point, la boussole en main, le diable m'emporte !... L'homme était grand, – les cheveux jaunes... C'est Allardyce, sans doute... Te rappelles-tu Allardyce, Morgan ?...

– Parbleu, répliqua Morgan. Il me devait dix-huit shillings et m'avait même emprunté mon couteau pour venir à terre.

– En parlant de couteau, dit un autre, comment se fait-il que le sien ne soit pas ici ? Flint n'était pas un homme à fouiller un matelot pour si peu, et ce ne sont pas les corbeaux qui l'auront pris, je pense !...

– Par le diable ! c'est vrai ! s'écria Silver.

La chasse au trésor.

– Je ne trouve absolument rien, reprit George Merry, qui tâtait toujours parmi les ossements, – pas un penny, pas une boîte à tabac. Cela ne me paraît pas naturel.

– À moi non plus, déclara Silver tout pensif... Et, nom d'un tonnerre ! camarades, savez-vous que si Flint était encore en vie, il ferait chaud pour nous en cet endroit ?... Nous sommes six comme ces pauvres diables, et voilà ce qui en reste...

– En vie, Flint ?... Bien sûr qu'il ne l'est plus ! dit Morgan. Je l'ai vu mort de mes propres fanaux... Billy m'y mena... Il était sur son lit, avec un gros sou sur chaque œil...

– Mort, – évidemment, il est mort et enterré ! s'écria l'homme à la tête cassée. Mais, si jamais un esprit devait revenir sur terre pour expier ses péchés, ce serait bien celui de Flint ; car il en avait, celui-là, sur la conscience !... Aussi, ce que ça l'ennuyait de s'en aller !...

– C'est vrai ! reprit un autre. Tantôt il écumait de rage, tantôt il criait pour avoir du rhum, ou il se mettait à chanter à tue-tête : « Quinze loups, quinze matelots ! » C'était sa seule chanson. Et, à vrai dire, je n'ai jamais aimé à l'entendre, depuis... Il faisait très chaud, la fenêtre était ouverte, et je me souviens que de la rue j'entendis ce vieux refrain, si clair, si clair – et Flint était en train de mourir à ce moment même...

– Allons, allons, en voilà assez, dit Silver. Il est mort et ne se promène plus à cette heure... au moins pas pendant le jour, vous pouvez le tenir pour certain... Et puis, tant pis !... En avant pour les doublons !... »

Nous nous remîmes en marche. Mais, en dépit du soleil et de la pure lumière du jour, les pirates n'allaient plus séparés, en criant ou riant. Serrés les uns contre les autres, ils parlaient tout bas et retenaient leur souffle. La peur du vieux pirate les avait pris à la gorge et les étranglait.

Robert-Louis Stevenson

XXXII

La voix dans les arbres.

Autant pour se remettre de l'émotion causée par la trouvaille du squelette que pour donner à Silver et aux malades le temps de se reposer, tout le monde s'assit par terre en arrivant au plateau. Il était légèrement incliné vers l'Ouest, et commandait une vue étendue sur notre droite et notre gauche. Devant nous, au-dessus des arbres, nous apercevions le cap des Bois, frangé d'écume par les brisants. En arrière, nous dominions la baie du Sud, l'île du Squelette, et, par delà le banc de sable et les terres basses de l'est, tout un vaste lambeau de pleine mer. Juste au-dessus de nous s'élevait la Longue-Vue, ici couverte de pins, là toute noire de précipices. On entendait le bruit lointain des vagues montant de tous côtés et le bourdonnement des milliers d'insectes qui s'agitaient dans les buissons. Pas une voile ne se montrait en mer et l'immensité même du paysage en faisait ressortir la profonde solitude.

Silver, en s'asseyant, s'empressa de s'orienter avec la boussole.

« Voilà trois « grands arbres », dit-il, dans la ligne de l'île du Squelette... La « croupe de la Longue-Vue », c'est évidemment cet éperon qui s'avance là... Rien de plus aisé maintenant que de trouver ce que nous cherchons !... Si nous dînions ici ?

– Ma foi, je n'ai pas faim, quant à moi, grommela Morgan. Ce diable de Flint m'a ôté l'appétit !

– Le fait est, mon fils, que nous pouvons être contents qu'il soit mort, répondit Silver.

– Était-il assez vilain ? reprit un troisième. Te souviens-tu comme il avait la face toute bleue dans les derniers temps ?

– Bleu ? Je te crois qu'il l'était ! répondit Morgan. L'effet du rhum, vois-tu ! »

Depuis que la vue du squelette les avait mis dans ce courant de lugubres souvenirs, ils parlaient de plus en plus bas, presque au point de chuchoter, maintenant, de sorte que le son de leurs paroles ne troublait même pas le grand silence des bois voisins.

Tout à coup, du milieu des arbres qui se dressaient devant nous, une voix s'éleva, maigre, aiguë et chevrotante, et chanta ce refrain familier :

La voix dans les arbres.

Ils étaient quinze matelots

Sur le coffre du mort,

Quinze loups, quinze matelots,

Yo-ho-ho ! Yo-ho-ho !

Jamais je n'ai vu six hommes aussi terrifiés que le furent les pirates en entendant cette voix. Pâles et tremblants, les uns se levèrent en sursaut, les autres saisirent avec épouvante la première main qui se trouva à leur portée ; Morgan se jeta la face contre terre, tous se turent.

« C'est Flint ! » murmura enfin George Merry d'une voix éteinte.

La chanson s'était arrêtée court, comme elle avait commencé. On eût dit que quelqu'un avait subitement posé la main sur la bouche du chanteur. Venant de si loin, à travers l'atmosphère claire et ensoleillée, du fond de ces grands arbres verts, l'effet m'avait paru doux et aérien : l'impression produite sur mes compagnons n'en était que plus étrange.

« Allons ! s'écria Silver en faisant un effort vivement pour mettre ses lèvres blêmes en mouvement, en voilà assez !... Debout et voyons un peu de quoi il retourne... Je n'ai pas reconnu la voix : mais il est bien clair que c'est celle de quelque farceur qui veut rire... Il n'y a, pour chanter ainsi, qu'un être en chair et en os, vous pouvez le croire... »

Le cœur lui revenait, en parlant, et ses joues reprenaient quelque couleur. Les autres prêtaient l'oreille à ces encouragements et commençaient, eux aussi, à se rassurer, quand la voix se fit encore entendre. Elle ne chantait plus, cette fois, mais articulait une sorte d'appel faible et lointain, qui éveillait un écho plus faible encore dans les vallées de la Longue-Vue.

« Darby Mac-Graw !... chevrotait la voix, Darby Mac-Graw ! »

Elle répéta ce nom plusieurs fois de suite. Puis soudain, sur une note plus aiguë :

« Un verre de rhum, Darby Mac-Graw ! »

Les pirates étaient comme cloués à leur place ; les yeux leur sortaient de la tête ; la voix s'était éteinte depuis longtemps déjà qu'ils restaient encore immobiles, hagards et silencieux.

« En voilà assez ! dit l'un d'eux. Partons !...

– Ce furent ses dernières paroles, reprit Morgan d'un ton sentencieux, ses dernières paroles avant d'expirer. »

Dick claquait des dents et serrait convulsivement sa Bible, qu'il avait prise dans sa poche.

Silver aussi tremblait de tous ses membres. Mais il ne s'avouait pas vaincu.

« Personne dans cette île ne peut avoir entendu parler de Darby Mac-Graw, murmurait-il, comme pour se rassurer lui-même, – personne que nous ! »

Puis, avec un effort presque surhumain :

« Camarades, reprit-il, je suis ici pour chercher ce trésor et je ne m'en laisserai détourner par homme ni par diable... Je n'ai jamais craint Flint quand il était vivant : ce n'est pas pour avoir peur de lui mort... Il y a sept cent mille livres sterling à un quart de mille d'ici, ne l'oublions pas !... A-t-on jamais vu un chevalier de fortune montrer les talons à sept cent mille livres sterling ?... Et cela pour un vieil ivrogne qui n'est même plus en vie ?... »

Mais le courage de ses hommes ne faisait pas mine de reparaître, et l'irrévérence de son langage sembla même augmenter leur terreur.

– Ne parlez pas ainsi, John Silver, dit George Merry. N'allez pas offenser un esprit !...

Les autres étaient trop épouvantés pour souffler mot. Ils auraient décampé s'ils avaient osé. Mais la peur les tenait groupés près de John, comme si son audace était leur dernière protection.

Quant à lui, il avait enfin triomphé de sa faiblesse.

– Un esprit ?... Qu'en savons-nous ? répliqua-t-il. Il y a un point qui me paraît louche, c'est qu'il y avait de l'écho, vous l'avez tous entendu. Eh bien, tout le monde sait qu'on n'a jamais vu un esprit posséder une ombre. Pourquoi, dans ce cas, aurait-il un écho ?... Je vous dis que c'est louche.

L'argument me semblait assez faible. Mais sait-on jamais ce qui portera coup sur ces têtes-là ? À ma grande surprise, George Merry parut immédiatement rassuré.

– C'est juste ! s'écria-t-il. Et vous avez décidément une bonne tête sur vos épaules, John Silver... Allons, camarades, ouvrons l'œil et ne nous laissons pas enfoncer !... Maintenant que j'y pense, c'était bien un peu

La voix dans les arbres.

la voix de Flint, si l'on veut, mais pas aussi nette, aussi impérieuse que la sienne... Cela ressemble plutôt à celle d'un autre, à celle...

– De Ben Gunn !... c'est vrai, nom d'un tonnerre !... interrompit Silver.

– Juste !... C'était la voix de Ben Gunn ! s'écria Morgan en se relevant sur ses genoux.

– Nous voilà bien avancés ! objecta Dick d'un ton dolent. Ben Gunn, pas plus que Flint, n'est ici en chair et en os, sans doute ?... »

Cette remarque fit simplement hausser les épaules aux vieux.

« Qui s'inquiéterait de Ben Gunn ? dit George Merry. Mort ou vif, c'est tout un. »

Le courage leur revenait à vue d'œil et déjà toutes les figures reprenaient leur couleur ordinaire. En quelques secondes, ils se furent remis à bavarder, quoique s'arrêtant de temps à autre pour écouter. Bientôt, n'entendant plus aucun bruit, ils prirent leurs outils et toute la bande repartit, Merry en tête, la boussole en main pour rester en ligne droite avec l'île du Squelette. Il avait dit vrai : personne ne s'inquiétait de Ben Gunn ; mort ou vif, c'était tout un... Seul, Dick tenait encore sa Bible et jetait autour de lui des regards effarés. Mais il ne trouvait aucune sympathie chez ses camarades, et Silver le plaisanta même sur ses précautions.

« Je t'avais bien averti que tu gâchais ta Bible, lui dit-il en ricanant. Puisqu'elle n'est même plus bonne pour prêter serment, que diable veux-tu qu'en pense un esprit ?... Il s'en moque comme de ça !... »

Et il s'arrêta sur sa béquille, pour faire claquer ses gros doigts.

Mais Dick ne voulait pas être consolé. Je m'aperçus bientôt que le malheureux avait peine à se tenir sur ses jambes. Activée par la chaleur, la fatigue et l'épouvante, la fièvre, annoncée par le docteur Livesey, s'emparait manifestement de lui. Heureusement pour le pauvre diable, il faisait bon marcher sur ce plateau découvert et tapissé de mousses, où les pins, grands et petits, poussaient loin les uns des autres, mêlés à des bouquets d'azalées et de canneliers. Poussant droit au Nord-Ouest, nous nous rapprochions de plus en plus de la croupe de la Longue-Vue ; à notre gauche, ma vue s'étendait maintenant sur cette baie orientale où, la veille au matin, je m'étais éveillé tremblant et secoué dans la pirogue.

Le premier des grands arbres atteint, on releva sa position et l'on reconnut que ce n'était pas le bon. Il en fut de même du second. Le

Robert-Louis Stevenson

troisième s'élevait à plus de deux cents pieds de haut sur un taillis épais : c'était un véritable géant du règne végétal, qui dressait dans les airs son énorme colonne rougeâtre, surmontée d'un parasol à l'ombre duquel un bataillon aurait manœuvré à l'aise. Il devait se voir de loin, aussi bien de l'Est que de l'Ouest, en pleine mer, et il aurait certes pu être marqué sur la carte comme point de repère.

Mais ce n'était pas sa hauteur qui impressionnait le plus vivement mes compagnons : c'était la pensée que sept cent mille livres en or se trouvaient quelque part enterrées sous sa grande ombre. Cette pensée finissait par leur faire oublier toutes leurs terreurs. À mesure qu'ils se rapprochaient du but, je voyais leurs yeux s'animer, leur pas devenir plus léger et plus élastique. Silver lui-même sautillait plus vivement sur sa béquille, en grommelant contre les pierres qui gênaient sa marche ; ses narines frémissaient : il jurait comme un païen s'il arrivait qu'une mouche se posât sur sa large face ou sur son front ruisselant ; par instants, il tirait avec fureur sur ma laisse et, se retournant alors, me jetait un regard meurtrier. Soit qu'il ne se donnât plus la peine de cacher ses pensées, soit qu'elles se fissent jour malgré lui sur son visage, je les lisais comme dans un livre. En arrivant près de cet or, je le voyais bien, tout le reste était oublié : l'avertissement du docteur, comme ses promesses. Sans doute il espérait s'emparer du trésor, retrouver l'*Hispaniola*, s'y embarquer après avoir coupé toutes les gorges honnêtes de l'île, et s'enfuir comme il l'avait rêvé, chargé de richesses et de crimes.

Sous le poids de ces alarmes, il m'était malaisé de me maintenir au pas de ces avides chercheurs d'or ; à tout instant je trébuchais, et c'est alors que Silver tirait si rudement sur la corde et m'adressait ces regards terribles. Dick venait le dernier, accablé par la fièvre et se traînant à peine. Sa vue même ajoutait à mon malaise, et, pour comble, j'étais hanté par la pensée de la tragédie qui s'était jadis passée sur ce plateau, quand ce hideux pirate à la face bleue, celui qui était mort à Savannah en hurlant pour demander à boire, avait de sa propre main immolé ses six complices. Ce bosquet, si paisible aujourd'hui, avait donc retenti des cris de détresse !... Rien qu'en y pensant, je croyais les entendre encore.

Mais nous arrivions à la marge du taillis.

« Allons, camarades, au pas de course !... » cria George Merry.

Et ceux qui nous précédaient de s'élancer ensemble.

Ils n'avaient pas fait dix pas, que soudain nous les vîmes s'arrêter. Un

La voix dans les arbres.

cri contenu s'échappa de leurs lèvres. Silver bondissait derrière eux en frappant le sol, comme un forcené, de sa béquille. Et nous aussi nous fîmes halte.

À nos pieds s'ouvrait une large excavation, déjà un peu ancienne, car l'herbe repoussait dans le fond et sur les côtés. On y voyait le manche d'une bêche et les débris de plusieurs caisses. Une des planches portait en grosses lettres creusées au fer rouge le nom du *Walrus*, le vaisseau de Flint.

C'est clair comme le jour : nous arrivions trop tard ! La cachette avait été découverte et vidée. Les sept cent mille livres n'y étaient plus.

Robert-Louis Stevenson

XXXIII

La fin d'un règne.

Ce fut un écroulement. Les six hommes restèrent comme foudroyés. Mais Silver se remit le premier. Toutes ses pensées avaient été tendues depuis des mois et des semaines vers ce trésor, comme les muscles d'un cheval de course le sont vers le but : elles étaient arrêtées court, de la manière la plus brutale et la plus inopinée ; et pourtant il garda sa raison, reprit son assiette et arrêta son plan de conduite avant que les autres eussent seulement compris ce qui leur arrivait.

« Jim, me dit-il tout bas, prends ce pistolet et attention au grabuge ! »

En même temps, il appuyait doucement vers la droite et, en trois sauts, mettait le trou entre ses hommes et nous. Cela fait, il me regarda en secouant la tête, comme pour dire : « Nous voici dans de beaux draps ! » Et en vérité, j'étais bien de son avis. Son air était tout amical maintenant. Je me sentis si révolté de ce perpétuel changement que je ne pus m'empêcher de murmurer à son oreille :

« Ah ! vous avez encore tourné casaque ?... »

Il n'eut même pas le temps de me répondre. Les pirates, jurant et hurlant, sautaient l'un après l'autre dans l'excavation, se mettaient à gratter la terre avec leurs ongles et rejetaient les planches sur les bords... Morgan trouva une pièce d'or et la ramassa. C'était une pièce de deux guinées. En quelques secondes elle passa de main en main et revint à Morgan, qui la jeta à Silver.

« Deux guinées ! cria-t-il en même temps. Voilà vos sept cent mille livres, n'est-ce pas, monsieur l'homme de tête ? C'est là le résultat de vos belles combinaisons ?

– Cherchez toujours, mes enfants, répliqua Silver avec la plus froide insolence. Cherchez ! peut-être trouverez-vous des truffes !

– Des truffes ! glapit George Merry. Camarades, vous l'entendez ? Je vous dis, moi, que cet homme savait tout le temps à quoi s'en tenir. Il n'y a qu'à le voir... C'est écrit sur sa figure !...

– Ah ! ah ! George Merry, encore cette candidature ! répondit Silver. Vous tenez décidément à être capitaine ! »

Mais cette fois tous étaient pour Merry. L'un après l'autre ils sortirent de l'excavation en jetant derrière eux des regards furieux. Un point me parut de bon augure : ils avaient soin de remonter du côté opposé à Silver.

Nous voilà donc deux d'un côté, cinq de l'autre, avec le trou entre nous... Personne ne se décidait pourtant à frapper le premier coup. Silver ne bougeait pas. Il les observait, très droit sur sa béquille, aussi calme que jamais. Brave, à coup sûr, il l'était.

À la fin, Merry parut croire qu'un petit discours serait en situation :

« Camarades, dit-il, ils ne sont que deux contre nous : l'infirme qui nous a conduits ici pour aboutir à ce beau résultat, et le petit louveteau qui nous a trahis !... Allons, camarades !... »

Il levait le bras en parlant et s'apprêtait sans doute à donner l'exemple, quand tout à coup... pif !... paf !... pan !... trois coups de fusil éclatèrent dans le taillis voisin. Merry tomba dans le trou, la tête la première ; l'homme aux bandelettes tourna sur lui-même comme une toupie et s'abattit sur le côté, frappé à mort, mais encore agité de convulsions suprêmes ; les trois autres tournèrent les talons et prirent la fuite sans demander leur reste.

Au même instant, le docteur, Gray et Ben Gunn sortirent du taillis et nous rejoignirent, tenant leurs fusils encore fumants.

« En avant et au pas de charge ! cria le docteur. Il faut les empêcher de gagner les chaloupes. »

Et nous voilà partis à travers bois, enfoncés parfois jusqu'aux épaules dans les hautes herbes. On peut dire que Silver était décidé à rester avec nous !... Le tour de force que fit cet homme, bondissant sur sa béquille et franchissant les obstacles avec une telle ardeur que les muscles de sa poitrine se gonflaient à éclater, pas un acrobate de profession n'aurait pu le répéter, de l'avis du docteur lui-même. Il était au point d'étouffer, mais nous suivait à moins de trente pas, quand nous arrivâmes au bord du plateau.

« Docteur ! cria-t-il, regardez !... Inutile de se presser. »

Il disait vrai : dans une clairière qui s'ouvrait au-dessous de nous on pouvait voir les trois survivants courant toujours dans la même direction, vers le Mât-de-Misaine, c'est-à-dire que nous étions déjà entre eux et les embarcations. Nous pûmes donc faire halte pour reprendre haleine, et bientôt John Silver nous rejoignit en s'essuyant le front.

« Nous vous devons une belle chandelle, docteur ! dit-il en arrivant.

Robert-Louis Stevenson

Jim et moi allions avoir fort à faire, sans votre intervention... Ah ! c'est donc vous, Ben Gunn ? reprit-il. Eh bien, vous êtes donc devenu farceur sur vos vieux jours ?

– Oui, c'est moi, Ben Gunn, répondit l'homme des bois avec des contorsions d'anguille et des rougeurs qui témoignaient de son embarras. Et comment allez-vous, monsieur Silver ?... Comme vous le désirez, j'espère ?... reprit-il sous l'évidente impression qu'il convenait de dire quelque chose de poli.

– Ah ! Ben, Ben, répliqua Silver en le menaçant gaiement du doigt, quel tour vous m'avez joué !... »

Le docteur envoya Gray ramasser une bêche que les rebelles avaient abandonnée dans leur fuite, et, tout en descendant vers les chaloupes, il nous conta ce qui s'était passé. Ben Gunn était d'un bout à l'autre le héros de ce récit, qui intéressa puissamment Silver, et que je résume à grands traits.

Ben Gunn, dans ses courses vagabondes à travers l'île, avait un jour trouvé le squelette. C'est lui qui avait vidé ses poches. Il avait ensuite découvert le trésor, dont la cachette était encore assez apparente, à cause des traces laissées sur l'herbe par la terre fraîchement remuée. Il avait creusé l'excavation, et c'est le manche de sa bêche que nous avions trouvé au fond du trou. Peu à peu, à force de travail et de voyages successifs, il avait transporté tout le trésor, du pied du grand pin jusqu'à une caverne découverte par lui, au bas de la colline à deux pointes qui se trouvait au nord-est de l'île. L'or du capitaine Flint y était en sûreté depuis plus de deux mois, quand l'*Hispaniola* arriva à son premier mouillage. Le docteur réussit à soutirer ce secret à Ben Gunn le jour où il alla causer avec lui, dans l'après-midi qui suivit l'assaut du blockhaus. Il était déjà préoccupé de la nécessité de quitter au plus tôt une position aussi malsaine, avant que la *mal'aria* n'eût agi. La disparition du schooner et l'intérêt qu'il y avait à se rapprocher du trésor pour le défendre ; la certitude que Ben Gunn avait entassé dans sa caverne les provisions indispensables et notamment des salaisons de chèvre préparées pour lui-même : tout se réunit pour décider le docteur à céder une carte désormais inutile, à abandonner le blockhaus et ses approvisionnements : en un mot, à faire les concessions nécessaires pour pouvoir gagner sans plus tarder la colline à deux pointes.

« Toi seul me préoccupais dans cet arrangement, Jim, ajouta le

La fin d'un règne.

docteur, et j'avoue qu'il m'en coûtait de ne pas savoir ce que tu étais devenu, avant d'évacuer la place. Mais je me trouvais obligé d'agir au mieux des intérêts de ceux qui étaient restés à leur poste. Si tu n'étais pas de leur nombre, à qui la faute ?... »

Ce jour-là, voyant que j'allais être impliqué dans l'affreux désappointement des révoltés, il s'était hâté de revenir à la caverne ; y laissant le squire et le capitaine pour garder le trésor, il avait pris avec lui Gray et Ben Gunn, et traversé l'île en diagonale pour arriver avant nous au grand pin. Constatant alors que nous l'avions gagné de vitesse, il avait dû se résoudre à envoyer en éclaireur Ben Gunn, qui était le plus léger à la course. Ben Gunn, voyant l'impression que la découverte du squelette causait sur ses anciens camarades, avait eu l'idée de les épouvanter par ses réminiscences du capitaine Flint, et le stratagème s'était trouvé avoir assez de succès pour pouvoir permettre au docteur et à Gray de prendre position dans le taillis.

« Ah ! remarqua Silver à la fin de ce récit, j'ai eu de la chance d'avoir Jim avec moi !... Sans quoi vous auriez bien laissé mettre le pauvre John en morceaux sans le moindre regret, docteur !...

– Sans le moindre regret », répéta gaiement M. Livesey.

Nous arrivions aux chaloupes. Le docteur, à grand coups de bêche, commença par en démolir une ; puis nous nous embarquâmes sur l'autre pour gagner par mer la baie du Nord.

C'était un voyage de huit à neuf milles. Silver, quoique à moitié mort de fatigue, prit un aviron comme les autres, et l'embarcation s'élança légèrement sur une mer unie comme un miroir. Bientôt nous passâmes devant le goulet et nous tournâmes l'angle sud-est de l'île, laissant derrière nous le premier mouillage de l'*Hispaniola*. En passant devant la colline à deux pointes, nous pûmes distinguer la bouche noire de la caverne de Ben Gunn, devant laquelle une forme humaine dressait sa haute taille, le mousquet à l'épaule. C'était celle du squire. À sa vue, nous nous mîmes à agiter nos mouchoirs et à pousser des hourras auxquels Silver ne fut pas le dernier à se joindre.

Trois milles plus loin, comme nous arrivions à l'entrée de la baie du Nord, ne voilà-t-il pas que nous rencontrons l'*Hispaniola*, se promenant toute seule ? La marée l'avait relevée et mise à flot. Heureusement que la brise était faible et le courant moins fort que dans la baie du Sud, où nous ne l'aurions jamais revue !... Mais en l'état, il n'y avait pas grand

Robert-Louis Stevenson

dommage, sinon que la voile de misaine était perdue. Remonter à bord, aller chercher à fond de cale une ancre de fortune et la jeter par une brasse et demie à fond : tout cela fut assez prestement fait. Après quoi, nous retournâmes en chaloupe à la Crique-au-Rhum, le point le plus rapproché de la caverne de Ben Gunn, et Gray repartit tout seul avec l'embarcation pour monter la garde à bord de l'*Hispaniola*.

Une pente douce montait de la grève à l'entrée de la caverne. Comme nous en approchions, le squire vint au-devant de nous. Il se montra bon et affable avec moi, sans rien me dire de mon escapade, ni en bien ni en mal. Mais le salut que lui adressa Silver lui fit monter le rouge au visage.

« John Silver, s'écria-t-il, vous êtes le plus grand imposteur et la plus prodigieuse canaille que j'aie jamais rencontré ! Il paraît que je ne dois point vous poursuivre. Je ne vous poursuivrai donc pas... Mais tous ces morts doivent peser sur votre conscience comme autant de bornes !...

– Je vous remercie, monsieur, répliqua John en saluant de plus belle.

– Je vous défends de me remercier ! dit rudement le squire, car je manque à tous mes devoirs... Arrière, s'il vous plaît !... »

Là-dessus nous entrâmes dans la caverne. Elle était vaste et bien aérée ; dans le fond, une jolie cascade formait une petite pièce d'eau entourée de fougères ; le sol était couvert de sable. Devant un grand feu allumé près de l'entrée, nous trouvâmes le capitaine Smollett, couché sur un lit d'herbes et de mousse. Dans le coin le plus écarté, à la lueur de la flamme, je vis étinceler un grand tas de pièces d'or et un quadrilatère de barres brillantes.

C'était là ce trésor de Flint, que nous étions venus chercher si loin, et qui avait déjà coûté la vie à dix-sept hommes de l'*Hispaniola*... Et qui sait combien d'autres vies il avait coûtées pendant qu'on l'amassait, combien de sang et de tribulations, combien de bons navires coulés au fond des mers, combien de poudre, combien de braves gens brutalement envoyés dans l'éternité, combien de cruautés, de hontes, de mensonges et de crimes ?... Nul n'eût pu le dire. Et pourtant il y avait encore dans l'île au moins trois hommes, Silver, Morgan et Ben Gunn, qui avaient pris part à ces crimes, comme chacun avait espéré avoir part au trésor.

« C'est vous, Jim ? me dit le capitaine. Allons, vous êtes un brave garçon, à votre manière !... Mais je ne crois pas que nous reprenions jamais la mer ensemble. Vous aimez trop n'en faire qu'à votre tête, pour mon goût personnel... Vous voilà, John Silver ? Qu'est-ce qui vous

La fin d'un règne.

amène ici, mon garçon ?

– Je reviens à mon devoir, monsieur, répondit Silver.

– Ah ! » fit le capitaine.

Et il n'ajouta pas un mot.

Le bon souper, ce soir-là, au milieu de tous mes amis, avec le chevreau salé de Ben Gunn et quelques friandises arrosées de vin vieux de l'*Hispanlola* ! Jamais convives ne furent plus gais, plus heureux que nous. Et Silver était là, assis en dehors de la lumière du feu, mais mangeant, lui aussi, de bon appétit, tout prêt à s'élancer s'il manquait n'importe quoi, et se joignant tranquillement à nos rires, – le même homme poli, doux, obséquieux, que nous avions connu avant ces tragiques événements.

Robert-Louis Stevenson

XXXIV
Conclusion.

Le lendemain matin, dès la première heure, nous nous mîmes à l'ouvrage, car le transport de cette énorme masse d'or à l'*Hispaniola* n'était pas une petite affaire pour un si faible nombre d'hommes. Les trois individus qui se trouvaient encore dans l'île ne nous troublaient guère. Une seule sentinelle, l'arme au bras, sur le versant de la colline, suffirait à les tenir en respect, et nous ne doutions pas qu'ils ne fussent las de l'état de guerre. Notre travail marcha donc à souhait. Gray et Ben Gunn allaient et venaient, avec la chaloupe, de la crique à l'*Hispaniola*, tandis que nous étions occupés à transporter le trésor de la caverne à la grève. Deux des barres d'or attachées à un bout de corde étaient tout ce qu'un homme pouvait porter ; encore allait-il lentement avec ce poids sur les épaules. Quant à moi, on m'avait chargé de mettre en sacs l'or monnayé, et c'est à quoi je m'employais tout le jour dans la caverne.

C'était une étrange collection, qui ressemblait à celle de Billy Bones pour la diversité des monnaies, mais était infiniment plus variée, comme elle était des milliers de fois plus considérable. Je me souviens du plaisir que je trouvais, pour me reposer de mon travail, à trier les monnaies et à les assortir. Pièces françaises, anglaises, espagnoles, portugaises, georges, louis, doublons, guinées, moïdores, sequins, pièces de huit, effigies de tous les souverains du monde, monnaies orientales marquées de signes cabalistiques, les unes rondes, les autres carrées ou octogones, d'autres encore percées d'un trou pour y passer un cordon, – il y en avait de tous les genres, de tous les modules, de toutes les variétés. Quant au nombre, il était si grand, que les doigts me faisaient mal à force de les compter, et que j'avais le dos brisé à me tenir ainsi courbé.

Ce dur travail dura plusieurs, jours. Chaque soir nous avions charrié une fortune à bord, et une autre fortune nous attendait le lendemain. Et pendant tout ce temps les trois rebelles survivants n'avaient pas donné signe d'existence.

Enfin, un soir que le docteur se promenait avec moi sur le versant de la colline qui domine les basses terres de l'île, le vent nous apporta du bas-fond plongé dans les ténèbres au-dessous de nous comme un chant ou un cri. Puis tout retomba dans le silence.

« Ce sont ces malheureux ! dit le docteur. Que le ciel leur pardonne !...

– Ils sont ivres », dit Silver derrière nous.

Silver, j'ai oublié de le dire, jouissait de la plus entière liberté ; en dépit des rebuffades quotidiennes du squire et du capitaine, il semblait se considérer plus que jamais comme un serviteur fidèle et privilégié. En vérité, je ne pouvais m'empêcher d'admirer parfois la patience inaltérable avec laquelle il supportait ces coups de boutoir, et la politesse invariable qu'il mettait à se rendre utile ou agréable à tout le monde. Il n'arrivait pourtant qu'à se faire traiter comme un chien, si ce n'est peut-être par Ben Gunn, qui avait encore une peur bleue de son ancien quartier-maître, et par moi, qui lui devais assurément quelque chose, quoique, à vrai dire, j'eusse aussi le droit de penser de lui pis que les autres, l'ayant vu sur le plateau en train de ruminer une nouvelle trahison. Ce fut donc assez rudement que le docteur lui répliqua :

– Ivres ou délirants de fièvre.

– Vous avez raison, monsieur, dit Silver ; mais, après tout, peu importe que ce soit l'un ou l'autre.

– J'ai de votre humanité, maître Silver, une trop médiocre idée pour attendre de vous autre chose que de la surprise, reprit ironiquement le docteur ; mais je vous déclare que si j'étais certain qu'ils fussent délirants, comme je suis moralement sûr que l'un d'eux au moins est malade de la fièvre, je quitterais le camp et, à tout risque, j'irais donner mes soins à ces pauvres diables.

– Sauf votre respect, monsieur, vous auriez tort, répliqua Silver. Vous y laisseriez la vie, croyez-moi, et elle vaut mieux qu'un tel sort. Je suis avec vous maintenant, – le cœur et la main, – je ne voudrais pas voir notre parti perdre un homme, et surtout que cet homme fut vous, docteur, à qui je dois tant. C'est pourquoi je vous avertis que ces gens sont incapables de tenir leur parole, – même supposé qu'ils en eussent envie. Et qui plus est, ils sont même incapables de croire que vous tiendrez la vôtre...

– Parbleu ! cela vous va bien de parler ainsi, dit le docteur, et vous nous avez montré comment vous tenez une promesse. »

Ce soir-là, du reste, nous n'entendîmes plus rien qui indiquât la présence des rebelles. Une autre fois, l'écho lointain d'un coup de fusil nous arriva, et nous supposâmes qu'ils chassaient.

Un conseil fut tenu pour décider de leur sort, et il fut résolu de les abandonner dans l'île, – à la grande joie de Ben Gunn et à l'entière approbation de Gray. En conséquence, nous laissâmes dans la caverne, pour leur usage, une grande quantité de poudre, la plus grande partie du chevreau salé, une caisse de médicaments, des objets de première nécessité, tels que vêtements, outils, une toile à voile, deux ou trois brasses de corde, et enfin – sur le désir expressément formulé par le docteur – un beau présent de tabac.

Ce fut le dernier acte de notre séjour dans l'île. Le trésor était embarqué, nous avions pris de l'eau et la quantité de viande salée que nous jugions nécessaire à nos besoins. Un beau matin, nous levâmes l'ancre, non sans peine, car nous n'étions que trois au cabestan, et nous sortîmes de la baie du Nord, avec le même pavillon flottant à notre corne que le capitaine avait arboré sur le blockhaus.

Les trois proscrits nous avaient observés de plus près que nous ne pensions, comme ils le prouvèrent bientôt, car, en sortant de la passe, nous eûmes à ranger de très près la pointe sud, et, comme nous la longions, nous les vîmes tous trois à genoux sur le sable, les bras tendus vers nous d'un air suppliant.

Cela nous faisait mal de les abandonner ainsi dans cet état lamentable. Mais nous ne pouvions pas courir le risque d'une seconde révolte, et les ramener en Angleterre pour y être pendus semblait une assez pauvre faveur. Le docteur les héla donc et leur dit que nous leur avions laissé des provisions, en leur indiquant l'emplacement de la caverne. Mais ils n'en continuèrent pas moins à nous appeler chacun par notre nom, en nous suppliant, pour l'amour de Dieu, d'avoir pitié d'eux et de ne pas les condamner à périr dans cet affreux désert.

Enfin, voyant que le schooner poursuivait sa route, l'un d'eux, je ne sais lequel, sauta vivement sur ses pieds en poussant un cri rauque, épaula son fusil et nous envoya une balle, qui siffla sur la tête de Silver pour aller se perdre dans la grande voile.

Dès lors nous eûmes soin de nous abriter derrière les bastingages. Quand je relevai la tête pour regarder, ils avaient disparu sur le promontoire, et le promontoire même s'effaçait au loin. Vers midi, nous avions perdu de vue le pic le plus élevé de l'Île au Trésor.

Nous nous trouvions si peu nombreux à bord, que tout le monde était obligé de mettre la main à la pâte. Le capitaine seul restait couché à l'arrière sur un matelas, pour donner ses ordres. Il entrait en

Conclusion.

convalescence, mais avait encore besoin de soins et de repos. Nous ne pouvions entreprendre de revenir à Bristol sans un nouvel équipage. Aussi nous dirigeâmes-nous d'abord vers la côte la plus voisine, dans l'Amérique du Sud ; et bien longtemps avant d'y arriver, nous avions été tous mis sur les dents par deux tempêtes suivies de vents contraires. Mais enfin le port se montra devant nous. Le soleil allait se coucher quand nous jetâmes l'ancre dans une charmante baie, pour nous voir bientôt entourés de canots chargés de nègres, de mulâtres et d'indiens, qui nous offraient des fruits et des légumes ou proposaient de plonger pour la moindre pièce de monnaie. La vue de toutes ces faces épanouies, la saveur des fruits tropicaux et surtout les feux qui commençaient à briller dans la ville, faisaient un contraste délicieux aux tragiques spectacles que nous avions eus dans l'île. Aussi le docteur et le squire ne voulurent-ils pas attendre pour aller à terre, et ils me prirent avec eux. Ils rencontrèrent le commandant d'un navire de guerre anglais, lièrent connaissance avec lui, allèrent à son bord, et apparemment s'y trouvèrent si bien, qu'il faisait grand jour quand nous revînmes à l'*Hispaniola*.

Ben Gunn était de garde sur le pont. À peine nous eut-il vus qu'il entama toute une confession, avec les plus absurdes grimaces. Silver était parti, avec sa connivence, dans un canot du port. Il nous jurait maintenant n'avoir consenti à cette évasion que pour sauver nos vies, qui auraient été en grand péril si « l'homme à une jambe » était resté à bord. Mais il y avait encore autre chose. Le cuisinier n'était pas parti sans biscuit. En perçant une cloison, il avait réussi à prendre un sac d'or, contenant peut-être huit à dix mille guinées, et l'avait emporté pour subvenir à ses frais de voyage.

Tout compte fait, nous nous trouvâmes satisfaits d'être débarrassés de lui.

Ce fut le dernier incident notable de notre voyage. Nous n'eûmes pas de peine à compléter notre équipage, nous rencontrâmes des vents favorables, et l'*Hispaniola* arriva à Bristol comme M. Blandly se préparait à mettre à la voile pour venir à notre recherche. Nous ramenions le trésor à peu près complet, mais de tous ceux qui étaient partis le chercher, cinq seulement rentraient au port.

Selon les conventions arrêtées entre le squire et le docteur, l'État et les pauvres eurent avant tout leur part. Puis chacun de nous reçut la sienne,

Robert-Louis Stevenson

pour s'en servir sagement ou follement, selon son humeur. Le capitaine Smollett s'est toujours ressenti des suites de sa blessure ; devenu moins propre au service, le rude et loyal marin s'est résigné à quitter la mer. Il vit retiré près de Bristol. Gray non seulement sut garder son argent, mais, pris d'une ambition soudaine, se mit à étudier sa profession ; il est maintenant second officier d'un schooner où il a une part de propriété : marié, de plus, et père de famille. Ben Gunn eut ses mille livres sterling, qu'il mangea ou perdit en trois semaines, ou, pour parler exactement, en dix-neuf jours, car le vingtième on le vit reparaître sans le sou. On lui donna alors une place de garde-chasse, – précisément ce qu'il craignait tant quand je le rencontrai dans l'île. Il est juste de dire qu'il s'en arrangea très bien. Il vit encore, très aimé dans le pays, quoique généralement considéré comme un jocrisse.

On n'a plus entendu parler de Silver. Ce terrible marin à une jambe ne joue plus aucun rôle dans ma vie. Je me plais à croire qu'il a retrouvé sa vieille négresse et qu'il vit en paix dans quelque coin, avec elle et son perroquet.

Autant que je puis le savoir, l'argent en barre et les armes sont encore dans l'île, à l'endroit où Flint les a enfouis. Je suis, pour mon compte, parfaitement décidé à les y laisser. Pour rien au monde on ne me ferait recommencer une expédition pareille. Mon pire cauchemar est encore d'entendre des lames se jeter sur les brisants, et il m'arrive de me réveiller en sursaut avec la voix perçante de *capitaine Flint* me criant aux oreilles : « Pièces de huit !... »

Ai-je besoin de dire avec quelle joie ma pauvre mère me vit revenir, avec quel bonheur je la retrouvai, et combien il me parut bon et doux de lui assurer à côté de moi une existence heureuse et tranquille !

Le docteur s'était attaché à moi, et je lui avais voué de mon côté une admiration et une affection passionnées. Il a entrepris de refaire mon éducation, et il prétend qu'il est sûr d'y réussir. Selon lui, il n'est jamais trop tard pour bien, pour mieux faire. Son ambition serait de faire de moi un médecin instruit. « C'est dans cette profession-là seulement, dit-il pour m'encourager, qu'un homme de bon propos peut être à lui tout seul utile à son prochain. » Le squire est de son avis, et le lecteur pensera comme moi que je n'avais rien de mieux à faire que de me laisser guider dans la vie par ces deux honnêtes gens.

Conclusion.

ISBN : 978-1511661713

Manufactured by Amazon.ca
Bolton, ON

13582900R00109